Serie della Maledizione degli Immortali

Le Leggi del Sangue
Legami Proibiti
Cuore di Sangue
Legami di Sangue
Legami Angelici
Cercatore di Sangue
Fardello di Sangue
Legami Malvagi
Re di Sangue

Unisciti al gruppo di discussione *Immortal Curse Discussion Group* per non perderti il divertimento!

CERCATORE DI SANGUE

SERIE DELLA MALEDIZIONE DEGLI IMMORTALI

TRADUZIONE DALL'INGLESE
A CURA DI
WELL READ TRANSLATIONS

AUTRICE DI BESTSELLER PER USA TODAY
LEXI C. FOSS

Cercatore di Sangue

Editing a cura di: Outthink Edits, LLC

Proofreading a cura di: Katie Schmahl e Jean Bachen

Design di copertina: Manuela Serra

Fotografia di copertina: JW Photography

Modello: Aidan Stewart & Kristen Lazarus-Wood

Pubblicato da: Ninja Newt Publishing, LLC

Traduzione dall'inglese di Well Read Translations

Edizione Digitale

ISBN eBook: 978-1-68530-114-9

ISBN Stampa: 978-1-68530-115-6

 Per pochi istanti, Caro dimenticò di esistere. Smise di pensare che tutto ciò non potesse essere vero. E si limitò a percepire la tenerezza, l'amore e *il dolore* di lui.

Sethios le affondò i denti nel collo, si nutrì di lei, provocandole la pelle d'oca e facendo breccia in tutte le sue difese. Caro gridò, cadde a capofitto in un altro oblio mentre lui la penetrava, prendendola con tale forza da provocarle dolore in un modo bellissimo, che le toccava l'anima.

Quella era la sua vita.

Il suo scopo.

Il suo significato.

Amava quell'uomo. Quel Sethios. Colui che le aveva mandato in frantumi tutte le convinzioni e le aveva distrutto il più impegnativo dei propositi.

Caro si aggrappò a lui, pianse, il tempo insieme era troppo breve. Il sacrificio che avrebbero compiuto avrebbe cambiato il futuro del mondo. E se non fossero riusciti a riprendersi?

Caro non avrebbe mai espresso quella paura, sapere ciò che sarebbe accaduto.

Sua madre l'avrebbe trovata, una volta capito di non riuscire a localizzare Astasiya.

Caro avrebbe sopportato la riabilitazione.

E sarebbe sopravvissuta.

Quello era il suo scopo, il suo unico segreto: non avrebbe mai rinunciato. Con Sethios impresso per sempre nell'anima, il Consiglio non avrebbe potuto separarli. Ci avrebbero provato e avrebbero fallito. Lei sarebbe tornata da lui. Sempre.

"Ti amo," le sussurrò lui, le labbra le accarezzarono l'orecchio. "Ti amerò per sempre."

"Ti amo anch'io," sospirò lei. Quella volta era proprio lei. La sua voce. Il suo cuore. Il suo corpo. La sua anima. Era caduta in quel ricordo, estasiata e intrappolata, non lo avrebbe mai lasciato andare.

Sethios la guardò negli occhi. "Torna da me, Caro."

"Sono proprio qui."

"Torna da me, angelo."

Caro si accigliò. "Sono qui."

"Mi manchi."

Tutto ciò non aveva senso. Come poteva mancargli? Era dentro di lei. Stavano facendo l'amore. Tutto iniziò a sfocarsi, il ricordo le scivolò tra le dita e la circondò, trasformandosi letteralmente in una gabbia di vetro.

Caro si accigliò. *Dove sono?*

A Casey, per avermi convinta a riflettere e giocare con un certo Ichoriano biondo ;)
A Jean, Katie e Bethan per aver reso possibile la realizzazione di questo libro. Sarei persa senza di voi!
A Heather, per il tuo affetto e supporto verso la serie e per farmi sempre sorridere. Kylan ti manda un abbraccio <3

CERCATORE DI SANGUE

SERIE DELLA MALEDIZIONE DEGLI IMMORTALI
LIBRO SESTO

CERCATORE DI SANGUE

I Seraphim non provano emozioni.
I Seraphim non amano.
I Seraphim non reagiscono.

Queste sono le regole secondo cui ogni essere superiore
deve vivere.
Caro le ha infrante tutte per *lui*.

Ora è persa nel mare, in punizione per aver scelto un
abominio (un vampiro) al posto del dovere.

Sethios le ha promesso di andarla a cercare, di salvarla, ma
a ogni respiro la speranza si trasforma sempre di più in
disperazione.

Sethios la troverà in tempo? Oppure la mente di Caro
cederà il posto alla follia?

Benvenuti nel mondo della Maledizione degli Immortali.
L'Alto Consiglio di Seraph è pronto per ricevervi…

GLOSSARIO

ESSERI SOPRANNATURALI

Neonato (sostantivo): Il figlio di un maschio Ichoriano e di una donna umana, non è ancora rinato come Hydraiano; solitamente non hanno poteri soprannaturali o psichici fino alla loro rinascita immortale.

Hydraiano (sostantivo): Discendente immortale di un maschio Ichoriano e una donna umana, possiede due poteri soprannaturali o psichici e non ha bisogno di sangue umano per sopravvivere.

Ichoriano (sostantivo): Un essere immortale dalla discendenza sconosciuta che possiede un potere soprannaturale o psichico e necessita di sangue umano per sopravvivere.

Immortale (sostantivo): Sostantivo generale che definisce un essere che non invecchia ed è immune alla naturale morte umana.

Progenie (sostantivo): Termine che gli Ichoriani utilizzano per riferirsi a coloro che hanno creato attraverso il processo di trasformazione.

Seraphim **(sostantivo):** Un essere appartenente all'ordine più alto della gerarchia angelica.

PAROLE CHIAVE

Arcadia: Famoso bar per Ichoriani a New York, utilizzato anche come luogo di incontro primario per il governo Ichoriano.

Leggi del Sangue: Serie di ordinanze redatte dal consiglio amministrativo Ichoriano in risposta al Trattato del 1747.

Fondazione Assistenza Catastrofi (FAC): Organizzazione umanitaria con sede a New York, dotata di un'unità paramilitare segreta incaricata di annientare gli esseri soprannaturali ribelli e sovversivi.

Conclave: Il consiglio amministrativo Ichoriano.

Editto: Legge o Regolamento emanati dall'Alto Consiglio di Seraph.

Anziani: Gli Hydraiani originari, compongono il consiglio amministrativo Hydraiano.

Destinati: Seraphim in grado di prevedere il futuro.

Alto Consiglio di Seraph: Consiglio amministrativo dei Seraphim.

Nizari: Antichi assassini Ichoriani che cacciano e uccidono i Neonati.

Veleno Nizari: Sostanza verde nota per uccidere i Neonati e impedire la loro rinascita.

Sentinella: Soldato del FAC incaricato di massacrare e uccidere gli esseri immortali ribelli e sovversivi.

Trattato del 1747: Armistizio tra Hydraiani e Ichoriani che si impegnano a cessare il fuoco e vivere nelle rispettive aree delimitate. Coloro che decidono di oltrepassare suddetti limiti lo fanno a proprio rischio e pericolo.

INTRODUZIONE DI STAS

Sono successe molte cose nell'ultimo anno della mia vita. Quindi proverò a fare un riassunto per tutti coloro che potrebbero averne bisogno...

Una guerra immortale è alle porte e probabilmente distruggerà l'umanità così come la conosciamo. Per qualche motivo, al centro di tutto ci sono io.

Mio nonno è il Seraphim della Resurrezione, il che significa che controlla la vita e la rinascita. Nel corso degli ultimi millenni ha usato questi doni a proprio vantaggio, creando un esercito di Ichoriani e Hydraiani destinati a servirlo.

Alcuni di voi potrebbero chiedersi: *che diavolo sono i Seraphim, gli Ichoriani e gli Hydraiani?*

Già, sì... so come vi sentite. Nemmeno io ne avevo idea fino a poco tempo fa. I Seraphim sono essenzialmente angeli. Gli altri sono più difficili da spiegare, quindi ci proverò: in poche parole sono esseri immortali.

La spiegazione più lunga prevede che vi dica che gli Ichoriani sono dei vampiri, ma non hanno nessuna delle loro debolezze. Mangiano persino cibo normale. Tuttavia, hanno bisogno di sangue umano per sopravvivere e hanno anche dei poteri che sono stati automaticamente potenziati a un livello soprannaturale durante la loro rinascita.

Il mio compagno Issac, con il quale condivido un legame, è in grado di controllare la vista. La sua progenie, Tristan, controlla il suono e l'altra creatura, Mateo, è un mago dell'informatica.

Scientificamente parlando, queste abilità derivano da un'affinità presente in loro fin da quando erano umani. Durante il processo di resurrezione quel gene viene attivato e da lì nascono i talenti soprannaturali.

Gli Hydraiani sono un po' diversi. Vengono creati quando un maschio Ichoriano si accoppia con una femmina mortale. Il prodotto dell'unione è un essere umano che gli Ichoriani chiamano *Neonato* e che rimarrà mortale fino al giorno della sua morte. Una volta passati a miglior vita, rinascono come Hydraiani e possiedono ben due abilità, provenienti da entrambe le stirpi sanguigne. A loro non serve il sangue umano per sopravvivere.

Probabilmente vi state chiedendo che ne è della guerra immortale che ho menzionato e cosa c'entri con tutte queste sciocchezze scientifiche. Giuro che ci sto arrivando.

Vedete, gli Ichoriani odiano gli Hydraiani.

Perché?

Sono gelosi. O almeno questo è ciò che penso io. Non solo gli Hydraiani sono immuni al dover assumere sangue umano, ma hanno due doni soprannaturali, *in più* il loro sangue è tossico per gli Ichoriani.

Quindi sì... non vanno molto d'accordo.

Si sono fatti la guerra molto tempo fa e quando gli Ichoriani si sono resi conto di non poter sterminare tutti gli Hydraiani, hanno finalmente raggiunto un accordo. Per qualche centinaio di anni è andato tutto bene, anche se dietro le quinte crescevano le animosità.

Sapete qual è la cosa bella? Che questo era tutto un

piano di Osiris. Lui è il creatore più importante, ma non ha passato tutto questo tempo a creare pedine pronte per farsi la guerra. No. Lui vuole che Ichoriani e Hydraiani uniscano i fronti contro i Seraphim.

Sarò onesta, ancora non so molto riguardo i Seraphim. Voglio dire, ho appena scoperto di esserlo in modo del tutto accidentale. La mia migliore amica, Lizzie, è incinta di un Seraphim... o almeno è così che si dice.

Perché è stato il FAC a creare Lizzie, in un laboratorio.

Che cos'è il FAC? Sta per Fondazione Assistenza Catastrofi. È un'organizzazione umanitaria per niente umanitaria. Una volta era gestita da un Ichoriano che voleva dominare il mondo. Invece, l'abbiamo ucciso e il resto del suo esercito, le Sentinelle, è andato distrutto con lui. Beh, a dire il vero qualcuna di loro è sopravvissuta, le teniamo sotto chiave, ma l'aspetto più sinistro del FAC è morto e sepolto.

Tuttavia il FAC si è lasciato dietro una serie di impronte tangibili, una di queste è la mia migliore amica incinta. La sua genetica ci suggerisce che sia una Seraphim ed è per questo che Jayson e Lizzie sono riusciti a procreare. È anche il motivo per cui crediamo che la loro bambina sarà un angelo.

Secondo Leela, la Seraphim appartenente alla stirpe della fertilità, la genetica immortale non funziona allo stesso modo di quella umana. Io le credo, perché al compimento dei miei venticinque anni mi sono spuntate le ali. Mia madre è una Seraphim purosangue e ora lo sono anche io.

A ogni modo, riassumendo... Osiris ha creato un esercito e vuole andare in guerra contro i Seraphim, utilizzando tutti noi come pedine sul campo di battaglia. Molti immortali ancora non lo sanno; è un dettaglio che abbiamo cominciato a comprendere da poco tempo. Fino a che non saprò di più sui Seraphim, non ho intenzione di alzare un dito.

La profezia che narra la distruzione della razza immortale per mano mia può andare a farsi fottere.

Io prendo le mie decisioni.

E invito voi a fare lo stesso.

Scegliete da che parte stare. Proteggetevi e per l'amor del cielo, non vi avvicinate a Osiris. È un mostro… Accidenti, lo stronzo ha intrappolato mia madre sul fondo dell'oceano affinché continuasse ad annegare ininterrottamente per gli ultimi diciotto anni. Ha anche cancellato tutti i ricordi di mio padre e tutto il suo passato.

Ecco dove ci troviamo in questo momento: ho appena salvato mio padre e ora dobbiamo trovare la mamma, ma come ho detto sta annegando da qualche parte e questa Terra è fatta principalmente d'acqua.

Trovarla sarà una bella missione, ma fortunatamente ho molto aiuto.

Continuate a leggere per proseguire il viaggio.

Ricordatevi: non fidatevi di nessuno. Prestate attenzione ai dettagli. Non credete a tutto ciò che sentite e guardatevi le spalle.

C'è una guerra in arrivo.

Voi da che parte vi schiererete?

Prologo: Caro

È tutto molto buio, qui. Freddo. Doloroso. L'agonia fatta persona.

Una volta contavo i secondi. Poi sono diventati giorni, settimane. È difficile capire quanto c'è di vero quaggiù. Muoio. Vivo. Muoio di nuovo.

La mia mente si allontana ancora e posso giurare di sentire la voce di Sethios. È molto rilassante. Calda. Preoccupata.

Mi manchi, vorrei dirgli. *Perché non sei venuto a cercarmi?* Vorrei chiedergli. *Perché nessuno l'ha fatto?*

C'è un motivo.

Ho lasciato indietro mia figlia per proteggerla. È cresciuta? Quanti anni ha, ora? È al sicuro? Alla fine Osiris l'ha trovata? Gabriel è vivo? E Sethios?

I miei polmoni si riempiono nuovamente di ghiaccio. Ormai ci sono abituata, posso trattenere il respiro solo fino a un certo punto.

Lascio che mi consumi, che mi trascini con sé per quei brevi momenti di beata tregua che solo l'aldilà può darti.

A volte mia figlia viene a farmi visita. È un sogno, un'aspettativa irrealistica, ma mi ci crogiolo lo stesso.

Proprio come mi permetto di cadere in una visione fatta di ali nere e un sorriso crudele. Non si tratta di Sethios, ma di qualcosa di molto simile. Sospiro. *Dove sei?* Mi chiedo. *Il tuo cuore si spezza tanto quanto il mio?*

Mi sento leggera. Rinata. Le catene sono solo un ricordo del mio destino.

Questa non è una storia felice. Ho sacrificato tutto per quelli che amo, solo per vivere in un perpetuo stato d'angoscia.

Tuttavia, finché il mio angioletto vivrà, ci sarà speranza.

La profezia dice che sarà lei a distruggerci tutti. Vuol dire anche me? Suo padre? Tutti i nostri amici e le nostre famiglie? L'Alto Consiglio di Seraph l'ha trovata?

Rabbrividisco.

Questo mondo è davvero tetro e tenebroso. Assoluto nella sua oscurità.

Inspiro di nuovo.

Sento bruciare.

La morte.

Un ciclo continuo.

Annegare inesorabilmente, in cerca di una fuga. Desiderare *lui*. Il mio amore. La mia vita. Colui che non percepisco più. Colui che mi spezza il cuore persino nell'aldilà.

Liberami, Sethios… Lo prego. *Liberami.*

È una causa persa. Nessuno può trovarmi, ora.

Fa male, brucia, mi squarcia ancora una volta.

Morte, dolce morte. Posso respirare qui, anche se solo per un momento. Tuttavia quelle piume nere mi solleticano ancora una volta la vista. Cosa sono? Perché sono qui?

Mi sveglio davanti a qualcosa di nuovo.

L'acqua è sparita.

Il mondo è pieno di rocce. Una sedia. Altre catene. *Dove sono? È un'altra visione?*

Ma questa è molto diversa, portata avanti dalla fonte di follia che mi sta di fronte.

Mi sento pervasa dal panico. Sussulto sulla sedia e spalanco gli occhi.

Non può essere vero.

Dopo tutto questo tempo, perché ora?

"Bentornata, Caro," esordisce lui con voce piatta e priva di emozioni. "Io e te dobbiamo farci una chiacchierata."

Quella voce fredda mi fa capire che devo essermene andata sul serio. Morta. Non sarei più tornata in superficie.

Oh, Sethios. Ti amo. Per favore sappi che non rimpiangerò mai la nostra scelta. Lei è viva. Io sono morta. Vi amerò per sempre entrambi. Per l'eternità, miei adorati… per l'eternità.

SETHIOS

DOVE SEI, ANGELO? SI CHIESE SETHIOS PER LA MILLESIMA volta, lo sguardo rivolto alle stelle in cielo. *Perché non mi parli?*

Nessuna risposta.

Sospirò, le mani nelle tasche dei jeans e il cuore in gola. Era passata una settimana da quando Astasiya gli aveva liberato la mente. Non del tutto, ma abbastanza da permettergli di pensare oltre il controllo del padre.

Aveva ancora svariati buchi nella mente.

Anfratti di ricordi mancanti.

Eppure si era ricordato del suo angelo, Caro, il suo amore.

"Merda," borbottò, chiuse gli occhi e gli balenò nella mente l'immagine di lei sul fondo dell'oceano, costretta a morire più e più volte. L'aveva lasciata in quello stato per diciotto maledetti anni, abbandonata al proprio destino. Tutto perché il padre di Sethios l'aveva cancellata dalla memoria del figlio, soffocandolo in un mondo dove lei non esisteva.

Sethios non aveva conosciuto la sua compagna.

Erano legati in un modo che la sua mente non riusciva a concepire a causa della nebbia causata dalla persuasione del padre.

In quel momento non riusciva a trovarla, perché lei aveva rinunciato a lui, al mondo, a chiunque volesse liberarla dalle catene che la imprigionavano sul fondo del mare.

Le ginocchia di Sethios minacciarono di cedergli, il petto era come una caverna vuota che annegava sotto un'onda di angoscia. In un certo senso, il tormento datogli da Osiris era stato una benedizione. Aveva regalato a Sethios un decennio di niente. Niente dolore, niente coscienza, niente preoccupazioni.

Da allora tutto gli era piombato nuovamente addosso alla stessa intensità di un milione di stelle, bruciando ogni molecola dentro di lui.

Sethios avrebbe dovuto darsi un contegno. Non solo per Caro, ma anche per Astasiya.

Ah, il suo angioletto. Era diventata una donna in un battibaleno. Solo il giorno precedente sembrava aver avuto sette anni. Almeno per lui.

Sethios si lasciò a un sospiro e si passò una mano sul viso scuotendo la testa. Piangersi addosso non avrebbe risolto un bel niente. Aveva bisogno di trovare Caro. Poi avrebbero dovuto escogitare un modo per annientare Osiris. Ucciderlo non era tra le opzioni, i Seraphim non potevano morire, ma avrebbero potuto immobilizzarlo. Magari rovesciandogli una vasca di cemento addosso.

Sethios rabbrividì al pensiero della sua ultima "punizione", orchestrata da quel bastardo del padre. Lo aveva costretto a seppellirsi vivo immergendosi nel cemento liquido. Gli aveva fatto un male cane. Eppure, stranamente, non era paragonabile all'agonia che percepiva in quel momento dentro di sé.

Si sentiva come se gli avessero strappato a metà l'anima. Sminuzzata. *Distrutta.*

Caro continuava a essere irraggiungibile, l'ultimo sussurro della donna nella mente di lui era come la reminiscenza di un sogno. Era stata lei a tirargli dei brutti scherzi oppure la mente di Sethios aveva agito da sola?

Merda, il dolore che deve provare...

Sethios deglutì, poi chiuse di nuovo brevemente gli occhi. Avrebbe dovuto smetterla di autocommiserarsi e cominciare a cercare.

C'era solo un problema.

Non sapeva da dove iniziare.

Gabriel gli aveva mostrato su una mappa tutti i luoghi in cui aveva già controllato: erano migliaia, eppure nessuno di quelli aveva rivelato nulla sulla posizione di Caro. Il pianeta era per lo più composto da acqua, quindi le possibilità erano infinite. Inoltre, lei non poteva comunicare con Sethios, così lui se ne stava lì senza alcuna possibilità di scoprire dove si trovasse la donna.

Non che lei potesse fare molto per aiutare, da sotto la superficie dell'acqua.

Sethios cominciò a camminare avanti e indietro, un'attività che aveva svolto parecchio su quella spiaggia. Gabriel era proprietario dell'intera isola e casa sua prendeva solo una piccola parte di spazio. I cespugli avrebbero avuto bisogno di una spuntatina, ma era comunque un immobile ideale nel bel mezzo dell'Oceano Pacifico. Le onde erano grosse, si schiantavano contro la riva con una furia che faceva a gara con l'umore di Sethios.

Camminò da solo per un po', godendosi la notte alla ricerca della solitudine offerta dalle stelle. Gli passarono davanti circa due decenni, spariti in un istante. Era un tempo così irrisorio eppure gli aveva cambiato la vita.

I suoi tremila anni non lo avevano preparato a sentirsi in quel modo. Tanto solo. Devastato. Così *tradito*.

Strinse le mani in pugni e pensò ancora una volta all'angelo. *Dove sei, Caro? Parlami.*

"Papà?" lo chiamò invece una voce. La figlia gli apparve a qualche metro di distanza fluttuando in una raffica di piume traslucide. Agitava le ali mentre cercava un equilibrio, le piume color opale brillavano alla luce della luna. Quando Astasiya passò alla forma corporea scomparvero. La ragazza aveva un'espressione concentrazione e astuta.

Stava ancora imparando a controllare i talenti angelici, incluso quello che le permetteva di soggiogare gli altri.

"Ciao, angioletto," mormorò Sethios facendo del proprio meglio per reprimere la rabbia che sentiva dentro. Non voleva spaventare Stas, non dopo che si erano ritrovati da così poco tempo.

Era strano avere una figlia adulta che non aveva visto per anni, una che aveva persino già trovato la propria metà. Sethios si sentiva quasi rimpiazzato, la lealtà della ragazza si divideva tra la famiglia che conosceva una volta e quella che aveva creato da sola.

Sethios non aveva ancora deciso come reagire a quella notizia.

Una parte più oscura di lui avrebbe voluto massacrare l'immortale che aveva pensato di essere abbastanza per uscire con lei. Anzi, non solo uscire ma addirittura *accoppiarsi* con lei.

Allo stesso tempo, la parte più saggia rispettava la sicurezza che Issac Wakefield aveva in se stesso. L'Ichoriano non si era mai inchinato a Sethios, la sua priorità era stata sempre e solo Astasiya.

Il tempo avrebbe detto se a vincere sarebbe stato il lato più oscuro o quello più saggio.

In quel momento Sethios decise di accogliere quello saggio. Per il bene della figlia.

Allargò le braccia offrendole un abbraccio che sentiva al tempo stesso giusto ed estraneo. Se Stas se n'era accorta, non lo diede a vedere, si limitò a ricambiare il gesto prima di seguire lo sguardo di lui fino alle stelle.

"Tua madre e io adoravamo le serate come questa," le spiegò dolcemente. "C'era molta poca luce a Seeley Lake. Ci forniva un senso di pace e sicurezza."

Una falsa sicurezza, ovviamente.

Non erano mai stati davvero al sicuro, così come non lo erano nemmeno lì. Non con i Seraphim così vicini e con Osiris che stava tentando di trovarli.

I due rimasero in silenzio per un lungo momento, Sethios mantenne il braccio intorno alle spalle di Stas ed entrambi continuarono a fissare il cielo.

Per un attimo Sethios si sentì circondato di serenità, provò orgoglio per le scelte prese da lui e Caro. La separazione aveva fatto male ma alla fine era stata la cosa giusta da fare.

Dopo qualche altro minuto, lasciò andare Astasiya e fece un passo indietro per guardarla da capo a piedi. Lei non era andata lì per osservare le stelle. Sethios riusciva a leggerle la determinazione negli occhi verdi, così simili ai propri. A ogni modo, il resto di lei somigliava a Caro: Stas era atletica, dalle curve femminili, capelli lunghi e biondi, lineamenti morbidi ed eleganti, era eterea e bellissima.

Guardarla gli faceva quasi male agli occhi.

Eppure, si ritrovò a sorridere.

"Che c'è?" gli chiese Astasiya.

"Mi ricordi moltissimo tua madre," ammise lui piano. Lo aveva già menzionato altre volte ma sentiva il dovere di ripeterlo ancora. Perché era vero. "Anche se le tue emozioni sono più sconvolgenti delle sue. Sospetto che sia a causa mia."

"Se ti riferisci a quanto successo prima, beh, Stark se lo meritava."

Sethios strinse le labbra. "Non posso dire il contrario," concordò divertito.

Astasiya non era nemmeno lontanamente pronta a perdonare il fratello per le decisioni che aveva preso negli ultimi due decenni. Sethios aveva capito molte delle scelte del Seraphim, ma doveva ammettere che Gabriel Stark aveva trascurato del tutto determinati dettagli. Uno di quelli aveva persino portato Astasiya a essere sepolta viva, il che era inaccettabile su tutta la linea.

"Sai che aveva delle buone intenzioni," le disse Sethios tentando di consolarla. "Ma concordo sul fatto che avrebbe potuto gestirla un pochino meglio."

"Un pochino?" ripeté incredula Stas. "Mi ha fatto credere di essere *tossica* per Issac. Per non parlare dell'incidente che ha portato alla mia morte. Oh, e ha lasciato che tutti pensassero che lavorasse per John." Arricciò il naso e a Sethios venne subito in mente l'espressione testarda che Astasiya assumeva sempre da piccola. "Anche la questione della manipolazione dei ricordi non è stata il massimo."

Sethios ridacchiò sotto i baffi e disse: "Già, come ho detto… Avrebbe potuto gestirla un po' meglio."

"Tu hai detto un pochino meglio," ribatté lei. "Avrebbe potuto gestirla *molto* meglio."

"È giovane e sta ancora imparando." Non era necessariamente una scusa, ma un dato di fatto. "La sua esperienza con gli esseri non Seraphim è del tutto carente."

Stas grugnì. "Non mi dire." Ci rifletté un momento. "La mamma è…?" lasciò cadere la frase.

"Simile a Gabriel?" continuò Sethios.

Astasiya annuì.

"All'inizio sì," mormorò ricordandosi il loro primo incontro all'Arcadia, il locale a New York.

Sorrise affettuosamente al ricordo. Si era presentata lì nella sua regale forma Seraphim, con l'intenzione di consegnare un editto a Osiris. Tuttavia, Sethios non le aveva permesso di pronunciare quel messaggio al destinatario. Al contrario, l'aveva persuasa a rimanere in silenzio e poi l'aveva portata a casa a divertirsi un po'.

"Poi ha imparato a provare emozioni," riassunse lui, non voleva fornire alla figlia i dettagli di come era stata procreata. Qualcosa gli suggerì che non le sarebbe piaciuta la storia di come avesse usato i coltelli preferiti dalla madre in camera da letto.

Ti ricordi di quella notte, angelo? Pensò a Caro. *Di come ti ho scopata contro il vetro? Poi la mattina successiva ti ho stuzzicata con le tue lame... Sei venuta sopra il manico d'acciaio prima che potessi scoparti fino allo svenimento e oltre.*

Sethios sentì il cuore pizzicato da una fonte di calore che se ne andò dopo un nanosecondo. L'uomo si accigliò.

È questo ciò di cui hai bisogno, angelo? Immagini del nostro passato? Se era quello che voleva Caro, Sethios ne avrebbe mandate a migliaia. La sua mente ne conteneva un arsenale da bastare per una vita intera. Anche con una bambina che scorrazzava in giro, avevano trovato il tempo di crogiolarsi nelle depravazioni oscure di lui. Principalmente perché aveva molto da insegnare a Caro.

Quel pensiero lo riportò ad Astasiya e alle domande di lei riguardanti le emozioni della madre. "È molto più abituata di tuo fratello," le rispose.

"Credo che chiunque sia più 'abituato' alle emozioni rispetto a Stark," borbottò lei.

Sethios non avrebbe potuto affermare il contrario.

Anche Leela e Vera sembravano più emotivamente attive del guerriero Seraphim.

Sethios studiò la figlia per un lungo momento, curioso di sapere perché fosse andata a cercarlo. "Cosa vuoi chiedermi?" Abbassò la voce, facendole capire con il tono che anche Stas avrebbe potuto chiedergli qualunque cosa e che lui si sarebbe assicurato di fargliela avere. Astasiya era tutto per lui. Proprio come la sua Caro.

Stas è davvero così importante per me? Si chiese pigramente. Qualche senso di colpa cominciò a fare capolino. *L'hai dimenticata per diciotto anni. Tutta colpa della persuasione di Osiris.*

A Sethios facevano male i denti a forza di stringerli, era infastidito da quel ragionamento. Eppure la consapevolezza di aver deluso la propria famiglia per ben diciotto anni continuava a disturbarlo.

Astasiya doveva aver visto un cambiamento in lui perché fece un passo indietro e cercò di mandare giù un groppo in gola. "Io... Io volevo parlarti della mamma. Ho fatto un altro sogno."

Sethios si concentrò. "Era in acqua?"

Stas annuì, poi aggrottò la fronte. "Più o meno."

Non si metteva bene. "Più o meno?"

"Era strano. Eravamo sott'acqua, ma lei riusciva a respirare."

"Ha detto qualcosa?"

Astasiya scosse la testa. "No, era troppo spaventata per parlare." La ragazza si fermò con la fronte accigliata. "Era strano perché non stavamo annegando, eppure era tutto buio e pesante, proprio come se fossimo sott'acqua, ma l'atmosfera non sembrava quella giusta. Non lo so, forse era semplicemente un incubo." Strinse le labbra da un lato. "Però sembrava davvero la mamma."

Sethios pensò alla descrizione, anche la sua mente

andò a cercare Caro per farsi dare una spiegazione ma come sempre tornò a mani vuote.

Ciò gli provocava una frustrazione senza fine.

Sì, va bene. Aveva sbagliato tutto. Osiris l'aveva corrotto con un metodo che Sethios non avrebbe mai potuto anticipare.

Il problema era che avrebbe *dovuto* aspettarselo.

Osiris era un creativo, sempre un passo avanti agli altri. Sethios sapeva che non sarebbe mai riuscito a superarlo.

Eppure... l'aveva fatto, in qualche modo. Tenendo segreta Astasiya.

Forse il fatto che gli avessero cancellato i ricordi era stato un dono, aveva fornito a Sethios un modo per proteggere tutti coloro a cui voleva bene.

Avrebbe dovuto riflettere su quelle considerazioni più tardi. Ci sarebbe sicuramente stato un buco in cui potersi rannicchiare, che gli permettesse di tornare ad autocommiserarsi, ma per il momento avrebbe lasciato che quel beneficio lo spingesse all'azione. Piangersi addosso non stava facendo alcuna differenza.

"Issac ha visto il tuo incubo?" chiese Sethios a Stas.

"Sì." Lei fece una smorfia. "Mi ha svegliata quando è diventato troppo brutto."

"Brutto?"

"Divorante," sussurrò lei. "Sembrava che non riuscissi a tirarmene fuori."

Sethios si accigliò. L'immagine lo fece innervosire. A ogni modo, avrebbe voluto vederlo con i propri occhi. "Dov'è Issac, ora?"

"A casa. Sarebbe venuto con me ma ho voluto nebulizzarmi."

Al momento Issac non poteva viaggiare con Stas tramite la nebulizzazione, altrimenti il controllo che stava esercitando sulla mente di Skye si sarebbe spezzato, facendola precipitare in un attacco di panico e follia. Osiris le aveva ridotto la mente in poltiglia, l'aveva soggiogata a togliersi la vita se qualcuno l'avesse sottratta a lui senza permesso. Il che era esattamente ciò che avevano fatto Ezekiel e gli altri durante la missione di salvataggio di Sethios: avevano rapito la risorsa più preziosa di Osiris, la sua veggente.

"Quand'è stata l'ultima volta che Issac ha dormito?" si chiese Sethios ad alta voce.

"Non dorme, infatti," gli rispose Stas. "Non da quando è arrivata Skye."

Se avesse dormito, la veggente si sarebbe svegliata e avrebbe provato a uccidersi. "Dobbiamo trovare una soluzione migliore a questo problema."

"Lo so, ho cercato di escogitare un modo per distorcere la persuasione di Osiris e annullarla, ma niente di quello che ho provato finora ha funzionato. È troppo forte."

"Ce la farai," le disse Sethios, era del tutto fiducioso nelle abilità della figlia. "È solo che lui ha qualche anno di esperienza in più."

"Qualche anno?" Stas ridacchiò. "Forse diecimila."

"Di più, a dire il vero," mormorò Sethios. "Ma tu hai qualcosa che lui non ha mai avuto, angioletto."

"Ah sì, e cosa sarebbe?"

"Il cuore," le rispose Sethios sorridente. "A te importa. È un'arma potente, una che lui non capirà mai." L'uomo allungò una mano per stringere la spalla della ragazza, poi le lanciò uno sguardo indulgente. "Andiamo a parlare con il tuo *fidanzato*." Sethios odiava quella dannata parola, specialmente se riferita alla vita della figlia. "Voglio vedere questo sogno. Poi magari io e te possiamo provare ad annullare la persuasione su Skye, insieme."

SETHIOS

IL SOGNO ERA TERRIFICANTE TANTO QUANTO LO AVEVA descritto Astasiya, intorno a lei c'erano ragnatele spesse e complicate. Sethios passò in rassegna le immagini fornite da Issac ma non trovò nulla che rivelasse la posizione di Caro.

Tuttavia percepì la paura della donna.

Cos'è cambiato? Le chiese. *Perché tutto a un tratto sei terrorizzata, dolce angelo?*

Ancora una volta, niente.

Che strano. Una volta Sethios adorava il silenzio. Aveva anche persuaso Caro a rimanere zitta, la prima volta che si erano incontrati. In quel momento avrebbe dato qualsiasi cosa pur di sentirla parlare. Anche un urlo sarebbe andato benissimo.

Scosse la testa e sospirò. "Non riesco a sentirla." Se avesse pronunciato quelle quattro parole ad alta voce un'altra volta, avrebbe perso la testa.

Come diavolo avrebbe dovuto fare per trovarla se non riusciva nemmeno a percepirla?

Oh, sentiva le corde legate al cuore, i bordi frastagliati

che lo pugnalavano all'interno come delle piccole spine infuriate.

Fatta eccezione per quella sensazione spiacevole, non sentiva nulla e lo *odiava*.

"Potrei provare a dormire di nuovo," si offrì la figlia dolcemente. "Forse il sogno diventerà più chiaro."

"Potrebbe divorarti ancora," commentò Issac, sembrava molto stanco. Sethios riusciva a vedere la preoccupazione nello sguardo dell'Ichoriano, non nei confronti di se stesso, ma della donna che chiaramente amava.

Cosa ne penserà Caro della loro relazione? Si chiese Sethios distrattamente. Sicuramente sarebbe rimasta scioccata così come lo era stato lui. Tuttavia aveva il sospetto che avrebbe approvato, se non altro per il modo in cui Issac guardava la loro figlia.

Sethios scosse la testa. *Basta.* "Vediamo cosa possiamo fare con Skye," disse, aveva bisogno di una distrazione.

Inoltre non era contento all'idea di far tornare la figlia nel buco nero che le provocava lo stato incosciente del sogno. Non ne avevano ricavato niente di buono ed era solo pericoloso per la psiche della ragazza. Caro non sarebbe stata d'accordo di mettere a rischio Astasiya per un proprio tornaconto.

"Va bene," concordò la figlia visibilmente sollevata.

Issac lanciò a Sethios uno sguardo riconoscente, poi seguì Stas per le scale.

Il povero Gabriel aveva tutte le camere degli ospiti occupate. La maggior parte delle persone ne condividevano una e alcuni dormivano sui divani. A Skye era stato riservato un letto.

Ezekiel si alzò mentre gli altri entrarono. Aveva i capelli in disordine e pieni di nodi, non si cambiava d'abito da almeno quattro giorni. "Devi farti una cazzo di doccia," gli disse Sethios. "Subito."

L'amico di lunga data ridacchiò. "Sto bene."

"Oh, non è per il tuo bene… è per il mio. Hai un aspetto terribile."

"Disse l'uomo che fino alla settimana scorsa sembrava un Neanderthal."

Sethios alzò gli occhi al cielo. Una delle torture preferite di Osiris era quella di controllare la crescita dei capelli. Faceva un male cane, così come il rasoio che usava per tagliarli prima che ricominciasse il tormento. Quella era stata la punizione di Sethios per essersi rimosso i punti che gli serravano le labbra qualche settimana, mese o anno prima.

Il tempo era un concetto curioso. Anche se Sethios era in grado di ricordarsi quasi tutti i dettagli dei momenti passati in cattività, a causa dello stato mentale danneggiato non aveva idea di quando si fossero verificati gli eventi.

A ogni modo, aveva bisogno che l'amico si facesse una doccia.

"Il naso di Skye ti ringrazierà," gli disse inarcando un sopracciglio. "A meno che tu non stia cercando di tormentarla costringendola a rimanerti accanto quando sei in queste condizioni…"

La domanda era velata, la parola 'tormentare' era una di quelle che di solito faceva scattare Ezekiel, se usata nei confronti di Skye.

Provocò infatti la reazione dell'assassino, che si mosse alla velocità della luce per tentare di sferrare un pugno sulla mascella di Sethios. Era raro che i due si facessero la lotta, ma quando accadeva era un combattimento alla pari. O almeno lo era quando erano entrambi in forma.

Quel giorno Ezekiel non era affatto al massimo della salute.

Sethios schivò il colpo e si spostò di lato, facendo perdere l'equilibrio al migliore amico. Lo mandò contro il muro, ma il bastardo seguì Sethios e ci provò di nuovo.

Ballarono in cerchio, con Sethios che continuava a schivare i ganci che Ezekiel sferrava.

"Posso andare avanti tutta la notte," lo schernì Sethios. Aveva molta rabbia da sfogare, così come Ezekiel. Osiris gli aveva portato via Skye un secolo prima e aveva abusato della coppia sin da allora.

La veggente aveva predetto che Ezekiel sarebbe stata la propria rovina, aveva provato a scappare da lui molte volte, ma l'assassino era rimasto infatuato da quella bellezza dai capelli scuri e l'aveva rincorsa in lungo e in largo.

L'aveva rintracciata con facilità, le abilità di assassino l'avevano aiutato nella ricerca. Tuttavia, il giorno del rapimento di lei, Osiris si era presentato ed aveva preteso che Ezekiel gliela consegnasse.

Quello era stato il motivo per cui il migliore amico di Sethios aveva deciso di lavorare per Osiris.

Non perché approvasse i piani del folle vecchio, ma perché lui deteneva il suo cuore... Skye.

Salvarla era stata la cosa giusta da fare, ma stava facendo impazzire quella povera donna. Ezekiel si portava addosso il peso del senso di colpa, la sua infatuazione per lei era la ragione per cui era stata imprigionata.

Tutto ciò aveva portato allo stato attuale di Ezekiel e all'accumulo di rabbia nel suo spirito.

Sethios lasciò che un pugno gli sfiorasse lo zigomo, sperava che fosse abbastanza per calmare l'antico assassino.

Così fu.

L'oscurità che aveva preso il sopravvento sui lineamenti in allerta di Ezekiel si ritirò, le pagliuzze dorate nello sguardo brillavano di conoscenza. Borbottò un'imprecazione e scosse la testa, i capelli sporchi si agitarono sulle spalle.

Se l'Inferno avesse avuto un aspetto preciso, sarebbe stato quello di Ezekiel.

"Va' a farti una doccia," gli intimò nuovamente Sethios. "Noi analizzeremo la persuasione di Osiris e vedremo cosa si può fare."

"Non si può fare nulla." Il tono meschino di Ezekiel mostrò una parte di lui che gli altri vedevano raramente, quella che si prendeva cura degli altri prima di se stesso.

"Ci proveremo lo stesso." Dopo tutto quello che il suo migliore amico aveva sacrificato per Astasiya e Caro, Sethios glielo doveva. "Lasciaci provare."

Ezekiel sembrava pronto a mandare a quel paese tutti quanti e se l'avesse fatto, Sethios l'avrebbe ascoltato. Tuttavia, sospettava che l'amico avesse bisogno di quella pausa e se c'era qualcuno di cui si sarebbe fidato per sorvegliare Skye, quello era Sethios.

"Tua figlia ci ha già provato."

"Allora lascia provare me," Sethios riformulò la frase.

"Anche tu ci hai già provato," borbottò Ezekiel.

Già, e non era andata bene. "Hai un'idea migliore?" Ribatté Sethios, sapendo che il migliore amico non aveva alternative, se non quella di permettere alla donna di rimanere in quel coma indotto magicamente.

L'assassino fece schioccare la lingua e si allontanò. "E va bene." Si diresse verso la porta.

"Ruba qualche vestito a Gabriel," gli disse Sethios. Lui stesso aveva già fatto razzia nell'armadio del Seraphim, era da lì che provenivano i jeans e la maglietta che indossava.

Ezekiel non rispose, sparì dalla stanza senza lasciare traccia.

Issac inarcò un sopracciglio scuro. Era l'unica reazione che diede a vedere prima di spostare lo sguardo color zaffiro su Skye. Rabbrividì davanti a qualsiasi visione si fosse imbattuta nella mente di lei.

La capacità dell'Ichoriano di manipolare la vista si dimostrò utile, in quanto non solo era in grado di costringere la profetessa in uno stato incosciente, ma riusciva anche a distorcerle gli incubi in qualcosa di meno violento.

In ogni caso, lo sforzo necessario a tenerla in quello stato per oltre sette giorni si era tradotto nei lineamenti dell'uomo. Serviva che fosse sveglio e in allerta. Era in grado di farlo in quanto immortale, ma anche uno potente come Issac avrebbe presto avuto bisogno di riposo.

Sethios sospettò che stesse usando molta energia anche per monitorare la mente di Astasiya, il che gli aveva dato modo di tirarla fuori dall'ultimo incubo riguardante Caro.

Stas si schiarì la gola e aggrottò la fronte. "Dunque, ho provato a soggiogarla da sola tramite i comandi verbali, affinché potesse fare determinati sogni, ma si trasformano tutti in tentativi di suicidio."

Issac annuì. "Sì, la persuasione è forte e le avvolge ogni anfratto della mente, in tutte le maniere possibili."

Non si trattava dell'anima, ma dello spirito. Tuttavia, Astasiya parlò prima che Sethios potesse precisarlo.

"Lo vedo. Beh, non fisicamente, ma lo percepisco. È come un lungo e oscuro filo spinato che le abbraccia la psiche. Non so come spiegarlo."

"Capisco cosa stai provando," mormorò Sethios, anche i suoi sensi stavano percependo la presa sullo spirito di Skye. "Dobbiamo disfarlo, ma non so come." Se l'avesse saputo, si sarebbe servito di quel sapere anni prima. "Come avete annientato il controllo di Osiris su di me?"

Se Astasiya aveva trovato strano il fatto che lui si fosse riferito al padre chiamandolo per nome, non lo diede a vedere. Probabilmente anche lei lo chiamava Osiris e non "nonno."

"Io... Non lo so. Ero fuori di me... Tu non mi riconoscevi, il che mi stava ferendo e poi ho iniziato a pensare a te e alla mamma. Ai miei ricordi... A quando quel giorno mi hai detto di scappare." Deglutì, poi si schiarì di nuovo la gola. "E poi ho pensato a dove si trova la mamma. A quel punto la persuasione si è allentata un po'."

Sethios prese in considerazione quelle parole per un momento, il cuore gli batteva forte nel petto. Era arrabbiato perché era ricoperto di cemento, che lo stava soffocando, *uccidendolo* di continuo; poi era stato liberato. Gli ci era voluto tanto a capire perché la sua mente si rifiutasse di riconoscere la donna che gli stava davanti.

Quando finalmente lo aveva compreso, aveva pensato che si trattasse di Caro, solo che gli occhi erano strani. Erano gli occhi *di lui*.

Sospirò.

Quel metodo non avrebbe funzionato con Skye. Né Sethios né Astasiya avevano quel tipo di rapporto con la veggente, il che rendeva impossibile annullare la persuasione attraverso un legame di tipo familiare, quello che sospettava avesse usato Astasiya. Aveva utilizzato il legame paterno per infiltrarsi nella sua anima, spezzando così il comando di Osiris.

Skye aveva bisogno di altro. Dovevano sbrogliare tutti i suoi fili mentali, non tagliarli.

Sethios fece una smorfia mentre pensava all'energia che circondava la donna. La conosceva fin troppo bene, quell'energia, ma non aveva idea di come annientarla. Al contrario, avrebbe usato quell'informazione per distruggere ogni giochetto da psicopatico del padre.

"Soggiogarla non servirà a nulla," cominciò a dire

lentamente Sethios. "Peggiorerà il suo stato." Una volta ci aveva provato, sotto richiesta di Ezekiel. "Osiris ha costruito delle barriere tempo fa che mi impediscono di manomettere la persuasione. Immagino siano ancora attive."

"Spiegherebbe perché la mente di Caro reagisce in modo così brutale ai tentativi di Astasiya," gli rispose Issac. "Sembra essere un meccanismo di difesa."

Sethios abbassò il mento, gli tornò alla mente una reazione avuta decenni prima. "Dobbiamo…"

Si bloccò per imprecare: qualcosa di estremamente appuntito gli attraversò la mente e la voce di Caro prese vita nella sua testa. *Dove sei?* Gli gridò lei. *Trovami! Trovami subito! No! Non farlo! Non è…*

Le parole si interruppero bruscamente, Sethios si sentì mancare il fiato e sussultò mentre una serie di immagini gli assalirono la mente.

"Va tutto bene," sentì dire Issac da qualche parte nella stanza.

"Shhh," lo zittì Sethios, concentrandosi sul messaggio che l'angelo sembrava volergli mandare.

Una strada.

Un edificio.

Che cos'è? Pensò rivolto a Caro, cercando di decifrare l'ombra scura e sfocata nella visione della donna. *Sono piume? Ali?*

Un segnale cancellò la visione precedente. Non uno metaforico, uno fisico. Il nome di una via. Inglese. Green. Sembrava essere negli Stati Uniti, ma dove?

Un'altra visuale gli esplose nella mente: un litorale con un mulino a vento che si muoveva selvaggiamente durante una tempesta.

Vai piano, le disse, quel vortice di sabbia gli stava consumando la visuale. *Non riesco a vedere, angelo.*

Lettere scarabocchiate su un edificio, quella che sembrava una vecchia fabbrica con le mura di mattoni. Poi di nuovo il litorale con il mulino, seguito dal cartello stradale. Tutte quelle immagini gli vorticavano nel cervello come un tornado, l'urlo di Caro gli faceva eco nelle orecchie fino a quando, tutto a un tratto, calò il silenzio.

Sethios sbatté le palpebre, si ritrovò in ginocchio, la testa tra le mani.

"Fammi vedere," gli ordinò una voce profonda. Non era Issac ma Gabriel.

Altri si erano uniti a loro, incluso Ezekiel avvolto in un asciugamano e con in mano due pistole. La progenie di Issac, quello con l'accento strano, gli stava al fianco. Dietro di loro c'era un Hydraiano dalla pelle scura.

Sethios non ricordava i nomi, nelle orecchie gli risuonava ancora l'assalto di Caro.

Skye rimase in una beata inconsapevolezza, ancora dormiente sotto l'incantesimo di Issac.

Successe tutto molto in fretta, o almeno così parve a Sethios. Era impegnato a cercare di aiutare Skye, poi l'urlo di Caro aveva fatto fermare tutto quanto. Gli era parsa frenetica, gli aveva mandato serie di immagini sparse senza alcun senso.

"Rallenta," disse Gabriel.

"Cosa devo rallentare?" gli chiese Sethios portandosi una mano alla fronte. *Merda!* Gli sembrava di essere stato investito da un treno.

"Issac ci sta facendo vedere le immagini che la mamma sta condividendo," gli spiegò Stas. "Mi ricorda la East Coast."

"Dobbiamo fare ricerche su quel nome, anche sulla mappa. Penso ci stia mostrando dei ricordi di quando Osiris la faceva annegare." La voce priva di emozioni di

Gabriel fece accigliare Sethios. "Che cos'era quella cosa sfocata?"

"Forse era Osiris nella sua forma eterea," suggerì Gabriel.

Sethios scosse la testa. "Sembrava... un pensiero intrusivo," come se Caro avesse cercato di dirgli qualcosa attraverso le visioni. Sethios non sapeva come o perché ma se lo sentiva. L'istinto gli suggeriva che c'era altro sotto quelle immagini. Qualcosa che Caro stava cercando di comunicargli dietro un pretesto d'urgenza.

Cosa stai cercando di dirmi, angelo? Le chiese.

Ovviamente non ricevette risposta. Forse era annegata di nuovo e si sarebbe rimessa in contatto una volta tornata in superficie.

A ogni modo, cinque minuti dopo ancora non si era fatta viva e Gabriel aveva già trovato una location sul telefono. Sethios ricordava quando i telefoni non erano ancora abbastanza potenti da ricercare informazioni tanto vaste.

"Dobbiamo andare in perlustrazione," comunicò loro Gabriel, poi posò gli occhi verde chiaro su Sethios. "Tu ed io."

"Cosa?" Anche se Sethios era d'accordo sul fatto che avrebbe dovuto essere lui ad accompagnare il Seraphim, prima avrebbe voluto che la testa smettesse di girargli.

"Devi confermare che sia la posizione giusta. Anche tu hai un legame con lei, se ci avviciniamo abbastanza potresti essere in grado di percepirla." Guardò Astasiya. "Tu devi rimanere qui."

"Come, scusa?" Il tono della bionda fece capire perfettamente come si sentisse riguardo quell'editto.

"C'è bisogno di un Seraphim qui, in caso il Consiglio mandi un emissario. Fino a che non torneranno Leela o Vera, tu sei l'unica che può parlare a nome dell'isola."

"Cosa significa?"

"Se il Consiglio manderà un messaggero capirai. In caso contrario, te lo spiegherò più tardi." Sethios sentì nuovamente un paio d'occhi verde chiaro addosso. "Andiamo."

SETHIOS

"DEVI DAVVERO RIVEDERE IL TUO APPROCCIO CON Astasiya," disse Sethios a Gabriel mentre si materializzavano sulle coste del Maine. Sethios non ricordava il nome della cittadina, aveva la mente tormentata dall'insieme di visioni mandate da Caro.

Aveva sentito che c'era qualcosa che non andava non appena erano arrivati, aveva lo stomaco in subbuglio. Caro stava cercando di comunicare con lui.

Si guardò intorno e riconobbe tutte le immagini che aveva visto poco prima nella mente. Avevano senza dubbio trovato la location giusta.

"Riconosci qualcosa?" gli chiese Gabriel, ignorando il commento di Sethios riguardo Astasiya.

Tipico. Il Seraphim preferiva la logica e la praticità alle emozioni.

"È senza dubbio il posto che mi ha mostrato," gli rispose Sethios. "Però non lo riconosco e non riesco a percepirla qui."

L'unica indicazione che Gabriel diede a Sethios per fargli

capire che avesse recepito ciò che aveva detto fu un lievissimo movimento di labbra, l'equivalente Seraphim di aggrottare la fronte. L'angelo camminò sul litorale con le mani lungo i fianchi. Aveva almeno tre pistole addosso, tutte nascoste da una giacca di pelle marrone. Sethios sospettò che avesse anche un coltello nello stivale, infilato saldamente sotto i jeans.

A differenza di Gabriel, Sethios non ne aveva portata nemmeno una, di arma. Le sue abilità ipnotiche e di manipolazione le rendevano pressoché inutili. Inoltre, si rifiutava di toccare coltelli finché non sarebbe tornata Caro. Le lame erano l'arma preferita della donna, in combattimento. Sethios non ne avrebbe maneggiata una fino a quando la sua compagna non gli sarebbe riapparsa davanti. A quel punto gliele avrebbe consegnate come arma oppure le avrebbe usate in maniere differente, preferibilmente di natura sessuale.

"Ho lasciato Astasiya a casa come misura preventiva," disse Gabriel senza guardare in faccia Sethios. I capelli biondo chiaro quasi brillavano, il sole era alto in cielo in quella fetta di mondo. "È solo una questione di tempo prima che il Consiglio mandi qualcuno a fare dei controlli alla mia tenuta. Avranno percepito il va e vieni immortale da casa mia."

A quel punto si girò, aveva un'espressione molto più stanca di quanto Sethios l'avesse mai visto. Sembrava essere un tratto comune a tutti, di quei tempi.

"Non so come reagiranno, Sethios, ma non saranno di certo felici."

Sethios si accigliò. "Perché ho la sensazione che tu mi abbia portato qui per un motivo preciso, Gabriel?"

"Ho semplicemente approfittato di un'occasione per averc un momento da soli," ammise il Seraphim. "Tu sei l'unico, oltre Leela e Vera, a capire le nostre politiche. Il

Consiglio non se ne starà con le mani in mano, permettendomi di ospitare degli abomini."

"Quindi la tua risposta a quella minaccia è stata lasciare a casa mia figlia e portarmi via in modo che potessimo avere un momento da soli?"

Si passò una mano tra i capelli, le punte scompigliate gli solleticarono le orecchie. "Il Consiglio non torcerà un capello a Stas. È troppo preziosa per loro, ma potrebbero provare a prendere Skye. Senza contare Elizabeth... se verranno a sapere della gravidanza..." Lasciò cadere la frase e sussultò al pensiero di dove si stesse dirigendo la sua mente. "Siamo nei casini, Sethios. Nascondere Owen era un conto... se ne stava sulle sue e non ha mai lasciato il posto, ma ora gli Hydraiani stanno usando il teletrasporto come se casa mia fosse un maledetto aeroporto."

"Perché non hai detto niente?"

"L'ho fatto, nessuno mi ascolta."

"Quindi speri che io li faccia ragionare," tirò a indovinare Sethios. "E mi hai portato nel Maine per parlare di questo?"

"Come ho detto, ho colto l'occasione. Caro ci aveva fornito una location."

"Sì, facendoti vedere un ricordo vecchio diciotto anni," mormorò una voce grave. "Pensavo che sarebbe successo prima, ora che hai riacquistato tutti i tuoi sensi. Il che mi fa sorgere domande riguardo allo stato mentale della tua Seraphim."

Il padre di Sethios gli si materializzò al fianco e lui si sentì raggelare. La pelle olivastra di Osiris e la testa calva lo facevano brillare sotto il sole pomeridiano. Le ali nere sparirono, lasciandolo avvolto in un completo su misura, una camicia bianca sbottonata in cima e senza cravatta.

"Non combattermi. Non ti nebulizzare. Non scappare." Osiris snocciolò i comandi persuasivi uno dopo l'altro in rapida successione. "Anzi, non muovere affatto le gambe. Ho delle cose da dire e preferirei fare in fretta, viste le circostanze del nostro incontro."

"Salve, padre," lo salutò istintivamente Sethios, le migliaia di anni alle spalle lo aiutarono a mantenere un tono annoiato. Si rifiutava di mostrarsi spaventato. Forse arrabbiato, ma nient'altro.

Era questo che cercavi di dirmi, vero angelo? La sfumatura nera era Osiris. Eppure quello era uno sviluppo interessante. Il padre si era riferito a quella visione come a "un ricordo vecchio diciotto anni", implicando che Caro fosse già stata lì. Se lui rappresentava l'ombra nera allora voleva dire che i due erano stati lì *insieme.*

Il cuore di Sethios ebbe un sussulto.

C'era solo un motivo per cui potevano essere stati entrambi in quel posto.

È dove ti ha presa...

"Figliolo," gli rispose Osiris. "Sembri più in forma dell'ultima volta che ci siamo visti."

Sethios ebbe bisogno di molto controllo fisico per non mostrare alcuna reazione esterna al caos interiore che stava imperando nella sua mente. Avrebbe solo voluto uccidere il bastardo che gli stava davanti e trovare Caro. Tuttavia non poteva muovere le gambe o combattere, grazie al dannato ordine persuasivo del padre.

Così finse nonchalance, un'abilità che aveva passato tutta la vita a perfezionare. "Beh, i capelli mi crescono in modo molto più naturale, ora," biascicò Sethios. "Inoltre, la mia pelle apprezza l'aria fresca, invece di venir bruciata dal cemento incandescente." Quelle parole pronunciate con assoluta calma erano in netto contrasto con l'agonia che quelle esperienze gli avevano causato.

"Uhm, anche la tua mente si gode la libertà?"

"È davvero libera?" ribatté Sethios, sapeva che il padre

adorava usare dei trucchetti di persuasione con effetti ritardati.

Osiris non prestò attenzione alla domanda e al contrario chiese: "Dimmi, come sta Skye? È già morta?"

"È per questo che sei qui? Per degli aggiornamenti su coloro che ti piace torturare?" Sethios non era interessato a quei giochetti e permise a quel sentimento di permeargli il tono. "Che cosa vuoi, padre?"

Sarebbe stato saggio far sì che l'anziano parlasse il più possibile, così da poter pensare a un piano di fuga, ma Sethios si rese conto di aver perso tutta la pazienza.

Gabriel non disse nulla, si limitò a incrociare le braccia e a guardare Osiris in totale tranquillità. Il Seraphim non aveva paura di niente. Nemmeno della sua stessa morte. Probabilmente stava escogitando un piano e non lo dava a vedere. Nel frattempo, l'unica idea che aveva avuto Sethios era quella di sopportare qualsiasi stregoneria avesse in mente il padre per poi liberarsene in seguito.

Quell'approccio non aveva funzionato molto bene l'ultima volta.

Sethios e Caro si erano fatti intrappolare con l'intento di non fuggire. Avevano voluto proteggere Stas. Dal momento che Osiris sapeva dell'esistenza della ragazza, Sethios avrebbe potuto lottare.

"Sempre molto diretto," commentò Osiris divertito. "Una decisione saggia, dal momento che non sono l'unico a monitorare la zona e che non siamo nella stagione dei turisti, verremo sicuramente notati."

Sethios rimase in silenzio ma dentro di sé si chiese cosa intendesse dire il padre. *Chi altro sta sorvegliando la zona? Perché?*

"L'Alto Consiglio di Seraph ha già richiesto un'udienza con Stas?" chiese il padre di Sethios. "Immagino che siano molto interessati ai suoi talenti. Sarà un'ottima candidata al mio rimpiazzo. Certo, lo saresti anche tu una volta spuntate le ali."

Sethios si accorse della frecciatina. Il padre gli aveva sempre fatto pesare che non fosse un purosangue. Era stato Osiris a scegliere di procreare con una mortale invece che con una Seraphim, eppure incolpava il figlio.

Solitamente l'insulto non toccava Sethios, ma quel giorno sentì come una fitta attraversargli il petto. Avrebbe dovuto avere le ali a quel punto, grazie al legame con Caro. Eppure non era così e sospettava che fosse perché avevano passato molto tempo separati.

Lei gli aveva detto che niente poteva spezzare un legame di sangue.

La parte insicura di Sethios si preoccupava che Caro potesse essersi sbagliata.

A ogni modo, non avrebbe potuto pensarci in quel momento, non davanti a Osiris.

Il padre si nutriva di dolore e paura. Sethios ne possedeva a valanghe di entrambi, ma avrebbe sofferto in silenzio e si sarebbe scorticato vivo dall'interno prima di concedere che anche solo un briciolo della sua sofferenza facesse divertire il proprio creatore.

Osiris lo studiò per un lungo momento, le labbra piegate all'insù, abbastanza da mostrare a Sethios che si stesse godendo la scena. Oppure si trattava di orgoglio. L'anziano era difficile da decifrare, la sua mente era troppo psicotica perché qualcuno la potesse capire davvero.

"Forse sei pronto, dopotutto," gli disse con voce più morbida del solito, quasi come se quelle parole fossero rivolte a se stesso e non al suo interlocutore. "È un bene, figliolo. Ti servirà la forza… per quello che sta per arrivare. Specialmente ora che hai abbandonato la mia cerchia."

Sethios dovette appellarsi a tutto il proprio

autocontrollo per non chiedergli di elaborare. Non poteva permettersi di sembrare interessato alla faccenda, anche se la minaccia su "quello che stava per arrivare" aveva certamente stuzzicato il suo interesse.

"Se l'Alto Consiglio non ti ha ancora chiamato, lo farà presto. Vorranno parlare con tua figlia. Se tieni alla sua vita, ti consiglio di far sì che non accada."

"Fammi indovinare il tuo prossimo consiglio," biascicò Sethios. "Vuoi che la consegni a te affinché tu possa tenerla al sicuro."

"Sarebbe una mossa saggia."

"Certo." Sethios avvolse la parola in un bel po' di sano sarcasmo. "Mi metto subito al lavoro."

Osiris emise un verso di irritazione. "Ritiro il mio commento riguardo il tuo stato di preparazione."

"Astasiya è una persona a sé," intervenne Gabriel prima che Sethios potesse fare un altro commento sarcastico indirizzato al padre. "In questo momento le servirebbe un buon motivo anche solo per parlarti, figuriamoci venire da te di sua spontanea volontà." Gabriel ridacchiò. "È del tutto impraticabile. Non succederà mai."

"Stai dicendo che devo guadagnarmi la fiducia della mia nipotina?"

"Sto dicendo che da quello che ho capito riguardo i suoi poteri non sarà facilmente persuasibile dal padre, o da te, se è per questo." Gabriel ruotò il polso e l'orologio catturò la luce del sole. Una mossa veloce che Sethios notò, mentre il resto del suo corpo rimase immobile e composto, le gambe rigide a causa della persuasione esercitata da Osiris. "Potrà prendere in considerazione un'idea tanto assurda solo se le darai una ragione per farlo. Fino a questo momento non ne ho vista nessuna."

Sethios fu sul punto di contorcere la bocca in una smorfia. L'affermazione del Seraphim era strana. Astasiya non avrebbe mai acconsentito ad avvicinarsi a Osiris, nemmeno con in mano una buona 'ragione'.

Che cosa stai facendo, Gabriel? Si chiese Sethios, cercando di seguire il percorso strategico che l'angelo aveva messo in moto. Chiaramente era alla ricerca di qualcosa. Aveva anche fatto un movimento con l'orologio. Osiris se n'era accorto?

"Forse dovrei farvi entrambi prigionieri," propose Osiris. "Potrebbe fornirle la giusta motivazione per farmi visita."

Gabriel alzò una spalla, totalmente indifferente al pericolo incombente. "Potresti, ma così la faresti solo arrabbiare di più."

"Posso lavorare con la rabbia."

"Ah, sì?" ribatté Gabriel. "Tua nipote è stata cresciuta dagli umani, Osiris. Pensa con il cuore, non con la logica del suo diritto di nascita. Farle del male l'allontanerebbe solo da te."

"Dovresti starlo a sentire, padre. Al momento è il destinatario principale dell'ira di Astasiya. Proprio questa mattina gli ha rotto il naso. Era la terza volta questa settimana, giusto?" Sethios fece finta di pensarci su. "Oppure era la quarta?"

"La seconda," lo corresse Gabriel con tono apatico nonostante il tentativo di Sethios di provocarlo. L'angelo non lo guardò nemmeno, la sua attenzione era tutta per Osiris.

"Hai ragione," gli concesse Sethios imitando il tono dell'amico, anche se internamente stava sorridendo. "La prima volta ti ha fatto solo un occhio nero."

Gabriel lo ignorò. "Il punto rimane lo stesso, Stas non verrà da te di sua spontanea volontà, Osiris. Nemmeno se rapisci tutti coloro a cui tiene. Si limiterà a combatterti, e anche se tu dovessi sconfiggerla, lei non si fermerà finché non sarà del tutto distrutta. Se è quello il tuo obiettivo, allora va bene, ma sappiamo entrambi che avere un'arma distrutta tra le mani non è nei tuoi migliori interessi."

Oh, quindi è così che vuoi giocartela, pensò Sethios. Stava davvero suggerendo a Osiris di conquistarsi la fiducia di Astasiya, un compito piuttosto impossibile. Eppure il padre di Sethios avrebbe potuto essere abbastanza arrogante da provarci. Perché Gabriel aveva ragione, per portare avanti i propri piani Osiris aveva bisogno che Astasiya rimanesse illesa.

Il padre avrebbe voluto fare la guerra ai Seraphim. Sethios sapeva che quello era il suo obiettivo da secoli e finalmente avevano raggiunto il momento in cui il maestro di scacchi avrebbe potuto piazzare la potente regina sulla scacchiera.

"Non ti sei facilitato per niente il compito," aggiunse Sethios collegandosi al commento di Gabriel. "E ciò che dice Gabriel è corretto. Non sono abbastanza forte per persuaderla, quindi anche se tu mi motivassi a farlo, non succederebbe granché."

Sethios si assicurò che la propria voce ed espressione non lasciassero trasparire nulla. Avvolse ogni parola nella certezza, cercò di sembrare apatico anche davanti al prospetto di persuadere la propria figlia.

Oh, avrebbe potuto funzionare.

Tuttavia, Osiris non avrebbe dovuto saperlo. Il bagliore negli occhi verdi, della stessa tonalità di quelli di Astasiya e Sethios, gli disse che stava prendendo le loro parole sul serio.

Bene.

Significava che avrebbero potuto tirarsi fuori di lì vivi. Non che Osiris potesse ucciderli... Sethios sospettava che Gabriel avesse anche attivato una sorta di allarme sull'orologio. Osiris non sembrava essersene accorto o forse, più probabilmente, aveva lasciato che accadesse perché avrebbe voluto vedere arrivare la nipotina.

Mmmh, peccato, vecchio mio. La chiamata era probabilmente diretta a Vera e Leela, che al momento non si trovavano con Astasiya, ma con gli Hydraiani.

"Va bene," disse Osiris, provocando un'ondata di shock nel corpo di Sethios.

Quelle erano parole che non si sarebbe mai aspettato di sentire dal padre, quindi lo misero subito in guardia.

Aspettò che il Seraphim della Resurrezione aggiungesse altro, ma non lo fece. Si limitò a giungere le mani davanti a sé in un'espressione che non lasciò trapelare nulla.

A che gioco stai giocando? Avrebbe voluto chiedergli Sethios, i quali istinti difensivi si erano messi in allerta facendogli accapponare la pelle e drizzare i peli sulle braccia. Riconobbe la persuasione eppure non riusciva a capirne il motivo.

Un suono squillante ruppe quel silenzio soffocante.

Nessuno di loro di mosse.

Continuò fino a quando Osiris sospirò: "Rispondi." L'affermazione era puntualizzata dalla persuasione, in modo da costringere Gabriel all'azione.

Estrasse il telefono dalla tasca e se lo premette all'orecchio. "Sì?" Spalancò impercettibilmente gli occhi difronte alla risposta e poi spostò lo sguardo su Sethios. Era leggermente preoccupato e ciò confermò all'amico un cambio inaspettato. Uno che non poteva che essere negativo.

"Che cosa hai fatto?" chiese Sethios, degli invisibili fili di potere sembravano ricondursi a Osiris. Ogni filo sembrava spingere Sethios in un'altra dimensione, ricordandogli chi gli avesse donato la vita.

Il tuo potere è il mio potere, sentì sussurrare attraverso i propri sensi. *Io ti possiedo.*

"Ho offerto la mia idea di regalo," spiegò Osiris, l'elettricità scoppiettava intorno a loro mentre il più vecchio l'assorbiva nel proprio sistema. "Funziona anche da corso pratico, dato che hai bisogno di una guida più di me, al momento."

Un corso pratico? Ripeté Sethios a se stesso. Intorno a lui l'aria si fece più fredda. Cominciò lentamente a rilassarsi, le scosse elettriche sulla pelle iniziarono a sparire.

Il padre si massaggiò il collo e rabbrividì per via di tutta quell'energia che gli era appena entrata in circolazione.

Gabriel non aveva ancora detto una parola ma era chiaramente sorpreso.

"Speravo di avere più tempo, ma riesco a sentire che la marea è in procinto di cambiare." Osiris guardò il cielo e sospirò. "È questo il problema dell'essere vecchi tanto quanto me… Sbaglio i calcoli di secoli, non di minuti. A ogni modo, eccoci qui. Ti ho fornito tutti gli strumenti… sta a te usarli."

Sethios per poco non si mise a ridere. Gli unici 'strumenti' che il padre gli aveva dato erano lezioni sul tormento mentale e fisico.

"Hai rilasciato Skye dalla tua persuasione," disse Gabriel, Sethios alzò entrambe le sopracciglia, sorpreso. "È un bel regalo, ma penso che Astasiya sarebbe più contenta di poter riavere indietro la madre."

Porca miseria, pensò Sethios, sbalordito dalle parole dell'angelo. *Il consiglio di Gabriel ha funzionato sul serio.*

Le profezie che riguardavano Astasiya la ritraevano come una forza potente che avrebbe distrutto tutto ciò che era sul suo cammino. Sethios non era un ingenuo, sapeva perché il padre la voleva, ma non aveva idea che Osiris si sarebbe spinto così lontano per assicurarsi l'alleanza della ragazza.

Era chiaro, invece, che Gabriel lo sapesse e che avesse usato quella nozione in maniera brillante per trarne vantaggio.

Il rispetto di Sethios per quell'uomo crebbe notevolmente.

Osiris abbassò lentamente il viso per incontrare lo sguardo del giovane Seraphim. "Non è sotto il mio controllo."

"Potresti dirci dove l'hai lasciata," suggerì Gabriel.

"Potrei." Guardò l'oceano. "Ma non vi aiuterà." Piegò la testa di lato. "Non è più lì."

Gabriel e Sethios si scambiarono uno sguardo, entrambi stavano cercando di decifrare le parole di quell'uomo malvagio.

"La mia offerta di proteggere Astasiya è ancora valida," disse piano Osiris. "Ne avrà bisogno." Apparve al fianco di Sethios una frazione di secondo più tardi. "Aspetto la tua chiamata."

Osiris sparì.

Sethios non disse nulla per un lungo momento, lo sguardo fisso su Gabriel. Il Seraphim lo ricambiò, studiandolo. "Caro non è sott'acqua."

"Cosa?" Come aveva avuto quell'informazione?

"Osiris ha detto che la visione era un ricordo di diciotto anni fa, poi ha commentato lo stato mentale di Caro e io ho pensato si riferisse alle conseguenze delle numerose morti. Tuttavia, ha appena detto che non è più dov'era e ha fatto capire che non sa dove si trovi, il che vuol dire che qualcuno è arrivato a lei prima di noi."

Sethios prese in considerazione le prove, ripensando a ogni parola detta dal padre. Osiris dava il meglio di sé nelle strategie, ciò che diceva e le decisioni che prendeva erano sempre nel suo miglior interesse.

Era possibile che avesse avuto intenzione di fargli fare un giretto mentre preparava una trappola per incastrarli tutti. Eppure non aveva fornito loro abbastanza informazioni da dargli veramente qualcosa di concreto.

"Chi altro poteva cercarla?" si chiese Sethios a voce alta, pensando a ciò che aveva detto Gabriel riguardo al fatto che qualcuno doveva aver salvato Caro dalla morsa dell'oceano.

"Non è quello che mi preoccupa," gli rispose il Seraphim. "Ciò che mi spaventa è chi ha avuto l'abilità di trovarla."

Sethios lo guardò mentre una conversazione del passato gli si riversò nella mente. Era avvenuta poco dopo la nascita di Astasiya. La stirpe di Caro la rendeva irrintracciabile. Sethios si accigliò. "Mi ha detto che tu avresti potuto trovarla."

"Sì," concordò Gabriel. "Dovrei poterlo fare, eppure non riesco a percepirla da quando Osiris l'ha intrappolata sul fondo dell'oceano. Ho pensato che fosse perché era sott'acqua, ma ora mi chiedo se per tutto questo tempo ci sia stato altro a interferire con la mia abilità di rintracciarla."

"Stai dicendo che negli ultimi diciotto anni non ha continuato ad annegare? Che si trovava da tutt'altra parte?" Non appena pronunciò quelle domande, la possibilità che avesse ragione gli attraversò la mente. "È per questo che non posso percepirla?"

L'ordine di Osiris di non muovere le gambe era l'unica cosa che manteneva in piedi Sethios.

Fanculo.

"Ma tu e Astasiya la sognate," disse Sethios dando voce ai propri pensieri. "Lei vi manda delle visioni."

"Ah, sì?" chiese Gabriel mostrando per la prima volta un'espressione con qualche accenno di emozione. "Oppure è un loop fatto per distrarci?"

"Un loop?"

"Un filmino fatto di ricordi," spiegò Gabriel. "Dobbiamo analizzare le visioni. Dobbiamo analizzare tutto quanto." Guardò il proprio orologio, poi di nuovo Sethios. "C'è solo un altro essere in grado di localizzare mia madre."

"La madre di Caro," finì Sethios, ricordandosi della donna dalla discussione avuta venticinque anni prima. "Pensavo che Leela stesse monitorando il Consiglio." Era stato il suo compito e la ragione per cui si era rifiutata di giurare fedeltà ad Astasiya. "Avrebbe dovuto dircelo se avessero deciso di svegliare la madre di Caro dal suo coma angelico."

"Giusto, è la nostra spia all'interno del Consiglio," disse Gabriel dolcemente, poi aggrottò la fronte e guardò di nuovo l'orologio. "Proprio come dovrebbe monitorare i miei segnali di allarme."

Con una scossa di energia, la persuasione che legava le gambe di Sethios si spezzò. Osiris aveva rilasciato del tutto lui e Gabriel, permettendogli di muoversi di nuovo.

Gabriel si nebulizzò, in modo da testare le ali, poi apparve di nuovo nella sua forma corporea. "Dovremmo andare a controllare Skye. Poi dobbiamo fare una chiacchierata con Leela, dopodiché analizzeremo tutti i sogni. Se Osiris ha ragione e la visione di oggi è un ricordo, sospetto che lo siano anche gli altri."

Sethios deglutì, aveva il cuore in gola.

Per tutta la settimana aveva sentito che c'era qualcosa che non andava. Avrebbe dovuto almeno essere in grado di percepire Caro, ma l'unico legame tangibile tra di loro era il filo spinato che gli provocava enormi lacerazioni nel cuore.

Sethios aveva temuto che lei l'avesse in qualche modo bloccato per via del dolore, ma se non fosse stato così? E se qualcuno, o qualcosa, avesse spezzato il loro legame?

Oh, angelo... Gli si infranse di nuovo il cuore. *Dove diavolo sei?*

CARO

CARO NON SI RENDEVA CONTO DI NIENTE. NON SENTIVA IL metallo della sedia sotto di lei, non odorava l'aria stantia della stanza e non percepiva il calore del sole scaldare la finestra.

Esisteva come in una nebbia.

Dimenticata.

No, non era vero. Non era stata affatto dimenticata, ma aveva bisogno che la mente le rimanesse lucida. Aperta. Vuota. Era l'unico modo per agire, lì.

Erano *tutti* dentro di lei, i loro poteri stavano riabilitando la sua anima Seraphim, cercavano di ricreare la persona che avrebbe dovuto essere. Caro stava permettendo quel processo, lo accettava. Lo incoraggiava.

Perché aveva trovato una piccola frattura dentro di sé e non voleva che gli altri venissero a sapere dove si trovasse.

Nel profondo della propria psiche.

Stava esplorando.

Tirando le fila.

Spingeva delicatamente il loop dei ricordi che le era

stato inserito nel legame. Le ci volle ogni briciola di forza mentale per non ritrarsi davanti alla propria agonia, quella visiva che le mozzava il fiato e la terrorizzava.

I Seraphim non provano sentimenti.

I Seraphim non amano.

I Seraphim non reagiscono.

Sussurrò quelle parole nella propria mente, fingendo di cedere al riprogrammarsi dell'anima e al contempo ricordando a se stessa la battaglia interiore che stava combattendo.

Tanto potere, tanta autorità. Tanto *peso*.

Caro lottò per ottenere un po' di concentrazione, trovò il filo che desiderava, quello che l'avrebbe messa in connessione con il suo posto proibito.

Silenzioso.

Lento.

Facile.

Non poteva permettersi di lasciar trapelare nulla, erano in tantissimi intorno a lei e tutti naturalmente inclini al rimprovero. Volevano che lei si adattasse, cambiasse. Tornasse a essere la Seraphim che era stata in passato.

Caro non era più nessuno.

Aveva smesso di essere.

Era un contenitore di magia. Un essere da possedere.

Quei pensieri le attraversarono la mente come una forma inebriante di ribellione. Tuttavia non lo fece. Non in modo ovvio, almeno. Si ritirò nel posto che più desiderava, che non avrebbe dovuto toccare. Ogni volta che alterava un ricordo artificioso, il messaggio cambiava. Non poteva rischiare troppo o uno di loro se ne sarebbe accorto. La stringa di ricordi veniva trasmessa come in un loop.

Caro che annegava.

Caro che piangeva.

Caro che urlava in preda al dolore.

Le sembravano ricordi vecchi di secoli. Non riusciva nemmeno più a percepire l'acqua o a ricordare come la soffocava. Eppure il dolore rimaneva, come una cicatrice viscerale, proprio accanto al cuore.

Si spostò in avanti, avrebbe voluto lasciare un'altra impronta, alterare una parola o una frase.

Per quante volte era morta e si era rigenerata?

Il loop mostrava solo una manciata di ricordi e Caro si domandò quanto fosse effettivamente rimasta sul fondo dell'oceano. Minuti? Ore? Giorni? Mesi?

Importava davvero?

No, non sul serio. Aveva in mente una missione, un ricordo da alterare, un modo per…

Una presenza fece annebbiare la mente di Caro ancora una volta.

Uno di *loro* stava controllando l'attività mentale in crescita.

I Seraphim non provano sentimenti.

I Seraphim non amano.

I Seraphim non reagiscono.

Inspirò piano, tornò al proprio posto, lontano da quel luogo tanto prezioso. Non avrebbe alterato alcun ricordo, quel giorno. Non con quell'essere che le frugava nella mente alla ricerca di qualche errore nella riabilitazione.

Il silenzio la avvolse.

La calma.

Il nulla.

Caro non esisteva più.

Niente legami.

Niente famiglia.

Niente amore.

Solo un'anima Seraphim… che fluttuava via.

43

Il tempo non aveva più significato.

Caro era rinata. Era morta e poi rinata di nuovo.

Era annegata in assenza d'acqua.

Separata dal proprio corpo e poi riattaccata ancora una volta.

Faceva male? Forse. La donna non riusciva a percepire nulla, la sua mente esisteva in una stratosfera lontana dallo spirito.

Non era vero. In qualche modo erano collegati. Caro sbatté le palpebre, ondeggiò un po'. Poi morì di nuovo.

Un barlume di luce le catturò l'attenzione, era molto sottile e flebile, un piccolo frammento di follia che le illuminava le ombre. Gli andò incontro nuotando in silenzio e con molta attenzione, clandestinamente, alla ricerca dello sfogo che la sua anima bramava.

Nessuno la stava guardando, quel giorno. Almeno non da vicino. Il processo di riabilitazione era quasi completo, presto si sarebbe svegliata con un nuovo scopo. A riguardo provava solo un senso di accettazione.

Le avrebbero fornito un compito.

Lei lo avrebbe portato a termine.

Disobbedire non era pratico.

Proprio come non lo era seguire quel filo spinato tutto rovinato. I ricordi del passato le avvolsero la mente. Caro nascose le proprie intenzioni, scegliendo di guardarli attraverso l'occhio passivo della mente.

Nessuno la fermò.

Nemmeno una piccola crepa nella coscienza.

A quel punto era del tutto riformata e non costituiva più un problema.

Il che le dava modo di giocare, di alterare ancora una volta i messaggi, seppur leggermente. Avevano scelto di mostrare quel loop di ricordi a coloro che Caro non poteva nominare senza rischiare di essere scoperta.

Piano piano cominciò ad aggiungere i propri tocchi, parole, suoni.

Rimase sola, nessuno la importunò, la sua mente era ancora sotto l'incantesimo dei poteri Seraphim ma senza essere costantemente sorvegliata.

Caro aggiunse un'altra ombra. Deformò un altro dettaglio. In uno dei loop fece sparire l'acqua. Aspettò.

Niente.

Le visioni funzionavano? Forse si trattava solo di un trucco mentale stabilito da coloro che avrebbero dovuto guidarla nella riformazione? E se fosse stato un test? E se Caro stesse fallendo?

Toccò ancora una volta il loop con la mente, alla ricerca del ricordo del giorno che era annegata. Le ombre erano troppo veloci, impercettibili.

Era un rischio.

Tuttavia, Caro voleva che loro vedessero.

Un senso di giustizia la travolse, un cambiamento sottile che per poco non la riscaldò dal suo stato di congelamento perenne. Era un trucchetto della mente? Un altro esperimento?

Se non avesse passato il test avrebbero ricominciato da capo.

Se non ci avesse provato, non sarebbe mai riuscita a scappare.

Il sacrificio non era una novità per Caro. Avrebbe sopportato qualsiasi dolore, se gli avesse concesso una possibilità.

Si addentrò maggiormente nel loop di ricordi, attenta a evitare di essere vista da uno di quelli che l'aveva creato, poi si infilò nel labirinto mentale più profondo.

Quel ciclo era collegato a qualcosa, da qualche parte. Quella connessione era la chiave della sopravvivenza.

Caro doveva avvertirli.

Prima che fosse troppo tardi.

SETHIOS

"OSIRIS HA ANNULLATO LA PERSUASIONE SU SKYE PER FARMI un regalo?" L'espressione di Astasiya era sorpresa tanto quanto il tono di voce. "Un regalo a me?"

Sethios annuì in segno di conferma. "Gabriel l'ha convito che fosse necessario un gesto in buona fede affinché tu considerassi di lavorare per lui."

"Non lo farò mai," rispose Stas immediatamente.

"Ovviamente," commentò Gabriel dalla poltrona reclinabile nel suo salotto. Era il ritratto della rilassatezza, sdraiato lì a gambe incrociate con gli occhi chiusi. Il sole che faceva capolino fuori indicava che fosse presto e confermava che avessero tutti quanti passato l'ennesima notte insonni.

"Osiris non conosce te e la tua determinazione," aggiunse Sethios una volta che il Seraphim in poltrona rimase stoico e silente. "Tuo fratello ha giocato su questo fattore perché immagino che volesse che Osiris ci fornisse la posizione corrente di tua madre. Invece ci ha dato Skye."

"Pensa che annullando gli effetti di un gesto diabolico io possa perdonarlo?"

"Mio padre è un maestro della strategia, quindi sospetto che abbia rimosso la persuasione anche per un tornaconto personale." L'aveva confermato dicendo che avrebbe fatto anche da corso pratico. "Ha detto che servirà più a noi che a lui, ha fatto intendere che vuole farle consegnare una sorta di profezia che probabilmente ci metterà tutti quanti sulla sua strada."

Astasiya rabbrividì visibilmente. "No, grazie."

Issac la cinse con un braccio e l'attirò più vicino a sé sul divano. Fu un gesto molto naturale che lei accettò a cuore aperto e con fiducia. Anche se il pensiero che lei avesse un compagno infastidiva terribilmente Sethios, ogni momento in loro presenza indicava quanto fosse forte il loro legame.

Invece di esprimere un commento a riguardo, o spezzare il braccio di Issac, Sethios si sedette di fronte a Gabriel e lasciò i due piccioncini sul divano. "Hai avuto notizie di Leela?"

"No."

"È preoccupante."

Gabriel alzò una spalla, a quanto pareva era il suo modo di dissentire. "Stando a quanto dice Owen, dovrebbe essere con Jayson, Balthazar ed Elizabeth."

"E Vera dov'è?" insistette Sethios.

"Quello è ancora più preoccupante," mormorò Gabriel aprendo finalmente gli occhi. "I miei allarmi arrivano anche a lei, ma non è né qui né a Hydria."

Sethios ci pensò su. Sebbene avessero incaricato Leela di monitorare il Consiglio, anche Vera possedeva le medesime informazioni.

"Quando siete tornati avete detto che è possibile che l'abbia trovata la madre di Caro, la nonna di Astasiya."

48

Issac guardò prima Sethios, poi Gabriel. "Cosa c'entrano Leela e Vera?"

"Leela avrebbe dovuto monitorare le decisioni del Consiglio," gli rispose Sethios. "Il suo compito era quello di avvertire Gabriel se avessero dato qualche segno di voler svegliare la madre di Caro."

"Svegliare?" ripeté Astasiya.

Giusto, probabilmente non era al corrente delle abitudini dei Seraphim di fare pisolini lunghi secoli. Nemmeno Sethios lo sapeva, finché Caro non gli aveva spiegato tutto. "Quanto sai dei Seraphim?" le chiese, curioso di sapere da dove cominciare il discorso. "Sei al corrente della loro struttura politica?"

"Non abbiamo ancora raggiunto quel punto nel percorso formativo," s'intromise Gabriel.

"Sì, perché qualcuno ha passato gli ultimi diciotto anni della mia vita a incasinarmi la testa," ribatté Stas.

Gabriel alzò gli occhi al cielo, un'azione che in un giorno normale avrebbe divertito parecchio Sethios.

Purtroppo, quello non era un giorno normale.

Così ignorò la dimostrazione di fastidio e si concentrò sulla figlia. "L'Alto Consiglio di Seraph è il governo dei Seraphim. Emettono editti e si avvalgono dei Destinati affinché li guidino nelle decisioni. È proprio così che ci siamo conosciuti io e tua madre, era stata mandata a consegnare un editto a Osiris."

Sethios trattenne un sorriso al ricordo di quella notte. Aveva visto le belle ali azzurre dall'altro capo dell'Arcadia e le si era avvicinato per una chiacchierata. Caro si era dimostrata tutt'altro che ammaliata dall'interesse di Sethios, poi, quando Osiris li aveva approcciati, lui l'aveva persuasa a rimanere ferma in silenzio… una mossa che le aveva salvato la vita, nonostante poco dopo lei volesse ucciderlo.

Per Sethios era stato desiderio a prima vista.

Per quell'angelo esuberante con la passione per le lame.

Accidenti come gli mancava quella notte. Come gli mancava *Caro*.

Eppure quello non era l'argomento in questione. Sethios aveva bisogno che la figlia capisse la storia, per essere in grado di elaborare il presente.

Così le raccontò tutto quello che sapeva, incluso il fatto che i membri del Consiglio fossero i Seraphim più anziani e potenti. Erano i capi delle loro proverbiali stirpi sanguigne e ognuna di loro era caratterizzata da un tratto o un'abilità.

Caro proveniva dalla stirpe messaggera, i suoi doni le permettevano di mascherare la propria posizione. Aveva anche ereditato delle capacità curative dalla madre, ma in Caro erano rimaste dormienti. Almeno per il momento. I Destinati avevano detto che un giorno le sarebbero servite, ma quel giorno non era ancora arrivato.

Il padre di Gabriel, Adriel, era il leader della stirpe guerriera, il che fece ridere Astasiya. "Ovviamente," commentò nel bel mezzo della lezione di Sethios.

Dopo aver dettagliato la struttura delle stirpi familiari, Sethios passò alle operazioni della società e al modo in cui i Seraphim erano soliti governarsi. "Il Consiglio è responsabile di ogni decisione," le disse. "Quindi se tua nonna è stata risvegliata dal suo sonno… è stato sotto la loro autorità e sicuramente con lo scopo di trovare tua madre."

"Lei è l'unica in grado di farlo oltre a te, me e Sethios," aggiunse Gabriel. "Pensavo di non poterla localizzare perché era sottoterra, un po' come quando Issac ti aveva seppellita. Non riuscivo a percepire dove fossi anche quando avrei dovuto esserne in grado."

"Quindi è del tutto possibile che stia ancora annegando," disse Issac.

"Sì," concordò Gabriel. "Però ci sono altri fattori di cui dobbiamo tenere conto, come il fatto che Sethios non riesce a percepirla. Quando hai legato con Astasiya ti ho avvertito che se le fosse mai successo qualcosa di simile, saresti stato in costante agonia." Fece un cenno verso Sethios. "Lui non lo è per niente."

"Una volta lo ero," gli disse Sethios, ripensando ai giorni di prigionia. "Ho sentito Caro morire diverse volte, senza mai capire chi fosse o perché stessi vivendo quella morte insieme a lei. Tuttavia, il dolore è passato quando la persuasione di Osiris ha preso il sopravvento su di me." Si acigliò. "Ci sono stati momenti in cui sentivo il suo dolore, ma non erano continuativi. Ora è come se non ci fosse nemmeno più."

Ripensò alla prima volta che Caro era morta, a quanto fosse stato straziante non capire perché lui stesso si sentisse annegare sulla terra ferma. Il dolore al petto l'aveva quasi distrutto, l'angoscia gli aveva paralizzato l'anima. A ogni modo era sparito tutto dopo un solo respiro e si era ripetuto parecchie volte durante il giorno, fino a quando il padre non era arrivato per silenziarlo con un solo comando.

Per quanto tempo era durato? Le ore o i giorni passati a morire ripetutamente senza poter urlare o muoversi?

Sethios sbatté le palpebre. Quand'è che era finito tutto? Osiris l'aveva persuaso per noia o per qualche altra ragione?

"Pensavo che sentissi Caro tutti i giorni," disse Issac, concentrato su Gabriel. "Non hai detto così quando sei arrivato a Hydria? Parlavi di un certo mal di testa…"

"Le sue visioni mi tormentano, sì," gli rispose Gabriel. "Ma è più a livello metaforico. Non posso vederla o sentirla davvero, ma la sogno annegare ogni volta che dormo. Sono immagini vivide e sempre uguali, ecco perché voglio analizzarle… per vedere se fanno parte di un loop oppure no. Voglio analizzare anche i sogni di Astasiya."

"I miei sono sempre diversi," rispose lei accigliata. "Solitamente si collegano a qualcos'altro, come quando ho partecipato al Conclave… la visione dell'annegamento si è trasformata in Osiris che mi torturava come aveva fatto con Sierra."

"Chi è Sierra?" chiese Sethios. Non riconosceva quel nome.

"Un'Ichoriana che mi ha trovato a New York e non ha fatto la spia a Osiris," gli spiegò Owen mentre entrava nella stanza e si accomodava sul divano accanto a Stas e Issac. "A quanto ho capito, Osiris ha dato spettacolo della sua disobbedienza." Il tono delle parole era piatto ma nei suoi lineamenti scuri si poteva scorgere il rimpianto.

Sethios immaginò che la donna avesse sofferto moltissimo, specialmente dal momento che era stata la stella del Conclave per una notte. "E tu hai assistito allo spettacolo?" chiese alla figlia.

"Sì." Stas deglutì visibilmente. "Quella è stata la mia introduzione alla vita Ichoriana."

Giusto. Gran bella introduzione. Sethios strizzò gli occhi verso l'*Ichoriano* accanto alla ragazza. "L'hai portata a un cazzo di Conclave?"

Issac ridacchiò. "Non certo per scelta mia."

"Una persona non partecipa accidentalmente a un Conclave, Issac."

"Non ho mai detto che sia successo in modo accidentale. Ho detto che non è stato per scelta."

"Spiegati," gli ordinò Sethios, pronto a spezzare il collo dell'uomo per aver messo in pericolo la vita della figlia in quel modo.

"Tom le ha detto dell'Arcadia," gli rispose Gabriel prima che Issac potesse parlare. "Ha pensato che mostrarle la natura di Issac fosse una buona idea. Non era al corrente che ci sarebbe stato un Conclave, quella sera."

"Se vuoi ucciderlo per quello che ha fatto, starei volentieri a guardare," disse Issac, la sua rabbia nei confronti di quell'episodio era ancora palpabile e calmò l'ira crescente di Sethios.

"Ehi, sto bene. Non sono morta. Ora possiamo concentrarci sulla mamma?"

"No, ho un'altra domanda," intervenne Sethios. "Chi cazzo è Tom?"

"Il figlio di Jonathan Fitzgerald." Gabriel si mosse, appoggiò un piede a terra e alzò una caviglia per posarla sul ginocchio opposto. "È un Hydraiano, è utile, non puoi ucciderlo." Rivolse un'occhiata a Issac. "Sconvolgeresti Amelia."

"Stronzate," replicò l'Ichoriano.

"Dico sul serio, niente di tutto questo ha importanza. Hai detto che la mamma potrebbe trovarsi in un loop di ricordi... Voglio sapere cosa significa, come funziona e cosa fare in caso fosse vero." Il tono di Astasiya ricordava quello risoluto di Caro, di rimprovero, senza emozioni. A Sethios si strinse il cuore e la preoccupazione riguardo il Conclave svanì in un istante.

Sua figlia aveva ragione, c'erano faccende più importanti di cui parlare.

"Fai vedere i tuoi sogni ad Issac, Gabriel, così li proietterà per tutti noi e potremo andare alla ricerca dei loop. Astasiya farà lo stesso. Io offrirò ciò che posso, vedremo se la tua teoria ha un senso."

Gabriel annuì, era un piano pratico che avrebbe senza dubbio avvalorato.

Issac sussultò visibilmente, il Seraphim stava già condividendo i propri pensieri senza dire un'altra parola.

Sethios guardò la figlia e ne notò l'espressione preoccupata. Decise di distrarla rispondendo a uno dei commenti della ragazza.

"Come sai, Vera può manipolare e cambiare i ricordi, ma non è l'unica con questo dono. Se tua madre è stata davvero presa in custodia dai Seraphim, è possibile che stiano cercando di riabilitarla e che durante quel processo abbiano messo i suoi ricordi dentro a un loop."

"Perché dovrebbero farlo?"

"Per assicurarsi che coloro che erano in contatto con lei non percepiscano alcun cambio nella sua posizione," le rispose Sethios. "Purtroppo, se dovesse essere vero, vuol dire che Gabriel non fa più parte della loro cerchia di fiducia."

"Significa anche che sanno del mio voto di fedeltà ad Astasiya, sebbene per ora non ne abbiano fatto cenno in nessuna udienza disciplinare." Il Seraphim parlò senza distogliere lo sguardo da Issac. "Tuttavia, se abbiamo ragione, allora ci stanno sorvegliando... Il che vuol dire che non siamo al sicuro, qui."

"Santo cielo, rallenta," disse Issac senza fiato. "Mi stai letteralmente annegando nei dettagli."

"Lavora più velocemente."

Issac strizzò gli occhi e il Seraphim per poco non si strozzò. "Abbastanza veloce per te, amico?"

Gabriel tossì e sputacchiò come se stesse annegando mentre Issac emanava potere, l'espressione concentrata e acuta.

"Quella è un'abilità molto utile," commentò Sethios.

"Esatto," gli rispose Issac. "E posso già dirvi che si tratta di un loop di ricordi. I movimenti di Caro sono limitati."

"È legata ad una sedia," fece notare Gabriel con voce roca.

"Non intendo questo. Guardate. Fate attenzione agli occhi e alla bocca... si muovono nella stessa sequenza, a ripetizione."

Caro riempì la mente di Sethios, reale e tangibile e nemmeno a un metro di distanza da lui. La cercò istintivamente e le dita incontrarono l'aria. *Una visione*, una visione orribile.

L'agonia le aveva inciso una grossa cicatrice sul bel viso, la bocca si contorceva in urla mute. Caro cominciò a soffocare e il cuore di Sethios prese a battere più forte, la sua stessa angoscia cominciò a riversarsi fuori di lui.

"No!" Si tuffò verso di lei, l'attraversò e finì sul pavimento.

"Fermo!" urlò Astasiya.

La visione sparì, il dolore di Caro si dissolse in una nebbia e rivelò il salotto di Gabriel. Sethios era a terra, respirava a fatica. Sentiva il petto vuoto, il cuore aveva smesso di battergli.

Il suo angelo... *Oh, merda...*

Si raggomitolò su se stesso, il dolore minacciava di distruggerlo dall'interno.

Nemmeno tutte le torture di Osiris messe insieme potevano essere paragonate a quell'esperienza. Accidenti, quanto aveva sofferto la povera Caro. Sethios la cercò, l'anima a pezzi, il sangue si rifiutava di circolare correttamente. *Una maledizione, Caro. Parlami!* Urlò il comando attraverso il loro legame e quella rabbia fu come un colpo di frusta per i sensi. *Parlami subito!*

Shhh, la voce di lei lo zittì. *Ti sentiranno.*

Sethios s'immobilizzò. *Caro?* sospirò, era preoccupato che la mente gli stesse giocando un brutto scherzo.

Quando lei non rispose, emise un grugnito abbastanza

forte da essere udibile sia nel legame che nella realtà. *Se non comincia a parlare...*

Smettila, gli sussurrò lei con urgenza. Sethios sentì uno strattone nell'anima che lo fece avvicinare. Era una sensazione strana, considerando che era rimasto fermo a casa di Gabriel. *Sanno che sei qui. Oh, i Destinati! Stanno arrivando. Devi scappare, scappa!*

Ma era già troppo tardi.

Un Seraphim dalle ali color oro traslucide si nebulizzò nella stanza prima ancora che Sethios potesse parlare.

Merda.

STAS

Il mondo intorno a Stas cominciò a vorticare, davanti a lei una visione confusa in una cacofonia di colori. Un minuto prima era in ginocchio e stava cercando di parlare con il padre e quello dopo stava volando.

Non per suo volere e nemmeno con le sue ali. Era stata un'ombra nera che non riusciva a decifrare.

Quando i piedi toccarono la sabbia, Stas si allontanò bruscamente da un corpo molto più grande di lei, incontrò un paio di occhi neri e si immobilizzò. Le pagliuzze dorate di quelle iridi fluttuavano impazzite, i capelli lunghi e neri erano raccolti in una coda di cavallo inusuale. Gli mancava persino la giacca di pelle distintiva.

"Ezekiel?" le uscì come una domanda. Era ovvio che conoscesse il nome dell'assassino. Solo non capiva perché... Stas si accigliò guardandosi intorno. Non capiva perché l'avesse portata a Hydria. "Ma che diavolo?"

"Skye," disse lui con voce roca. "Ha avuto una visione e io ho reagito."

"Una visione? Che tipo di visione?"

"Una che riguardava delle piume dorate e la tua

cattura," le spiegò, Jacque apparve lì accanto insieme a Luc e Alik. "Io devo tornare indietro, ma voi state qui."

"E Issac?"

"Può cavarsela da solo."

"E io no?" ribatté lei.

Silenzio.

Il maledetto Ichoriano era già sparito.

Per un secondo Stas pensò di seguirlo a casa di Stark per dargli una lezione, ma la parte intelligente di lei la tenne ferma al posto.

C'era un motivo se l'aveva portata lì. Un motivo che Issac le confermò un minuto dopo mormorando: *Immagino che Ezekiel ti abbia rapita per via del Seraphim dalle ali dorate nel salotto di Gabriel.*

Ha detto che Skye ha avuto una visione riguardante delle piume color oro e la mia cattura.

Capisco, le rispose con un accento più marcato di quello che normalmente aveva nel parlato a voce alta. A Stas piaceva quell'inflessione sensuale. Tuttavia, quello non era certo il momento di fare quei pensieri.

Se Gabriel è sorpreso dall'intrusione, non lo sta dando a vedere, continuò Issac. *Anche Sethios non sembra stupito. Dove ti ha portata Ezekiel…? Anzi no, lascia stare. Non dirmelo, in caso potessero localizzarti tramite me.*

"Stas?" la chiamò Luc, aveva le braccia incrociate al petto muscoloso. "Che sta succedendo?"

Jacque era già sparito, probabilmente era tornato a casa di Stark per controllare la situazione lì, o forse era stato chiamato da un altro punto di Hydria. Il povero teletrasportatore lavorava continuamente.

"È appena arrivato un Seraphim nel salotto di Stark," disse Astasiya. "Ezekiel mi ha portata qui prima che potessi essere vista. O almeno credo sia stato questo lo scopo di teletrasportarmi."

"Quale Seraphim?" chiese una voce femminile apparsa da un turbinio di piume viola. Leela si materializzò, i capelli biondi le brillavano sotto la luce della luna. Nella parte di mondo dove Stas si trovava fino a poco prima era ancora giorno, lì sembravano essere le otto o le nove di sera.

Tutta la faccenda del teletrasporto era a dir poco intensa.

Stas strizzò gli occhi davanti alla bellissima Seraphim, poi ricordò il commento del padre e Gabriel riguardo al ruolo di Leela di monitorare il Consiglio. Aveva fallito nel suo compito, oppure stava facendo un pericoloso doppio gioco.

La donna sbatté le palpebre. "Che diavolo significa quell'occhiata?"

"Mia nonna è sveglia?" ribatté Stas.

Leela sbatté di nuovo le ciglia. "Io... Tua nonna? Perché dovrebbe..." Piegò la testa in un modo decisamente poco umano. "Perché dovresti chiederlo a me? Cos'ha scoperto Sethios?" Alzò le sopracciglia. "Un momento, lui pensa che... ? Oh... Oh, no..." Leela scomparì in una scintilla prima di elaborare una risposta.

Stas emise un grugnito e guardò male lo spazio vuoto lasciato dalla donna. "Molto d'aiuto."

"Cos'ha scoperto Sethios?" chiese Luc, le cui iridi color smeraldo risplendevano di un sapere senza precedenti. L'onniscienza dell'uomo a volte spaventava Stas. Eppure non poteva certo mettere in dubbio l'utilità delle abilità strategiche di lui.

Stas sentì il cuore stringersi al pensiero del padre dell'amico, morto proprio su quella spiaggia.

Se Luc ne era infastidito, non lo diede a vedere. A ogni modo, le borse sotto gli occhi indicavano che non dormisse da un bel po'. Anche se gli Hydraiani non avevano necessariamente bisogno di dormire, Stas sospettava che non gli facesse bene non farlo.

La bionda si schiarì la gola per concentrarsi sulla domanda e dirgli della conversazione che aveva appena avuto con il padre e Gabriel che stavano speculando sul fatto che sua madre, Caro, potesse non essere affatto intrappolata sul fondo dell'oceano.

"Hanno incontrato Osiris?" le chiese Alik inarcando un sopracciglio scuro. "E io non sono stato invitato alla festa?"

"Gli ha fatto un'imboscata nel Maine," spiegò loro Stas. "Immagino che lui si aspettasse di vederli lì da un momento all'altro, visto che quel posto è vicino al luogo di annegamento di mia madre. Tuttavia, Osiris gli ha detto che lei non è più lì."

"E loro gli credono?" Alik non si preoccupò di celare l'irritazione all'idea.

"Ha rilasciato Skye dalla persuasione," aggiunse Stas. "Ha detto che era un regalo per me."

Luc la fissò "Un regalo?"

"Sì, Gabriel l'ha convinto a fare qualcosa di buono affinché prendessi in considerazione l'idea di parlargli." Stas ridacchiò. "Non succederà mai."

Alik grugnì, proprio come aveva fatto Stas la prima volta che aveva sentito quell'idea tanto stupida. Luc invece annuì, principalmente a se stesso.

"È una buona strategia. Immagino che abbia anche suggerito di consegnarvi tua madre, ma Osiris gli ha detto che non avrebbe potuto perché non era più dove l'aveva lasciata." Abbassò la testa. "Sì, capisco perché gli credano. Caro sarebbe stata la carta migliore da giocare per Osiris, ma non l'ha fatto. Il che vuol dire che non spetta a lui metterla sul tavolo. Interessante."

Alik ci pensò su e poi scrollò le spalle. "Forse sta pensando di giocarla più tardi."

Aya, il Seraphim ha appena emesso un editto verso Gabriel. Vuole che liberi la sua proprietà dagli abomini, preferibilmente uccidendoli, e poi fare rapporto al Consiglio. Insieme a te. Il tono caloroso di Issac nascondeva la freddezza di quelle parole.

Stas si immobilizzò. *Che cosa ha risposto Gabriel?*

Ha vagamente acconsentito.

Ezekiel è tornato? si chiese Stas.

Non in questa stanza, no. Il Seraphim ha visto soltanto me, Sethios, tuo fratello e Owen. La mia ipotesi è che si stia prendendo cura di Skye.

E Tristan? Era l'unico altro Ichoriano a casa di Stark, in quel momento. Tutti gli altri erano tornati a Hydria.

È al piano di sopra, in silenzio.

Stas non era particolarmente affezionata all'Ichoriano in grado di manipolare il suono, ma era la progenie di Issac, quindi era importante. Si sentì leggermente sollevata nel sapere che stesse bene.

Hai bisogno che trovi Jacque e lo mandi da te? Pronunciò quella frase senza rivelare la propria location, dal momento che Issac non aveva voluto sapere dove l'avesse portata Ezekiel.

No, il Seraphim sembra convinto che l'editto sia abbastanza forte da far obbedire Gabriel.

Lo è? Era più una riflessione che una domanda, ma Issac rispose comunque.

Lo è stato per tua madre? Ribatté lui con un sorriso nella voce.

No.

Allora dubito che lo sia per tuo fratello.

"Il Seraphim ha consegnato un editto a Gabriel. Vogliono che rimuova tutti gli abomini dalla sua proprietà, preferibilmente uccidendoli. Vogliono anche che appaia davanti al Consiglio, insieme a me." Stas guardò Luc. "Non succederà."

"Hai ragione, non succederà," concordò Leela, appena riapparsa. "Se hanno tua madre vuol dire che è stata riabilitata. È esattamente lì che porteranno anche te e Gabriel, una volta arrivati. Ecco dove finirò anche io se la teoria su Chanara, tua nonna, è giusta." Rabbrividì visibilmente a quelle parole.

"Come si riabilita un Seraphim?" chiese Luc.

"La riabilitazione è usata per correggere gli appartenenti alla nostra specie che sono stati distrutti," gli rispose dolcemente Leela. "È un programma che ci aiuta a imparare nuovamente il nostro status all'interno della vita e ci ricorda perché le emozioni non trovano posto nella nostra società."

"E cosa fanno?" insistette Luc.

"Qualsiasi cosa sia necessaria." Leela deglutì. "Se Caro è lì, beh, faranno di tutto per distruggere il suo legame di sangue con Sethios, o almeno lo ridurranno a tal punto da essere considerato irrilevante."

"Spiegherebbe perché mio padre non può percepirla."

"Sì," sussurrò Leela. "Non ci sarebbe niente da percepire. Caro si considererebbe inesistente, così anche il legame. Niente battito cardiaco, niente pensieri. Solo un essere in attesa di rinascere e riempire lo scopo voluto dal Consiglio."

Sembrava… *terribile.* "Gabriel pensa che i suoi ricordi stiano girando come in un loop."

Gli occhi verde azzurri di Leela fiammeggiarono, improvvisamente consapevoli. "Stanno usando il suo dolore in maniera pratica per manipolare le emozioni di chi è legato a lei. Se pensare alla sua mente e alla sua anima è troppo doloroso, allora ignorerete l'ovvio."

Stas non sapeva come rispondere, soprattutto perché non riusciva a capacitarsi di tutta quella crudeltà. A ogni nuova informazione sembrava sempre più probabile che la madre non stesse effettivamente più annegando. Era stata trasferita in una prigione ben peggiore: la riabilitazione Seraphim.

Issac, sussurrò Stas prima di riportargli quanto detto da Leela. *Penso che Stark e mio padre abbiano ragione,* continuò. *I Seraphim hanno preso mia madre.*

No, Aya, le rispose lui, sapeva già cosa avrebbe suggerito la bionda. *Non andrai là con Gabriel.*

Però ha senso, non credi? Ci hanno presentato l'opportunità perfetta per trovarla e salvarla.

Oppure per intrappolare te nello stesso stato, sbottò lui. *Assolutamente no.* Eppure, anche mentre lo diceva, Issac percepiva la mente percorrere tutti i calcoli che Stas aveva già fatto.

Non sto dicendo che ci andrò ora, gli rispose dolcemente. *È solo che... Penso che dovremmo esplorare quest'occasione.*

Issac non rispose e il loro legame fu attraversato dall'esitazione e una vivida paura.

Comunicalo a Gabriel, gli disse Stas. Era stato più un suggerimento che un comando. *Sentiamo cosa dice.*

So già cosa dirà, le mormorò Issac nel retro della mente. *Lo dirò a tuo padre, lui sì che ragionerà.*

Stas ridacchiò. *Ora fai squadra contro di me insieme a mio padre?*

Sì, se è quello che serve per tenerti al sicuro.

Prendilo in considerazione e basta.

No.

Bugiardo, l'accusò lei in tono gentile. *So che vedi il potenziale di quest'opportunità.*

Stas avrebbe potuto ammettere che si trattasse di una decisione affrettata, una a cui avrebbe voluto pensare per bene prima di acconsentire, ma avrebbe voluto che il suo amato ci riflettesse su con lei.

Al contrario, Issac rimase ancora una volta in silenzio e lei sospirò.

"Tuo fratello sta facendo il difficile," disse a Luc. Tecnicamente non erano fratelli di sangue, ma Aidan era stata una figura paterna per entrambi. Era il padre biologico di Luc e il creatore di Issac.

Jacque si teletrasportò lì con un piatto in mano e una forchetta alla bocca. Sembrava stesse mangiando una specie di torta. "B ha bisogno di te, Piumina. Dice di incontrarvi a casa di Jay." Non aveva ancora pronunciato l'ultima parola che si era già teletrasportato.

"Piumina?" ripeté Stas.

"Leela," spiegò Alik alzando gli occhi al cielo. "È il soprannome che le ha dato Jacque."

La Seraphim sorrise. "Tu ne hai scelto uno per me, bello?"

"Guaio," le rispose lui biascicando.

Le brillarono gli occhi color mare. "Mi piace."

"Certo che ti piace," le rispose. "Vai a giocare con B. Lui è più nelle tue corde."

"Come fai a saperlo?" gli chiese lei.

"Perché gli hai salvato la vita, sulla spiaggia?" suggerì Stas inarcando un sopracciglio. "Non che me ne lamenti, ma perché l'hai fatto, esattamente?"

"Ha salvato la vita di Balthazar?" chiese Luc con sorpresa.

Leela mostrò un'espressione di finta innocenza. "Sono sicura di non avere idea di cosa voi stiate parlando." Lanciò un'occhiata a Stas e poi sparì ancora una volta in una nuvola viola.

"Che cosa hai visto?" chiese Luc a Stas. "Stai parlando della sera del ricevimento del matrimonio?"

Ops, Stas non avrebbe voluto impelagarsi in una situazione di cui sapeva ben poco.

"Ehm, sì, Leela era lì quella notte e ha preso qualche proiettile destinato a B. O almeno questo è ciò che ho visto, ma è successo tutto in modo molto confuso e potrei sbagliarmi." Non si sbagliava. Sapeva cosa aveva visto quella sera. L'aveva distratta talmente tanto da provocarle la morte. Poi era stata seppellita viva e beh, non era stato tanto divertente.

Si schiarì la gola. "Allora, come sta Lizzie?" La sua migliore amica era molto incinta, nonostante avesse concepito a ottobre. Era solo gennaio, oppure febbraio… Stas aveva perso la cognizione del tempo quando era morta, tornata in vita, aveva salvato il padre da un immortale vecchio migliaia di anni e tutto ciò che era successo tra quei grandi eventi.

Le girò la testa a pensare a quante cose erano accadute da Natale. Venire a sapere che la sua migliore amica non era umana e che avrebbe dato alla luce un Seraphim era solo la ciliegina sulla torta.

"Posso vederla?" chiese Stas quando nessuno le rispose.

"Dipende, come ti senti nei confronti delle donne in preda agli ormoni?" Alik la guardò mentre parlava. "Non importa, starai bene." Si voltò verso la spiaggia e si allontanò dalle case per andare verso una zona più remota. "Se qualcuno ha bisogno di me, sarò qui a fare la guardia."

"Ti porterò da Lizzie," si offrì Luc con voce dolce. "Se mi dici esattamente che cos'hai visto quella sera."

Già, non avrebbe mollato il colpo tanto presto. In primis perché era un onnisciente e il re degli Hydraiani. Doveva capire cosa fosse successo per processare meglio la situazione. "Posso dirtelo lungo la strada?"

"Sì," acconsentì lui, poi accennò a un sentiero dietro di loro, invece che seguire il percorso tracciato da Alik con le sue scarpe da ginnastica. "Poi potrai dirmi qual è il piano che mio fratello non approva, potrei essere d'aiuto."

Stas non gli aveva detto che Issac non fosse d'accordo con una sua idea. Tuttavia non rimase sorpresa che Luc lo avesse capito, dato il suo commento riguardo al fatto che Issac stesse facendo il difficile. Non la stupì nemmeno che Luc volesse aiutarla. Era solito essere la voce della ragione, motivo per cui lei gli fornì i dettagli di cui il re aveva bisogno. Non tralasciò niente, nemmeno il momento in cui aveva visto Aidan cadere a terra.

Parlare di quella notte faceva male, eppure costituiva anche una forma di terapia. Jonathan aveva portato via molto a tutti loro. Ormai era morto, ma la sua eredità si aggirava ancora su di loro come una nuvola minacciosa che Stas avrebbe volentieri voluto dissolvere. Con ogni parola riusciva a percepire quella presenza indebolirsi.

Era un processo tanto affascinante quanto catartico.

Sperava solo che Luc la pensasse allo stesso modo, perché era lui ad avere davvero bisogno di rilasciare la rabbia dovuta a quella serata.

Sfortunatamente qualcosa le diceva che non sarebbe stato altrettanto facile per Luc. Aveva perso molto, quella notte. Invece di processare il lutto aveva sopportato il peso degli eventi sulle spalle. Doveva essere forte per la sua gente, non poteva permettersi di cedere.

Deve sentirsi molto solo, realizzò Stas. Sentì una fitta al cuore nei confronti dell'amico. Purtroppo sapeva bene che non avrebbe dovuto parlarne. Luc non avrebbe voluto che nessuno vedesse la fragilità dietro quello scudo di forza. Così Stas si appellò alla saggezza del re e gli fornì il potere di cui aveva bisogno per prosperare.

Stiamo venendo lì, Aya, la informò Issac non appena lei arrivò a casa di Jay. *Ci vediamo tra un secondo, tesoro.*

SETHIOS

La migliore amica di Astasiya era decisamente incinta. Sethios l'aveva incontrata solo una volta prima di allora, in circostanze poco piacevoli. L'aveva aiutata a sfuggire alla persuasione di Osiris costringendola a fuggire.

Anche se le sue azioni dovevano esserle sembrate galanti, Sethios non l'aveva fatto per lei, bensì per far infuriare il padre.

Il bastardo aveva persuaso Sethios a cucirsi la bocca come punizione per la mancanza di obbedienza: al tempo non l'aveva capito, ma in quel momento realizzò che fosse anche perché aveva intrattenuto una relazione con Caro. Per vendicarsi, Sethios aveva incoraggiato la rossa tutta curve a fuggire.

Dopodiché Osiris si era rifatto, costringendo i capelli di Sethios a crescere.

Era stato un dolore insopportabile, ma ne era valsa la pena. Soprattutto dopo aver realizzato l'importanza della ragazza per la figlia.

Le due erano sedute sul divano con due vaschette di gelato. Elizabeth, o Lizzie, come preferiva essere chiamata, stava parlando animatamente della stanza della bambina che aveva messo in piedi Jayson. Sethios non aveva mai sentito parlare di un Hydraiano in grado di procreare e lo disse a Issac.

"Elizabeth è stata creata nel laboratorio di Jonathan," gli rispose piano l'Ichoriano, in modo da non essere sentito dalle donne nel salotto di Jayson. La ragione per cui aveva tenuto il tono basso era dettato anche dalla natura delicata del commento.

"Jonathan, l'Ichoriano che costringeva gli altri a dire la verità?" gli chiese Sethios, voleva chiarire di chi si stesse parlando.

"Sì. Lui e tuo padre lavoravano insieme a degli esperimenti attraverso la Fondazione Assistenza Catastrofi."

"Conosco bene il FAC e i progetti di diletto di mio padre," confermò Sethios. "Ma non ero al corrente dei dettagli." Non aveva nemmeno provato a saperne di più. Aveva semplicemente dedotto che fosse un altro dei piani di Osiris per formare un esercito forte contro i Seraphim.

"Uno di quei progetti di diletto era Elizabeth. Ha genetica Seraphim ma è stata partorita da una donna mortale," mormorò Issac. "Da quello che ha detto Ezekiel, tuo padre l'aveva creata a scopo procreativo. Per rimpiazzare te."

Sethios ridacchiò. "Sembra proprio da lui... Ma la bambina non è sua, vero?"

"Il padre è Jayson."

"Interessante. Sono sorpreso che Osiris gliel'abbia fatta tenere." Subito dopo quell'affermazione gli venne un'illuminazione. "Ah, capisco. La considera una prova di collaudo."

Completare la sperimentazione di un prodotto prima di usarlo era certamente qualcosa che Osiris avrebbe fatto.

Sfortunatamente, ciò significava che Elizabeth fosse una bomba a orologeria. Nel momento in cui si sarebbe dimostrata utile, la sarebbe andata a cercare di nuovo.

"Quali sono i protocolli di sicurezza impiegati per proteggerla?" si chiese Sethios a voce alta. "Fatta eccezione per i soliti Guardiani."

"Dovrei prenderlo come un insulto?" gli domandò Jayson, era entrato in cucina e stava guardando la zona del soggiorno. "Pensi che non sia in grado di proteggere mia moglie?"

"Moglie?" Sethios strabuzzò gli occhi. "È il tuo nomignolo per lei o davvero hai ceduto a quelle stronzate da umani?"

Issac sorrise, poi prese a spiegare: "Elizabeth è stata cresciuta nella società mortale. Crede molto nella santità del matrimonio. Sto aspettando che organizzi anche quello di Astasiya."

Sethios lo guardò a bocca aperta. "Hai intenzione di sposare mia figlia?"

Issac alzò le spalle. "È una cerimonia frivola fatta per compiacere la famiglia e gli amici."

Già, al diavolo tutto ciò. "A me non compiacerebbe per niente."

"Vuol dire che non ho la tua benedizione?"

"Considerando che ai miei occhi ha ancora sette anni, no. Ovvio che no."

"Allora immagino sia una fortuna che Astasiya non richieda la tua approvazione per sposarsi," ribatté Issac senza batter ciglio.

"Cos'è che devo fare?" chiese Astasiya, che si era unita a loro con gli occhi verdi fuori dalle orbite e la bocca spalancata verso l'uomo in completo elegante. "Siamo già sposati."

Issac fece una smorfia. "È vero, lo siamo," concordò.

A Sethios si gelò il sangue nelle vene. "Hai *sposato* mia figlia?"

"Sento un pizzico di animosità nei confronti della questione matrimonio," li interruppe Jayson agitando le mani nell'aria. "Non avevo idea che ti piacessero queste *stronzate da umani.*"

Un tempo le persone avevano paura di Sethios e di ciò che era in grado di compiere. Si chiese quand'è che le cose fossero cambiate. Meno di due decenni di reclusione non potevano paragonarsi a millenni di vita.

"Hai appena chiamato il nostro matrimonio una *stronzata?*" Una voce femminile attirò lo sguardo di tutti sulla donna incinta sulla soglia della porta.

Il colorito abbronzato di Jayson svanì in un secondo.

Sethios sorrise, divertito dal cambiamento.

Fino a quando la donna non scoppiò a piangere.

Ciò mise subito fine al divertimento e fece risuonare una corda di terrore dentro di lui. Avere a che fare con donne in lacrime non era esattamente nel repertorio di Sethios.

"No, Rossa, giuro che non intendevo affatto dire quello." Jayson cercò di consolare la ragazza allungando le braccia ma lei si allontanò, il labbro tremante fece alzare Stas, che l'avvolse in un abbraccio.

"Stavano parlando di me e Issac," le spiegò velocemente. "Sai che Jay ti ama. Ha pianificato l'intero matrimonio, Liz. L'ha fatto per te."

"Ma lo considera una stronzata," disse la ragazza piegando le spalle in avanti.

Oh, porca miseria. "Ho detto io che erano stronzate," intervenne Sethios. "Mi stava semplicemente rinfacciando le mie parole. I matrimoni sono un'invenzione umana, una che chiaramente non capisco."

Come diavolo erano passati dal parlare di dove si

trovasse Caro, nelle mani dei Seraphim, a fare battute sui matrimoni?

Sethios scosse la testa e lasciò la stanza, non aveva tempo per quelle discussioni stupide. Aveva spiegato la questione in poche parole, se la ragazza aveva scelto di credere agli ormoni della gravidanza era un problema suo.

Uscì di casa per respirare un po' dell'aria dell'isola, il cuore gli batteva forte nel petto.

Una parte di lui non riusciva a stare al fianco della donna incinta perché gli ricordava troppo Caro e la gravidanza di Astasiya. Cosa non avrebbe dato per tornare indietro e abbracciarle ancora una volta, proteggerle con le proprie braccia.

Caro non gli aveva più parlato da quando era arrivato il Seraphim. Sethios pensò quasi di essersi immaginato tutto quanto. Eppure l'aveva *percepita*. Solo per quel breve momento lei era entrata dentro di lui, una visione molto diversa da quella che gli era stata inviata qualche ora prima.

Sospettò che l'immagine della costa del Maine servisse come una sorta di test, che Gabriel aveva fallito. Il fatto che fosse arrivato un Seraphim accompagnato da un editto ore dopo che i due avevano visitato la zona non era un caso. Avevano impiantato quel ricordo nella mente di Sethios per attirarlo lì e trovarli. Poi probabilmente li avevano seguiti fino al sud del Pacifico.

Ciò suggeriva che non era stato affatto Osiris: quel pensiero mise Sethios a disagio.

"...utile, sì." Il tono baritono proveniva da un uomo che Sethios non vedeva da moltissimo tempo.

"Lucian," disse mentre il biondo statuario gli si parava di fronte. Aveva un'aria carismatica e potente che lo rendeva molto naturale nel ruolo di leader. Sethios aveva sempre rispettato Luc, nonostante le chiare differenze tra loro.

"Ciao, Sethios," gli rispose Luc.

Gabriel gli stava accanto in piedi, la solita espressione vacua. "Lo stavo aggiornando sulle vicende."

"Bene, nel frattempo io ho fatto un po' di casini là dentro," ammise Sethios. "Sono abbastanza sicuro che Jayson voglia uccidermi." Avrebbe accettato la sfida, se non altro per divertirsi almeno un po'. L'Hydraiano Anziano era in grado di controllare i metalli, un'abilità interessante da combattere.

Ovviamente Sethios avrebbe potuto usarla a proprio vantaggio con un paio di ordini formulati con attenzione.

"Stas dice che vuole andare al Consiglio con Stark. Anche se riconosco che sia una buona occasione per fare ricognizione, abbiamo parlato di alcune alternative che potrebbero funzionare meglio," disse Lucian andando dritto al punto.

Era per quello che a Sethios piaceva, non sprecava mai tempo. "Le alternative prevedono che vada comunque al Consiglio?" chiese. "Perché se è così, eserciterò il mio diritto di veto."

Issac gli aveva confidato i pensieri di Astasiya riguardo l'andare al Consiglio insieme a Gabriel. Lodava il coraggio della ragazza, tuttavia era esattamente ciò che Osiris aveva predetto sarebbe successo e che aveva caldamente sconsigliato. Anche se Sethios era solito ignorare le istruzioni del padre, su quello erano d'accordo.

"Il Consiglio la vuole, proprio come Osiris," affermò Gabriel esplicitando l'ovvio. "Penso che dovremmo applicare una strategia simile, il che vuol dire che andrò da solo."

Sethios ascoltò il piano di Gabriel, l'ammirazione per il Seraphim cresceva ogni secondo che passava. Una volta

Caro gli aveva menzionato che Gabriel proveniva da una vecchia stirpe di guerrieri. Allora Sethios aveva pensato che il giovane Seraphim riuscisse a destreggiarsi bene fisicamente in battaglia, ma una volta concluso il discorso aveva capito che si trattava anche di un'abilità strategica.

"Non avevo idea che fossi così manipolatore," biascicò Sethios.

Gabriel si limitò a sbattere le palpebre poi continuò a dettagliare il complotto. "Ho bisogno che qualcuno testi il mio livello di influenza mortale. C'è un empatico, sull'isola?"

"Vuoi essere sicuro che i Seraphim non percepiscano emozioni in te," commentò Luc.

"Esatto."

Il re Hydraiano lo studiò. "Pensavo fossi immune alle nostre abilità."

"Lo sono," confermò Gabriel. "Ma ci sono modi per aggirare la questione."

Luc inarcò un sopracciglio biondo. "Illuminami."

"Avete un empatico?" ribatté Gabriel.

"Sì, ma potrebbe non essere contenta di aiutare."

Gabriel lo fissò. "Non ho necessariamente bisogno che cooperi, ho solo bisogno di un po' del suo sangue."

Interessante. "Hai bisogno di bere la sua essenza?" chiese Sethios.

"Sì." Il tono di Gabriel risultò piatto. "Non molta."

"Non è questo il problema," li informò Lucian. "L'unica empatica dell'isola al momento si trova sotto custodia."

"Clara," disse Gabriel.

"Chi è Clara?" chiese Sethios, odiava tutti quei nomi nuovi e le relative associazioni. Sarebbe stato molto più semplice se si fosse trattato di una manciata di conoscenti, ma gli Hydraiani operavano come una famiglia. Quindi la loro struttura gerarchica assomigliava più a quella di una fratellanza, piuttosto che una dittatura.

"Un'Ichoriana. L'ha creata Aidan e lei ci ha traditi favorendo Jonathan." La rabbia nella voce di Luc faceva a gara con le fiamme verdi che gli avvolgevano le iridi luminose. "È rinchiusa nella capanna dei servizi, sulla spiaggia. Suppongo che potremmo chiedere a B di leggere la reazione nella mente di Clara, se pensi che sia sufficiente. Tuttavia, non è molto incline a condividere informazioni."

Sethios ci pensò su. "È colpa sua se hanno sparato a mia figlia e poi è stata sepolta viva?" Tecnicamente anche Gabriel aveva qualche colpa in quella serie di eventi, però la sepoltura non sarebbe stata necessaria senza l'attacco iniziale.

"Sì," gli rispose Lucian. "Ha detto a Jonathan del matrimonio."

"Allora forse dovrei unirmi a voi," suggerì Sethios. "Se c'è una cosa che mi ha insegnato il mio creatore è come intimidire qualcuno al punto da farlo collaborare." La reputazione crudele di Sethios si estendeva per millenni, avrebbero potuto usarla a loro favore.

A meno che nemmeno lei avesse paura di lui, come gli immortali a casa di Jayson.

Sethios s'intristì al pensiero. Era stato fuori dai giochi soltanto venticinque anni. Non erano niente in confronto alla durata delle loro vite. Avevano tutti pensato che si fosse ravveduto durante quella specie di arresti domiciliari messi in atto da Osiris?

"A dire il vero potrebbe esserci utile," disse Lucian con espressione pensierosa. "È abbastanza grande da sapere chi sei. Il fatto che abbia messo in pericolo tua figlia dovrebbe far sì che cooperi almeno un pochino. In più voi due non avete alcun passato in comune, saprà che non ci andrai leggero con lei."

"Sì, e in quanto empatica potrà percepire la mia rabbia." Ne aveva decisamente molta, in particolare perché Caro l'aveva di nuovo tagliato fuori e Sethios era stanco di non poterla percepire.

"Quando devi fare rapporto al Consiglio?" chiese Lucian a Gabriel.

"Ci si aspetta che gli editti vengano portati a termine. Dopodiché eseguirò gli ordini, ma ho qualche ora, forse giorno, prima che arrivi un altro messaggero. Potrebbero concedermi più tempo, vista la richiesta di liberare la mia terra dagli abomini."

Sethios ridacchiò. "Cosa succederà quando a me e Issac spunteranno le ali? Saremo ancora considerati degli abomini?" I rispettivi legami di sangue li avrebbero trasformati in Seraphim, prima o poi.

Prima o poi, si ripeté Sethios, irritato. Avrebbe già dovuto avere le ali, almeno secondo quanto gli aveva detto Caro venticinque anni prima.

"È una situazione senza precedenti, quindi immagino che il Consiglio dovrà riunirsi per determinare i vostri destini."

"Non hanno già deciso il mio?" chiese Sethios sorpreso.

"Non che io sappia, ma mia nonna potrebbe essere stata risvegliata senza che nemmeno me lo abbia detto o mi abbia chiesto un parere a riguardo, quindi la mia esperienza sulla questione è praticamente nulla."

Era sempre molto pratico e stoico.

Sethios aveva davvero pensato che Ezekiel l'avesse ammorbidito negli anni, ma il Gabriel che gli stava di fronte era insipido come sempre.

"Giusto, andiamo a parlare con l'empatica?" suggerì Sethios, aveva bisogno di una distrazione.

Apparve Balthazar, indossava una maglietta e dei pantaloncini. "Andiamo," disse solamente, poi guidò il gruppetto senza aggiungere un'altra parola.

Lucian doveva aver comunicato il piano al telepatico. Anche lui era un Anziano, aveva senso. Erano essenzialmente in cinque a governare la razza Hydraiana, o almeno erano cinque l'ultima volta che Sethios aveva controllato.

Lucian, Balthazar, Alik, Jedrick (che di quei tempi si faceva chiamare Jayson) ed Eli.

Sethios pensò all'ultimo e si acciglò. Non aveva visto l'immortale gigante da nessuna parte. Alik giocava a fare la sentinella in spiaggia. Jayson era in casa a occuparsi della moglie incinta. Dov'era Eli? Forse era da qualche parte con Amelia…

Tuttavia Gabriel aveva menzionato il fatto che il figlio di Jonathan fosse molto importante per lei. Sethios non si era disturbato a chiedere il motivo, era concentrato su tutt'altro aspetto della faccenda: parlare dell'Arcadia a sua figlia Astasiya.

Invece che pensarci tutto il giorno, Sethios chiese: "Dov'è Eli? Non l'ho ancora visto." Gli piaceva quel burbero, era in grado di uccidere con un solo tocco. Un'abilità molto utile.

Lucian e Balthazar si fermarono, poi si voltarono a studiare Sethios con attenzione.

Il padre di Stas alzò le sopracciglia. "Che sguardi inquietanti."

"Eli è morto," disse Lucian piatto. "Jonathan l'ha ucciso."

L'annuncio fu seguito da un silenzio, a Sethios batteva forte il cuore. "Jonathan ha ucciso Eli? Come cazzo ha fatto quell'imbecille ad annientare un Hydraiano Anziano?"

"Approfittandosi della nostra fiducia."

"Perché vi siete fidati di lui?" Poi capii il motivo per cui era stato così semplice per lui infiltrarsi nel loro mondo e causare tutto quel caos. "Giusto, Aidan l'aveva preso con sé in quanto randagio." Come creatore di Issac, padre di Luc, chiunque altro si associasse con lui sarebbe stato trattato come uno di famiglia. "Accidenti, mi dispiace."

Eli era stato un avversario formidabile e Sethios lo rispettava.

Balthazar abbassò il capo in segno di gratitudine, Lucian si voltò e tornò a camminare.

"Che altro mi sono perso?" si chiese Sethios ad alta voce.

"Nessun'altra morte, se è questo che intendi," gli rispose Balthazar. "Nessuno che tu possa conoscere, in ogni caso."

"Jonathan ha rapito Amelia e ha condotto esperimenti su di lei per parecchi anni," disse Lucian. "Un altro dei suoi esperimenti è imprigionato nel capanno dei servizi. Lei e Tom stanno tentando di riabilitarlo."

"Tom è il figlio di Jonathan," disse Sethios, non era una domanda ma un'affermazione. "Dopo tutto quello che ha fatto il padre, vi fidate di lui?"

"Sì," confermò Balthazar mentre svoltarono dal sentiero di ciottoli a una passerella stretta e cementata che li avrebbe portati alla spiaggia. "Lui e Amelia hanno ucciso Jonathan insieme."

"È stato anche di fondamentale aiuto per annientare il FAC," mormorò Lucian.

"Ed è il prescelto da Amelia," intervenne Gabriel. "Lei è il motivo per cui mi fido di lui."

Amelia frequenta il figlio di colui che ha ucciso Eli? Pensò

Sethios, fischiettando tra sé e sé. *È assurdo e malato.* Tuttavia, non avrebbe potuto giudicarli. Il suo rapporto con Caro non era iniziato tutto rose e fiori. Lui l'aveva convinta a un negoziato per portarla a letto, poi aveva rinnegato l'accordo e aveva cercato di tenerla con sé. Caro non ne era stata molto felice.

Ti mancano le tue lame, Caro? Le chiese, divertito dal ricordo. *Se mi parli, magari ti ci farò giocare una volta che ti avrò trovata.*

Il silenzio clamoroso che seguì lo fece sospirare.

Ti troverò, angelo, te lo prometto. Poi ti scoperò per mesi, solo per sentirti gridare. Non sopporto non poterti sentire.

Era così che si era sentita lei quando Sethios non sapeva più della sua esistenza? Aveva provato a contattarlo solo per poi venire ignorata?

Sethios pensò a ciò che ricordava e si intristì sempre di più a ogni reminiscenza. Non riusciva a pensare a un momento in cui Caro aveva provato a contattarlo. Solo delle visioni di lei che annegava e la sensazione fiammeggiante di dolore che aveva provato insieme alla donna. Tuttavia, anche quelle sembravano perdere intensità con il passare degli anni, come se Sethios si fosse in qualche modo intorpidito nei confronti della faccenda.

O forse era perché gli effetti del ciclo di visioni su di lui avevano perso potere a ogni ripetizione.

Se si fosse trattato di un'unica sequenza, come sosteneva Gabriel, allora voleva dire che era stata fabbricata e il loro legame l'avrebbe più o meno sopraffatta. Era per quello che non riusciva a percepirla? Perché era stata allontanata definitivamente da lui e il loop creato dai Seraphim per tenerlo occupato non funzionava più?

"Dobbiamo finire di mettere a confronto i sogni," disse,

interrompendo qualsiasi fosse l'argomento di cui stessero discutendo Lucian e Balthazar. "Abbiamo visto solo i tuoi."

"Sì, ma se la mia teoria riguardo il Consiglio e mia madre è giusta sarebbe inutile revisionare i sogni."

"Non se Caro sta cercando di comunicare tramite le visioni," disse Sethios a Gabriel. "L'ho sentita prima che arrivasse il messaggero. Mi ha avvertito."

"Sei sicuro che fosse lei e non una visione forzata?"

"Riuscivo a percepirla, Gabriel. La sua voce era nella mia testa, non si trattava di un'immagine sfuocata." Poi si era zittita di nuovo. *Angelo testardo.*

Gabriel ci pensò su, poi annuì. "Vediamo a che punto è il mio livello di empatia, poi parleremo con Stas dei sogni. Dopodiché penseremo a un piano e procederemo di conseguenza."

GABRIEL

Gabriel controllò il telefono ed entrò nel bunker. Ezekiel gli aveva mandato un messaggio dicendo di essere arrivato in una location segreta con Skye e Owen. Dal momento che Owen era considerato un Hydraiano esiliato, Hydria non era ancora esattamente pronta ad accoglierlo.

Ok, rispose Gabriel.

Dopodiché verificò che non ci fossero messaggi da Vera. Niente. Le labbra di Gabriel minacciarono una smorfia, un qualcosa che succedeva raramente. Avrebbe già dovuto chiamare.

Non aveva ancora confidato i propri sospetti agli altri, ma ogni minuto che passava si facevano più fondati. Erano troppe coincidenze.

Vera era in grado di manipolare i ricordi, per cui era capace di creare un loop mentale, come quelli di Caro. Inoltre, aveva accesso a Stas e Gabriel e poteva influenzare le interpretazioni di quelle visioni tramite i sogni. Poteva essenzialmente inserire nelle loro menti delle immagini, mentre dormivano, e nessuno dei due si sarebbe accorto di nulla.

A ogni modo, non avrebbe avuto accesso alla mente di Sethios. Il fatto che non avesse sognato Caro per anni suggeriva che l'incantesimo del loop non funzionava su di lui, oppure che i Seraphim che avevano dato via alle visioni non erano stati in grado di penetrare il suo stato onirico.

Il ricordo del Maine sarebbe potuto provenire da vicino e Gabriel non avrebbe percepito alcuna intrusione poiché Vera era un membro ben voluto a casa sua. Le rune non l'avrebbero avvisato della presenza della donna.

Il fatto che non gli stesse rispondendo ai messaggi o non si fosse presentata per mostrarsi innocente non faceva che provare le preoccupazioni di Gabriel.

Lo avrebbe menzionato agli altri non appena avesse fatto quel test con l'Ichoriana. Avrebbe voluto che partecipasse anche Leela, durante la discussione. L'avrebbe esonerata dai sospetti confermando che il Consiglio fosse a conoscenza del suo coinvolgimento, perché era probabile che Vera gliel'avesse detto.

La lealtà tra Seraphim era varia. Gabriel non l'avrebbe necessariamente biasimata per averli traditi. Vera doveva averlo considerato come un corso pratico.

Proprio come Gabriel avrebbe considerato l'ucciderla come una risposta pratica. O forse si trattava di una risposta emozionale. Alla fine si sarebbe rigenerata, quindi non sarebbe stata una punizione permanente o niente del genere.

Si rimise il telefono in tasca e seguì gli altri lungo il breve corridoio. Gli Hydraiani avevano solo una manciata di celle, tutte protette da delle porte solide. Era chiaro che i prigionieri fossero cosa rara, sull'isola.

Nel corridoio c'erano due donne, una aveva i capelli biondo cenere, l'altra un manto scuro e setoso. Erano entrambe Hydraiane, ma quella dai capelli scuri era più nuova. Gabriel la riconobbe come Neonata, ma non ricordava il nome.

"Luc," esordì la più vecchia delle due facendogli un cenno. Guardò Balthazar con un bagliore seducente negli occhi azzurri. "B."

L'Hydraiano telepatico a malapena mosse il mento, l'espressione priva di emozioni. Era solito trasudare sensualità, ma quel giorno sembrava particolarmente sulle sue. Forse temeva il compito che era stato chiamato a svolgere. Gabriel si chiese in che situazione si stava mettendo.

"Cosa ci fai quaggiù, Eliza?" le chiese Lucian, concentrato sulla morettina.

Lei fece una smorfia davanti al tono ostile. "Io... Io stavo solo..."

"Stavi solo cosa?" Il tono basso nella voce di lui le fece rizzare i peli esposti delle braccia, tuttavia l'espressione si trasformò da contrita a irritata in un istante.

"Ash mi stava insegnando i doveri di Guardiano," sbottò. "Sono un'Hydraiana ora, quindi mi serve un lavoro. Pensavo che questo potesse essere un campo utile, per me."

Lucian ridacchiò. "Come se tu avessi le caratteristiche per diventare una Guardiana."

Gabriel studiò la donna, curioso. Indossava un paio di jeans corti e una canottiera sbiadita che rivelavano le braccia toniche e le gambe atletiche. Probabilmente era leggera e forse anche veloce.

"I suoi poteri non sono di natura offensiva o difensiva?" si chiese Gabriel a voce alta. Il fisico suggeriva forza e ciò confermava il potenziale da guerriera.

"Le sue abilità non sono un problema," disse Lucian a denti stretti. "È la sua disciplina."

"Quello che vuole dire è che non mi faccio comandare da lui, quindi pensa che sia disobbediente," spiegò lei.

"Capisco." Gabriel non sapeva che altro dire. La valutazione eseguita da Luc era valida, un soldato insubordinato era inadatto al compito. "In quale stanza si trova Clara?"

Avrebbe voluto superare quella parte il più velocemente possibile. Per contrastare la runa difensiva avrebbe dovuto bere il sangue dell'Ichoriana. Era una runa particolare, incisa sul fondo della schiena, che aveva alterato affinché avesse uno scopo leggermente diverso, ma in quel momento gli avrebbe donato un vantaggio.

Se avesse bevuto l'essenza di Clara, lei sarebbe stata in grado di usare il proprio dono su di lui. In cambio, Gabriel avrebbe temporaneamente ereditato l'abilità di lei. Quello era lo scopo principale della runa: poter rubare i poteri una volta sul campo. L'unica controindicazione era che anche lui avrebbe dovuto abbassare le difese momentaneamente.

Il potere si annidava nel sangue. Era tutto un dare e ricevere. Fortunatamente per gli Ichoriani e gli Hydraiani quella runa non era facile da ricreare. Era la stirpe del padre di Gabriel che, unita al marchio, facilitava lo scambio.

Sethios aveva una capacità simile, in quanto figlio di un Seraphim originale. Sfortunatamente, il dono si diluiva di generazione in generazione, il che significava che probabilmente Stas non lo possedeva. Più tardi Gabriel avrebbe dovuto insegnarle di più riguardo quei disegni incantati, per testare quella teoria.

"Da questa parte," disse Balthazar, prendendo il comando. Lucian non lo seguì, lo sguardo scuro era ancora su Eliza. Lei non cedeva, confermando il proprio spirito guerriero. La donna si sarebbe dimostrata utile, una volta capito lo scopo della gerarchia.

Gabriel si voltò e seguì Balthazar. Sethios si unì a loro con andatura disinvolta, poi approcciarono l'ultima porta in fondo al corridoio.

Balthazar sospirò e scosse la testa. "Sta ancora ripetendo le stesse parole nella sua mente. Niente segni di pentimento, solo scuse. Non mi fa sentire altro che quello."

"Vediamo se quel processo mentale cambierà non appena mi vedrà," suggerì Sethios, poi fece un passo in avanti.

Balthazar lo fermò mettendosi tra lui e la porta. "Non farle del male. Non è così che operiamo, da queste parti."

"Un argomento di cui stiamo ancora discutendo," vociò Luc. "Alcune infrazioni richiedono una punizione dolorosa."

Il telepatico strinse i denti. "Non oggi."

Sethios scrollò le spalle. "Va bene. Posso intimidirla senza farle del male fisico. Apri la porta."

"Forse dovrei entrare prima io. Non ho alcun problema con l'Ichoriana, devo solo prendere in prestito la sua abilità."

Balthazar gli lanciò uno sguardo sospettoso. "Prendere in prestito?"

"Sì." Gabriel non sentiva la necessità di spiegare ulteriormente. Aveva usato quel termine di proposito.

Balthazar strizzò gli occhi scuri. "Spiegami che intendi con 'prendere in prestito'."

"Sarebbe più prudente mostrartelo." A Gabriel non importava che venissero a conoscenza della runa, era improbabile che riuscissero a rimuovere o replicare il marchio.

Gabriel fece un passo in avanti e Balthazar lo fermò

come aveva fatto con Sethios qualche momento prima. "Le farà del male?"

"I piccoli graffi causano dolore in alcuni esseri, quindi forse sì." Aveva in mente di usare un coltello per inciderle una mano o il polso, in base a cosa fosse stato più semplice.

Invece di aspettare una risposta, Gabriel si nebulizzò attraverso Balthazar e la porta per raggiungere la prigioniera dall'altra parte. Lucian aveva già fornito il permesso per eseguire l'esperimento. Non aveva bisogno dell'approvazione del telepatico, ma solo della sua volontà di riportare i pensieri della donna. L'avrebbe fatto non appena si fosse reso conto che Clara sarebbe rimasta perlopiù illesa.

Tuttavia, la vista della donna fece immobilizzare Gabriel all'entrata.

Era seduta in un angolo con le braccia magre strette intorno alle gambe scoperte. La maglietta lunga che indossava le copriva a malapena le cosce. Gli occhi azzurri avevano un bagliore maniacale che metteva in risalto il suo strano dondolio.

Avanti e indietro.

Avanti e indietro.

Da lato a lato.

Ripetere.

Gabriel si accigliò davanti a quella ripetizione veloce, la sorpresa davanti alle condizioni della ragazza gli costò secondi preziosi che permisero a Balthazar di aprire la porta ed entrare.

Gabriel si era materializzato lì ma non tentò di approcciare Clara. La studiò, fece caso all'aura bizzarra tutt'intorno a lei. Aveva i riccioli biondi aggrovigliati, il che indicava che fossero passati diversi giorni dall'ultima volta che li aveva spazzolati. Ma non era quello a confonderlo, quanto il bagno connesso alla cella, con la doccia che non sembrava usare da giorni, sempre che l'avesse mai fatto.

Si stava ribellando? Avrebbe spiegato il perché del cibo intatto. Tuttavia, che corso pratico era quello? Faceva del male più a se stessa che agli altri, come provavano le borse scure sotto agli occhi.

Agli Ichoriani serviva il sangue ed era chiaro che quella donna non ne avesse assunto molto, nell'ultimo periodo. Balthazar si era preoccupato che Gabriel le facesse del male inutilmente. Aveva già provveduto da sola.

Fortunatamente, al Seraphim non serviva che fosse cosciente per prendere in prestito le sue abilità.

Le si nebulizzò al fianco con una lama in mano, poi si inginocchiò. "Ho bisogno di un campione del tuo sangue," la informò dolcemente.

Le parole gli uscirono di bocca senza permesso o scopo. Clara non aveva bisogno di sapere cosa lui volesse o perché la stava toccando. I prigionieri non avevano alcun diritto. Inoltre, si era più che meritata quel destino. Eppura una parte di Gabriel sentì di doversi spiegare.

Invece di pensare alle stranezze di lei, le fece un taglio sull'avambraccio, velocemente. Clara non si mosse e non reagì, continuò solo a dondolare, lo sguardo fisso su un punto davanti a lei.

Le labbra di Gabriel per poco non si curvarono all'ingiù alla vista della donna, ma si tenne occupato assaggiando l'essenza che grondava dal coltello.

Il sangue non gli era mai interessato particolarmente, nonostante fosse una fonte primaria di potere per i Seraphim. Tuttavia, quello di Clara aveva un sapore piccante che gli catturò l'attenzione mentre lo inghiottiva. Poi arrivò il formicolio alla base della spina dorsale, la runa si attivò e lo distrasse dal gusto della donna.

Mise via la lama e aspettò che il potere entrasse in

circolo. L'ultima volta che aveva eseguito quell'operazione, circa vent'anni prima, c'erano voluti solo pochi secondi prima di sentire gli effetti della nuova capacità.

Quella di Clara sembrava arrivargli a ondate, probabilmente perché aveva assorbito meno sangue rispetto all'ultima volta. Avrebbe potuto prenderne ancora se...

Quando il dono di Clara lo colpì in pieno mozzandogli il fiato, per poco non gli cedettero le ginocchia.

Merda!

Il dolore.

Gli faceva male il cuore, lo sentiva stretto in una morsa e non riusciva a respirare. Lo sopraffece, facendogli venire le lacrime agli occhi. Non aveva mai provato niente del genere, era come se qualcuno gli avesse conficcato un pugnale in profondità nel petto.

Sentiva il vento nelle orecchie, ruggente di rabbia, gli inondò i sensi ostacolandolo. Da dove veniva? Com'era possibile?

Le lacrime continuavano a inondargli il viso, gli facevano male le guance. Accidenti, non respirava più e a un certo punto finì sul pavimento accanto alla donna. Lei lo fissò con i suoi occhi blu pieni dell'agonia che Gabriel sentiva dentro di sé.

Come riusciva a farlo sentire in quel modo? A paralizzarlo sotto un'ondata di *dolore* sconosciuto...

Delle voci profonde risuonavano sopra le loro teste, la loro presenza irritava la pelle di Gabriel, steso a pancia in giù. Non aveva mai sperimentato una tale brutalità e non ne comprendeva la fonte.

Che cos'era quel potere? Gli ricordava l'abilità di Alik di torturare mentalmente le proprie vittime, ma Gabriel era immune a quei doni. A meno che il sangue di Clara fosse in qualche modo connesso a ciò, ma ne dubitava.

È il suo sangue, pensò Gabriel, poi cercò di riguadagnare la concentrazione. *Questo è il suo sangue.*

No, non il suo sangue.

Il suo *potere.*

Gabriel stava percependo i risultati dell'empatia di Clara. *Le emozioni.*

Una volta realizzato che stesse sperimentando le emozioni della *donna* tramite l'empatia, spalancò gli occhi. Tutta quell'emozione che li circondava era un qualcosa a cui lui non era mai stato esposto in tutta la sua vita.

Gabriel voleva solo testare i propri livelli di sensibilità umana. Non aveva considerato cosa avrebbe significato accendere quell'abilità nei confronti degli altri.

Tutte le loro emozioni divennero le sue.

Gabriel non aveva idea di come gestire quella sensazione obbligata. Non aveva mai avuto una ragione pratica per imparare.

Eppure l'angoscia emanata Clara era ciò che lo spaventava di più, insieme al fatto che avrebbe voluto aiutarla, perché nessuno avrebbe dovuto sopportare quel tipo di agonia.

Tuttavia, lei si era guadagnata quel dolore.

Non è così? si chiese, combattuto nei confronti di ciò che sentiva nell'aura emozionale della donna.

Scosse la testa nel tentativo di schiarirsi le idee. Le parole degli altri cominciarono a infiltrarsi tra i suoi pensieri, Balthazar stava dicendo che Gabriel sembrava aver consumato l'abilità di Clara, invece che prenderla in prestito.

Era ovvio.

Ciò a cui avrebbero dovuto prestare attenzione era il dolore di Clara. Non lo percepivano? Balthazar non lo udiva? Nessun altro poteva *sentirlo?* Le emozioni bruciavano la coscienza di Gabriel, lo forzarono ad agire.

Aveva bisogno che tutto si fermasse, così avrebbe potuto concentrarsi. Ritrovare se stesso e aspettare che le conseguenze negative dell'abilità della donna passassero.

Un dettaglio era ovvio per lui: non si trovava a un livello di rischio emotivo.

Tuttavia, dopo quell'esperienza avrebbe potuto esserlo. Perché *accidenti*.

"Aiutala," riuscì a dire con la bocca secca. "Merda, falla smettere!"

In risposta solo silenzio.

Una reazione inaccettabile.

"È in agonia." Gabriel serrò i denti intorno a quelle parole, strinse le mani a pugno. "Sistematela." Non appena finì di parlare si rese conto di quale fosse la soluzione: la mente Seraphim avrebbe dovuto prendere il sopravvento e nebulizzarlo il più lontano possibile da Hydria.

Solo che lo portò nell'unico posto in cui non sarebbe dovuto andare: a casa.

Dove due messaggeri Seraphim lo stavano aspettando in salotto.

A quanto pareva c'era davvero una scadenza.

Ed era quell'esatto istante.

SETHIOS

"Che diavolo è appena successo?" Lucian entrò nella stanza circa cinque minuti troppo tardi. Era stato talmente concentrato su Eliza che si era perso la reazione intensa di Gabriel al potere di Clara.

Sembrava che provare emozioni dopo aver passato un'intera vita a evitarle fosse stato un po' troppo da sopportare per il Seraphim. Oppure, più nello specifico, era stata colpa dell''agonia' che aveva percepito dall'Ichoriana bionda nell'angolo.

Sethios la studiò mentre Balthazar aggiornava Lucian con un breve riassunto delle vicende. "Gabriel ha bevuto un po' del sangue di Clara, quindi ha ereditato le sue abilità empatiche. Sembra che non gli sia piaciuto."

"Ha detto che aveva bisogno di un empatico per testare i propri livelli emozionali. Ho dedotto che volesse qualcuno che potesse metterlo alla prova, non da cui avrebbe potuto letteralmente bere potere." Lucian si fece pensieroso. "Mi chiedo se tutti i Seraphim siano in grado di fare qualcosa del genere."

"Caro non poteva," mormorò Sethios, poi andò ad

accovacciarsi davanti a Clara e un rivolo di energia familiare gli attirò l'attenzione.

"Stas non può manipolare la vista, eppure ha chiaramente morso Wakefield," aggiunse Balthazar, le cui parole dipinsero un quadro sgradito nella mente di Sethios. Scelse di ignorarlo e seguire le linee incantate che tracciavano un percorso invisibile attraverso la forma snella di Clara. Non era un'essenza riconoscibile a tutti o anche solo visibile, ma Sethios aveva molta esperienza con incantesimi del genere.

Erano le creazioni preferite da Osiris, dopotutto.

Quella era stata realizzata in maniera crudele, come se le avesse lanciato addosso un velo di persuasione in tutta fretta e senza molta cura. Forse si aspettava che qualcuno se ne sarebbe accorto e avrebbe annientato l'ordine. "Astasiya ha visto Clara, da quando l'avete imprigionata?" chiese ad alta voce, lo sguardo concentrato sui fili scarmigliati che le circondavano il viso.

"No, perché?" gli domandò Lucian.

"Perché penso che mio padre le abbia lasciato un regalo da scartare." Sarebbe stato proprio da lui soggiogare qualcuno come regalo di allenamento. Sethios si fermò per un momento, prese in considerazione l'idea di insegnarglielo, ma decise che fosse meglio di no. Voleva sapere quale fosse l'ordine di persuasione del padre su Clara, prima di mettere in pericolo la figlia con quel compito.

Solo qualche altro filo, pensò, sciogliendo il fiocco mentale. *E... fatto.*

La ragazza urlò in risposta, il grido così forte da fargli sanguinare le orecchie. Per poco non le ordinò di stare zitta, tuttavia dalla bocca di lei continuavano a uscire parole, in un rapido fuoco di insulti e accuse che continuavano a confondersi. Niente di tutto ciò era diretto a Sethios, ma ai due Anziani alle sue spalle.

"Come avete potuto?" chiese loro Clara, la voce rotta come se non riuscisse a superare un singhiozzo; Balthazar le si inginocchiò davanti. "Io non l'avrei mai fatto! Lo sapete che non l'avrei mai fatto! Santo cielo, con che scusa poi... Isaac. Mi state prendendo in giro? Aidan era mio padre. Siete la mia famiglia. Non lo farei... non lo farei mai!"

Sethios si spostò nel momento in cui il telepatico si allungò verso la ragazza. Non avrebbe voluto essere nel mezzo di qualsiasi cosa stesse accadendo.

Si rivelò essere la mossa giusta, perché un secondo più tardi Clara sferrò un pugno a Balthazar. Poi urlò terrorizzata, un altro grido le fece spalancare la bocca.

L'Anziano si massaggiò la mascella, gli occhi scuri stretti su Sethios. "Che cosa le hai fatto?"

"Ho rimosso la persuasione di Osiris," gli rispose. "Non so cosa l'avesse soggiogata a fare, ma ora è libera."

"Puoi farlo?" Lucian sembrava interessato.

"No, normalmente no. Sembra che in questo caso fosse voluto, probabilmente la sua intenzione era di farlo rimuovere a Stas." Vista la reazione della donna, era stato contento di essersene occupato lui invece della figlia.

Qualcuno si schiarì la gola dalla porta, Sethios e Lucian si voltarono.

Alik era lì in piedi con le braccia incrociate sul petto e il fianco appoggiato allo stipite. "Immagino che questo voglia dire che Clara non era davvero la spia ma che è stata incastrata." Non lo disse con tono di domanda ma di affermazione. "Il che significa che abbiamo un problema ancora più grande."

"A meno che Clara non possa dirci chi è stato," fece notare Luc.

"Non lo sa," mormorò Balthazar, il palmo contro la guancia della ragazza. Si era calmata un pochino, forse perché lui aveva messo in pratica la propria abilità di manipolare le emozioni. Sethios non aveva mai assistito a quel talento, prima di allora, ma ne capiva l'utilità in una situazione come quella.

"Che cosa sa?" ribatté Lucian.

"Che tutti coloro che amava l'hanno tradita," ringhiò Balthazar. "Che abbiamo scelto di credere a un crudele giochino invece che a decenni di amicizia."

"Ha ammesso di essere colpevole," biascicò Alik. "Ci ha fornito delle motivazioni."

"Motivazioni che ho detto essere stupide," ribatté Balthazar. "Non è mai stata romanticamente interessata a Wakefield. Lo sappiamo tutti. Siamo solo stati frettolosi nell'incolpare qualcuno perché volevamo una soluzione al problema."

"Jonathan ha ricevuto una telefonata con l'indirizzo che le abbiamo fornito," disse piano Lucian. "Mateo ha tracciato i tabulati telefonici."

"Non sono stata io!" urlò Clara. "Perché mai dovrei dare qualcosa a quel mostro?"

Sethios pensò di chiedere che cosa significasse tutto ciò, ma aveva troppo a cui pensare riguardo a Caro e qualsiasi cosa stesse facendo Gabriel.

"I miei servizi non sono più richiesti, qui," disse e si incamminò verso la porta. "Chiamatemi quando avrete un prigioniero con cui posso effettivamente divertirmi."

Non aspettò una risposta, dopo che Alik si spostò dal suo cammino era già fuori dalla stanza e poi in fondo al corridoio.

La Guardiana era lì in piedi, l'amica se n'era andata dopo qualunque cosa le avesse detto Luc. Sethios le fece un cenno, poi lasciò il capanno e andò a cercare Astasiya.

Avrebbero dovuto parlare dei sogni della ragazza. Gabriel sarebbe tornato, prima o poi. Se così non fosse stato, Sethios avrebbe mandato Leela a cercarlo.

Ho smesso di perdere tempo, angelo, pensò rivolto a Caro. *Se non mi vuoi rispondere, va bene, ma io ho intenzione di trovarti. Anche se volesse dire fare irruzione nelle camere del Consiglio e trascinarti a casa.*

Più rifletteva su quel piano, più gli piaceva.

Cosa gli avrebbero fatto, avrebbero riabilitato anche lui?

Sethios per poco non rise.

Se non erano riusciti a guarire il padre, sicuramente non ci sarebbero riusciti con lui. Né lui né Caro potevano essere uccisi, quindi perché no?

Se solo avessi le ali, pensò. *Potrei nebulizzarmi e prenderti.*

Mi manchi, gli sussurrò di rimando lei. Sethios si immobilizzò sulla spiaggia.

Caro? Era davvero lei o un ricordo in loop mandato per tormentalo?

Shhh, lo zittì lei. *Ti sentiranno.*

Chi?

Non dovrei essere qui, devo andare.

Andare dove? le chiese.

Niente.

Ringhiò sotto i baffi, stanco di quel gioco pieno di suggerimenti e nessuna soluzione. *Basta, ho chiuso*, disse. *È ora di fare a modo mio.*

Con la forza bruta.

La furia.

E un sacco di sangue.

Aveva solo bisogno dell'indirizzo del centro di riabilitazione e sapeva esattamente da chi ottenerlo. Dall'unica Seraphim che attualmente si trovava su quella dannata isola: *Leela*.

GABRIEL

C'ERA UN MOTIVO SE GABRIEL PREFERIVA VIVERE AL DI fuori dei confini Seraphim: la privacy. Non esisteva all'interno del velo d'acqua che circondava il principale gruppo di isole del sud del Pacifico.

Le barriere erano state costruite per tenere lontani i mortali. Le navi e i gli aerei venivano dirottati e allontanati dalla zona tramite dei suggerimenti tecnologici e magici che essenzialmente facevano sì che il posto rimanesse un segreto. Nessun mortale l'aveva mai scoperto.

Beh, nessun mortale ancora vivo, in ogni caso.

Una volta in un bar, Gabriel aveva sentito un mortale parlare di un mito riguardante il Triangolo delle Bermuda. Suppose che lo stesso concetto si applicasse alla regione dei Seraphim, fatta eccezione per il fatto che fosse reale e mai documentata. La sua specie si era assicurata che le cose rimanessero tali.

Una volta attraversate le mura nebbiose si arrivava a una città ultratecnologica suddivisa in centinaia di isole. Erano tutte di dimensioni diverse, tranne quella principale, al centro.

La città centrale era stata costruita dentro un vulcano spento che i Seraphim tenevano sotto stretto controllo. Ospitava le principali funzioni commerciali del loro mondo, comprese le camere del Consiglio.

Gabriel volò nella brezza, aveva scelto le ali invece di nebulizzarsi direttamente alla loro porta. Aveva bisogno di tempo per liberarsi del potere di Clara. Fortunatamente non avrebbe avuto una reazione particolarmente accentuata lì, in mezzo a un branco di Seraphim insensibili. Il problema era che gli aveva fatto percepire dei sentimenti. Quasi. Probabilmente era quella la causa della strana sensazione che provava nel petto.

Si sentiva nostalgico? No, non poteva essere.

Preoccupato? Forse.

Si accigliò. *Che cos'è questa sensazione fastidiosa? Perché gli umani tollerano queste stronzate?* Quei pensieri lo fecero incupire e desiderare di poter evitare la destinazione del suo viaggio.

Forse era così che ci si sentiva a essere impauriti... Un'attrazione negativa che avrebbe voluto riportarlo a Hydria e non farlo addentrare nel territorio Seraphim. Non aveva mai sperimentato niente del genere.

Era solito svolgere il proprio compito e andarsene. Era molto più veloce ed efficiente di quel fluttuare tra le nuvole.

Eppure c'era qualcosa di piacevole nella sensazione di vento tra le piume.

Perché lo sto evitando? Si chiese, poi si voltò sulla schiena e si cullò nella brezza. *È... rilassante.* Piegò le labbra all'ingiù. *Ho appena definito qualcosa 'rilassante'?*

"Merda," mormorò, poi si passò una mano su tutto il viso e alzò lo sguardo verso il sole accecante. Era quasi mezzogiorno. Forse. Il concetto di tempo quel giorno era un po' sfocato per via di tutto quel viaggiare e della mancanza di sonno. In teoria non aveva bisogno di riposare, ma lo aiutava a stabilire una routine. A ogni modo, negli ultimi tempi la sua routine era pressoché inesistente.

Sospirò, un gesto che probabilmente non aveva mai compiuto in quella maniera, si tuffò tra le nuvole e si diresse a destinazione.

Il dono dell'empatia non l'avrebbe abbandonato tanto presto, quindi l'avrebbe usato a proprio vantaggio per vedere se qualche membro del Consiglio mostrasse segni di emozione che Gabriel avrebbe potuto ritorcergli contro. Quella sarebbe stata senza dubbio una conversazione dolorosa.

A vedere tutti gli ori e gli argenti dell'isola principale, Gabriel si meravigliò. Non aveva mai notato quanto fosse scintillante, il sole la illuminava e donava alle strutture metalliche un aspetto maestoso. I dintorni erano adornati di palme e vegetazione varia, che aggiungevano magia all'atmosfera già incantata.

C'erano alberi sopra gli edifici e anche al loro interno, perché i Seraphim avevano costruito intorno ai paesaggi naturali. I rami fuoriuscivano dalla miriade di finestre prive di vetri: il clima della città era molto mite, nonostante l'umidità. Era un altro degli incantesimi che Gabriel non aveva mai preso davvero in considerazione, eppure allora li guardò in maniera completamente diversa.

Quello era davvero il paradiso.

Anche se nessuno lo riconosceva.

Le condizioni di vita erano agiate per tutti e di conseguenza aumentava la produttività.

Quello era esattamente lo scopo di vivere all'interno dei confini: far fiorire il mondo Seraphim.

La comunità era del tutto autosufficiente, utilizzava l'energia del sole, dell'acqua e una varietà di altre invenzioni che mantenevano il mondo intorno a loro prospero. La natura umana si era sviluppata nel corso di millenni, ma non aveva raggiunto nemmeno un decimo del potenziale di quelle isole.

Il fatto che i Seraphim fossero esseri eterei con tanto di poteri sicuramente aiutava. Gli umani erano stati creati in parte dalla genetica Seraphim, o quantomeno li avevano influenzati. Ecco perché gli abomini di Osiris resuscitavano con delle nuove abilità... provenivano dalle stirpi sanguigne Seraphim.

Non appena Gabriel atterrò all'esterno dell'enorme colosseo dedicato al Consiglio, gli vibrò il telefono in tasca. *Gira a sinistra, poi a destra,* recitava il messaggio sullo schermo.

Ovviamente Vera aveva scelto quel momento per rispondergli, finalmente. Forse sapeva che era stato convocato e aveva anticipato il suo ingresso nel colosseo.

Gabriel strizzò gli occhi in segno di irritazione, poi si ricordò di dove fosse e si liberò di quell'espressione. Quella storia dell'empatia sarebbe stata un problema. L'ultima volta che aveva ereditato un potere del genere gli ci erano volute parecchie ore prima di smaltirlo.

Merda.

Ripose il telefono e seguì le informazioni di Vera, per poi trovarla ad aspettarlo fuori da un caffè, le brillanti ali color blu mare le svolazzavano tutt'intorno. In quella forma aveva gli occhi di un azzurro verde, ma una volta corporea diventavano di un argento sbrilluccicante.

Era un tratto poco comune, tra i Seraphim. Le iridi di Gabriel rimanevano verdi chiare nonostante la forma. Quelle di Leela restavano azzurre durante la transizione. Quelle di Stas, verdi. *Mi chiedo che pigmento...*

Gabriel sbatté le palpebre, allontanando forzatamente i pensieri sui colori. Erano del tutto irrilevanti e poco importanti per la situazione presente. Accidenti, presto avrebbe cominciato ad analizzare tutte le possibili sfumature delle piume.

Per poco non alzò gli occhi al cielo, poi si rese conto che nemmeno quello avrebbe aiutato.

Basta.

"Sei qui per confessare?" le chiese con voce piatta e priva di emozione, proprio come avrebbe dovuto essere.

Lei ridacchiò. "Non esattamente." Gli posò un palmo minuto sulla guancia e tra loro prese a svolazzare una certa energia.

Gabriel tentò di allontanarsi per evitare l'impatto, ma era già troppo tardi. Una serie di ricordi prese a vorticargli nella mente, ognuno di essi era una nuova spiegazione che lo fece trasalire ad alta voce.

"Rimuovili, è l'unico modo," disse Gabriel, la voce svuotata di ogni sentimento. Eppure sentiva una fitta al cuore, il dolore di dover fare quella scelta.

Lei starà meglio, *promise a se stesso.* Almeno non sta annegando.

Tuttavia, mentre il ricordo cominciava a mutare, Gabriel si chiese se per caso avessero commesso uno sbaglio. E se l'avesse scoperto tramite altri mezzi? Avrebbe infranto ogni giuramento per salvarla?

"Il loop aiuterà," gli assicurò Vera. "Farò quello che posso per tenerlo sotto controllo."

"So che lo farai," le rispose Gabriel. "Fai ciò che devi, fammi dimenticare."

Il Consiglio aveva trovato Caru ore dopo che Osiris l'aveva lasciata sul fondo dell'oceano Atlantico. L'avevano salvata solo per metterla in un'altra specie di gabbia, dove avrebbero fatto del loro meglio per riabilitarla.

Tuttavia, i legami della donna con Sethios non avrebbero potuto essere spezzati del tutto.

Non sarebbero bastati centinaia di anni in quella camera di riformazione per distruggere il loro legame.

Lui l'avrebbe riportata indietro.

Doveva farlo, non c'erano altre alternative.

Mentre il ricordo del rapimento della madre gli scivolava via dalla mente ne arrivò un altro, quello di Vera mentre dava la notizia che il Consiglio aveva recuperato Caro dalla prigione sott'acqua.

Era seguita una discussione. Salvarla in quel momento avrebbe potuto distruggere tutto ciò a cui stavano lavorando, non solo nei confronti di Osiris ma anche della sicurezza di Astasiya. Era troppo giovane e quindi suscettibile alla loro influenza. Se i Seraphim l'avessero trovata, tutto ciò a cui Caro e Sethios avevano rinunciato sarebbe stato invano.

No, avrebbero dovuto lasciare che le cose seguissero il loro corso. La riabilitazione non avrebbe causato danni. Avrebbe messo Caro in uno stato di limbo, la mente costantemente sotto controllo alla ricerca di ogni segno emozionale. Un altro Seraphim l'avrebbe riportata in vita per riprogrammarla con la mentalità del suo vero scopo: vivere una vita fatta di praticità.

Caro era cresciuta in quell'ambiente, poi Sethios aveva cambiato tutto. Avrebbe semplicemente dovuto farlo di nuovo.

"Era il modo migliore," sussurrò Vera in quel momento, riportando Gabriel alla realtà.

Dopodiché gli mostrò un ricordo in cui alterava anche la mente di Leela. Le aveva rimosso le conoscenze riguardo ciò che avesse fatto il Consiglio e aveva aggiunto qualche piccolo cambiamento che l'avrebbero aiutata a non essere scoperta.

Nessuno sapeva che stavano cercando Caro.

Vera aveva organizzato tutto, aveva formato i loop di

ricordi nella mente della madre per assicurarsi che le regolari esplosioni passassero inosservate.

"Eppure lei continua a disfarli," mormorò Vera ridestando Gabriel dai propri pensieri. "Tua madre è molto più potente di quanto crede. Continua ad accedere a quella porta sul retro perché la vede come una connessione ai propri legami. Io la devo cacciare ogni volta, così gli altri non vedano cosa ho fatto."

"Perché mi stai mostrando tutto questo solo ora?" le chiese Gabriel con voce ridotta a un suono raspante per via delle scosse di elettricità che gli attraversavano la mente, riavvolgendo alternative alterate magicamente dalla Seraphim accanto a lui.

"Perché sai già che hanno Caro. Adriel ti ha informato della decisione del Consiglio di riabilitarla e tu hai acconsentito."

Un altro ricordo lo colpì: raffigurava il padre, con i suoi capelli biondi e le ali rosso fuoco, entrambi tratti che Gabriel aveva ereditato da lui.

Era arrivato a casa di Gabriel, nel sud del Pacifico, ore dopo che lui aveva lasciato Astasiya dai Davenport.

Era successo qualche minuto dopo che Vera gli era apparsa per pochi secondi per avvisarlo del destino di Caro.

Adriel aveva comunicato in maniera piatta a Gabriel la scelta di Caro, incluso il legame con Sethios, l'aver messo al mondo una vita e l'averla nascosta. Aveva concluso dicendo: "Verrà riabilitata e curata dalla sua mente in frantumi."

Gabriel aveva blandamente affermato che quello sarebbe stato il giusto percorso da seguire.

Ed ecco fatto.

Aveva segnato il destino della madre.

Poi Vera aveva fatto ritorno per rimuovere quei ricordi, con il permesso di Gabriel.

"Usalo," disse lei con una certa urgenza, poi si guardò un polso, dove vi era attorcigliato un braccialetto che lampeggiava con una luce viola.

Ah, un disturbatore di frequenze, pensò Gabriel. *Quindi voleva che questa conversazione fosse privata.*

"Abbiamo solo trenta secondi prima che l'apparecchiatura di sorveglianza che abbiamo intorno si resetti e ricominci a registrare sia l'audio che il video. Hai abbastanza materiale, non deludermi."

Gabriel la fissò. "Quali altri ricordi mi hai alterato?" Sentiva che ce ne fossero ancora, molti di più.

Lei gli mostrò un piccolo sorriso in segreto. "Chi ti dice che questi siano reali e non mi sia inventata tutto quanto?"

Che maliziosa, non era per niente una Seraphim tipica. Era per quello che lei e Leela erano così amiche, nessuna delle due amava la natura stoica della loro specie.

"Hai giurato fedeltà ad Astasiya." Gabriel non riusciva a percepirlo, eppure sentì che fosse la verità. Probabilmente perché aveva il ricordo che lo confermava. A ogni modo, era successo quando Astasiya era una neonata, non una bambina di sette anni. Il che significava che aveva altri buchi nella mente risalenti a quel periodo.

A meno che non fosse tutta una bugia.

Aggrottò la fronte.

La sorella avrebbe potuto percepire l'esistenza di una promessa di fedeltà da parte di Vera, così come sarebbe stata in grado di avvertire la lealtà di lui se avesse cercato abbastanza a fondo.

Gabriel guardò Vera e valutò le possibilità che fosse solo un trucchetto della mente. Avrebbe potuto domandarle come aveva fatto il Consiglio a non scoprire il suo cambio di alleanze, ma lei avrebbe potuto chiedergli lo stesso. Il Consiglio non aveva idea che Gabriel avesse giurato fedeltà alla sorella perché non l'avevano ancora conosciuta. Il secondo che l'avrebbero vista, avrebbero percepito tutti i legami tra loro e avrebbero capito che Gabriel aveva concesso a lei la propria lealtà.

A ogni modo, senza un motivo pregresso per effettuare delle indagini sul suo comportamento, nessuno aveva ancora notato nulla. Quello avrebbe potuto essere lo scopo della chiacchierata di quel giorno.

Dato il comportamento bizzarro dell'ultimo periodo, probabilmente avevano sorvegliato maggiormente la sua essenza e si erano accorti del cambiamento dentro di lui. In quel caso, l'avrebbero radiato dalla società Seraphim. Era una punizione che Gabriel avrebbe accettato volentieri.

Tuttavia, Vera aveva passato molto tempo insieme al Consiglio, negli ultimi venticinque anni. Gabriel era sorpreso che nessuno avesse notato la sua mancanza di fedeltà ai Seraphim superiori.

A meno che Vera non avesse usato il proprio dono per alterare i ricordi di quella scoperta.

L'unica che avrebbe potuto confermare il giuramento era Astasiya e in quel momento Gabriel non avrebbe potuto chiederle nulla. E poi, Stas avrebbe avuto bisogno di alcune lezioni anche solo per essere in grado di percepire il legame. Non c'era abbastanza tempo, visto che il Consiglio richiedeva la presenza immediata del Seraphim.

"Se ti tratta di un trucchetto mentale, il mio destino verrà deciso in ogni caso," aggiunse. "Dovrò solo scegliere di fidarmi di te."

"Una scelta saggia," gli rispose lei, le iridi le diventarono nuovamente color verde blu e le spuntarono le ali. "Buona fortuna, Gabe," gli sussurrò. Il braccialetto emise un flebile suono prima che lei si nebulizzasse fuori portata.

Gabriel deglutì e guardò la struttura enorme alle sue spalle.

Credeva in ciò che aveva detto. Il suo destino era già stato deciso. Se le manipolazioni di Vera si fossero rivelate una bugia, sarebbe finito in una cella di riabilitazione accanto alla madre.

Se invece fossero state genuine, avrebbe avuto una bella carta da giocare.

SETHIOS

"Non puoi semplicemente piombare qui, Sethios. Le rune ti renderanno inerme e finirai su qualche spiaggia, del tutto indifeso." Leela se ne stava in piedi con le mani sui fianchi torniti, i capelli biondi raccolti in una coda di cavallo.

Sethios l'aveva trovata a casa di Balthazar a fare chissà cosa, dal momento che era sola, lì. Non si era disturbato a chiedere, l'unica domanda che aveva posto riguardava la posizione di Caro.

Astasiya e Issac l'avevano seguito. In quel momento erano seduti sul divano del salotto e stavano assistendo a Sethios che combatteva contro la logica di Leela.

Combatteva e perdeva, pensò lui irritato. "Non posso semplicemente starmene seduto qui, Leela. Sappiamo dov'è. Nebulizzami nella sua cella e poi ci penserò io."

"Bisogna che sappia quale sia la sua cella." Leela alzò gli occhi al cielo. "Oh, e come ti ho già detto tre volte, devo farti attraversare le barriere, il che è *impossibile*. Non sei un membro della società, le rune si attiveranno immediatamente. Forse non ti uccideranno, ma ti faranno molto male."

"Se ne sta occupando Gabriel," esordì una voce. Sethios vide con la coda dell'occhio delle piume blu scuro. "Sta incontrando il Consiglio," aggiunse Vera, in un istante prese forma corporea. "Inoltre…" Prese la mano di Leela e l'altra donna sussultò.

"Cosa stai facendo?" chiese Balthazar, puntando immediatamente lo sguardo su Leela non appena entrò in casa, con Luc al seguito. Cominciò a dirigersi verso Vera, ma lei alzò una mano per fermarlo. L'aura autoritaria della Seraphim fece immobilizzare i due Anziani vicino al divano.

"Perché non ci hai detto che Caro è nelle mani del Consiglio?" le chiese Sethios, aveva voglia di litigare. "E che diavolo ci fai qui, ora?"

"Le abbiamo detto di cancellare i nostri ricordi a riguardo," sussurrò Leela, gli occhi verde azzurri pieni di lacrime. "Oh, Vera."

"Sì, ho quasi fatto."

"Lei è in grado di manipolare i ricordi?" chiese Balthazar strizzando gli occhi.

Vera gli sorrise. "Non sei l'unico che gioca con la mente, tesorino."

B guardò Leela, gli occhi marroni inondati di sospetto. "Ci siamo già incontrati."

Sethios guardò entrambi con la fronte aggrottata, poi scosse la testa. "Dimmi di Caro, Vera. Subito." Infuse della persuasione in ogni parola e la Seraphim manipolatrice di ricordi cominciò a balbettare irritata.

"È nata a…"

"Dimmi dove si trova ora," Sethios riformulò la richiesta. Non voleva un riassunto sul passato di Caro, ma la sua posizione attuale.

"È in una cella di riabilitazione alla quale non puoi arrivare, quindi non pensarci nemmeno."

"Potrei soggiogarti a portarmi da lei," grugnì, aveva perso la pazienza.

Lei scrollò le spalle. "Bene, ma ci farai uccidere entrambi."

"Ci rigenereremo."

"Sì, nelle nostre celle di riabilitazione," biascicò lei alzando gli occhi al cielo come aveva fatto Leela pochi momenti prima. "Ragiona, Sethios. Lascia che ti spieghi, se dopo vorrai ancora persuadermi a portarti da Caro, allora andremo in guerra e vedremo chi dei due è più forte in battaglia. Ma tieni a mente, sei molto più giovane di me e io sono stata in grado di incapacitare tuo padre abbastanza a lungo affinché tua figlia potesse salvarti."

"Voglio sentire cos'ha da dire," disse Astasiya prima che Sethios potesse reagire.

Sentì la mascella tendersi, una sensazione di fastidio gli scorreva nelle vene.

Avevano sprecato molto tempo e intanto il suo angelo stava soffrendo. Dal momento che sapevano dove si trovava, lui avrebbe voluto salvarla. Non andare da lei gli provocava un dolore fisico. Tuttavia, una sola occhiata alla figlia lo spinse ad annuire, perché una parte tenera di lui (che esisteva solo per Stas e Caro) capiva la praticità di quella richiesta.

"Sbrigati," disse Sethios a Vera a denti stretti.

"La missione di Caro risalente a venticinque anni fa era quella di consegnare un editto a Osiris. Lei non ha portato a termine il compito e non ha più fatto rapporto al Consiglio. Loro non hanno mai tentato di localizzarla per via della capacità della sua stirpe di mascherare la propria posizione, sapevano che fosse inutile anche solo provarci, ma si sono incontrati per discutere se fosse stato il caso di svegliare la madre. A ogni modo, la profezia dei Destinati riguardo Astasiya ha cambiato il corso del dibattito."

"Quindi tutto questo è successo venticinque anni fa?" le chiese Sethios.

"È successo poco dopo la nascita di Astasiya, quando tu e Caro vi siete legati," sussurrò Leela, aveva gli occhi spalancati probabilmente per via di un nuovo ricordo, riaffiorato grazie alle manovre di Vera. "Il Consiglio ha capito che Caro non sarebbe tornata con la bambina e sappiamo tutti che quello fosse il vero scopo della sua missione, così si sono incontrati di nuovo per parlare delle alternative che avevano per localizzarla. Tuttavia, la profezia è cambiata."

"Sì," confermò Vera. "Io ho assistito a tutto e sono venuta a raccontarvelo."

"Poi tu le hai chiesto di rimuovere ogni ricordo," aggiunse Leela.

"Io *cosa?*" Già, a Sethios sembravano tutte stupidaggini. "Perché diavolo avrei voluto farlo?"

"Per proteggere Astasiya," gli rispose Vera. "Il consiglio non ha risvegliato Chanara per trovare Caro. L'hanno fatto per localizzare tua figlia."

Sethios mosse le labbra ma non uscì alcun suono. Non ricordava nulla di tutto ciò, perché a quanto pareva aveva chiesto che gli venisse rimosso dalla mente.

"Non volevi rischiare che il Consiglio venisse a conoscenza di quello che entrambi sapevate su Chanara," spiegò Leela. "Sapevamo che quando Chanara non fosse riuscita a trovare Astasiya, avrebbe cercato Caro. Ecco perché ti sei preso gioco di Osiris in quel modo. Quasi sette anni dopo, il Consiglio ha ordinato che Chanara venisse risvegliata."

"Sono gli anni che ci vogliono per svegliare un

Seraphim anziano addormentato," concluse Vera. "Hai sempre saputo che Osiris ti avrebbe trovato, era solo una questione di tempo. Abbiamo usato tutti questo dettaglio a nostro vantaggio."

"Il tuo sacrificio è stato ancora più potente di quanto immagini," sussurrò Leela, in adorazione. "Il Consiglio sta cercando di localizzare Astasiya tramite Caro, perché Chanara continua a fallire. Voglio dire, è riuscita a trovare Caro, ma non tua figlia."

"La runa," intervenne Lucian. "Non è in grado di bloccare solo i doni Ichoriani."

"Esatto," gli sorrise Vera. "In origine era destinata solo a bloccare gli Ichoriani, a causa di una profezia fatta da Skye, ma quando abbiamo saputo del risveglio di Chanara, Caro ha apportato qualche cambiamento che avrebbe nascosto Stas dalla propria stirpe sanguigna."

"Quindi hai rimosso i ricordi riguardanti la decisione per svegliare Chanara e portare a termine gli altri piani, cosicché il Consiglio non venisse a sapere della runa protettiva," spiegò Luc per il resto del gruppo. "È una strategia brillante, ma come hai fatto a far sì che Osiris li trovasse?"

"Tramite Gabriel ed Ezekiel. Come ho detto, sapevamo che fosse inevitabile e lui forniva la copertura perfetta, oltre che una distrazione per il Consiglio. Astasiya è sparita mentre Caro era nelle mani di Osiris, così non sarebbe stata in grado di dire cosa fosse successo alla figlia, quel giorno."

"Perché hai alterato i ricordi dell'arrivo di Gabriel," disse Sethios, era più un'affermazione che un'ipotesi. Era la soluzione naturale delle cose. Altrimenti, i Seraphim avrebbero scoperto il legame durante il processo di interrogatorio. Gli Ichoriani e gli Hydraiani avevano gente in grado di leggere la mente, ma era così anche per gli esseri angelici che avevano dato vita a tutta l'umanità.

"Le ho alterato ogni ricordo di Gabriel," confermò Vera. "Il consiglio non ha, o meglio non *aveva*, alcuna idea del suo coinvolgimento in tutto questo… fino ad ora."

"Ma come fanno a non sospettare di lui?" le chiese Astasiya in tono confuso. "È mio fratello, chi altro potrebbe avermi presa quel giorno?"

"Non gli ha mai dato ragione di mettere in discussione la sua lealtà," le spiegò Vera. "Quando il Consiglio l'ha informato delle loro intenzioni di riabilitare sua madre, lui ha acconsentito dicendo che era una mossa necessaria, dopo tutto ciò che Caro aveva fatto. I membri del consiglio, tra cui il padre, non avevano altro motivo per interrogare Gabriel, così lo lasciarono alla sua missione di monitorare gli sviluppi del FAC."

"Ha scelto quel compito di proposito, così da avere una scusa per stare a contatto con i mortali," disse Leela. "Nessuno ci ha prestato attenzione, ha giocato le sue carte in modo perfetto."

"Fino a quando la sua copertura non è saltata, questa settimana, a causa di tutti gli abomini che gli bazzicavano in casa. Era già stato abbastanza difficile nascondere Owen… Per tutti gli altri… beh, ci ha rinunciato." Vera scrollò le spalle. "Sapeva che il Consiglio l'avrebbe chiamato, e l'hanno fatto. Ho provato a restituirgli quanti più ricordi possibili, eccetto le informazioni su Chanara. Avevo bisogno che fosse davvero sorpreso di vederla. Nessuno gli ha mai detto del risveglio della donna, per cui ho dovuto agire in questo modo."

"Quindi hai giocato con i ricordi di tutti," biascicò Sethios, divertito e al contempo infastidito. Perlopiù infastidito. Certo, le aveva dato il permesso o forse l'aveva persino suggerito lui, ma ciò non significava che le conseguenze avrebbero dovuto piacergli. "Cos'altro hai manipolato, Vera?"

Sapeva che non avrebbe dovuto prendere la Seraphim in parola. Nascondeva sempre qualche cavillo.

"Ho creato io il loop di ricordi che Stas e Gabe vedono nei loro sogni. Ho anche mandato le visioni che avete visto oggi, per farvi dare una mossa."

"Quindi era davvero un loop di ricordi. Non sta ancora annegando." Astasiya sembrava sollevata, ma la sua espressione si fece incredula. "L'hai fatto per impedirci di trovare Caro." Non era una domanda, ma un'affermazione.

La Seraphim rispose comunque: "Sì, era l'unico modo per assicurarmi che Gabe non provasse a salvarla dal Consiglio, il che era stata una sua idea, a ogni modo. Lui doveva rimanere fuori dai loro radar affinché la tua posizione rimanesse occultata."

"Perché non hanno mai sospettato di lui," chiarì Stas.

"Corretto," confermò Vera. "Non c'è mai stato alcun motivo di credere che avesse a che fare con la tua sparizione."

"La lealtà familiare non è un concetto reale, tra i Seraphim," spiegò Leela. "Veniamo al mondo come risultato di una decisione dei Destinati, che assegnano un partner per la fornicazione e una data. Non è necessariamente romantico, né favorisce uno sviluppo adeguato delle relazioni personali."

"È un meccanismo di controllo solido," aggiunse Lucian pensieroso. Non si era mosso dal suo posto sul divano, mentre l'altro Anziano era sparito in cucina. Probabilmente stava ancora ascoltando ogni parola, ma si stava tenendo occupato con altro.

Molto probabilmente con del cibo.

Se c'era qualcosa che Sethios aveva imparato nell'ultima settimana trascorsa a casa di Gabriel, era che gli Hydraiani mangiavano sempre, accidenti.

"Come hai detto," continuò Lucian, "quando tutto è dettato da una struttura governativa è difficile formare legami o relazioni. In questo modo la tua lealtà rimarrà alla gerarchia e a nessun altro, quindi non hanno motivo di aspettarsi che Gabriel voglia aiutare la madre."

"Non reagire affatto alla notizia di Adriel riguardo alla riabilitazione di Caro, oltre che appoggiarla, non ha fatto altro che confermare il suo non coinvolgimento," concordò Leela.

"Perché ce lo state rivelando ora?" chiese Astasiya. Sethios conosceva bene lo scetticismo nella voce della ragazza perché era lo stesso usato da Caro nei suoi confronti. "Perché non dircelo una settimana fa?"

"Non era ancora il momento giusto," le rispose Vera.

"Il momento giusto era quando abbiamo cominciato a cercare Caro, la scorsa settimana," ribatté Astasiya. "Al contrario, ci hai ingannati con le visioni che hanno spinto mio fratello dritto nella trappola di Osiris."

La preoccupazione nel tono della bionda riscaldò il cuore di Sethios come niente aveva mai fatto nella sua vita. Avere una figlia aveva risvegliato parti di lui che non sapeva esistessero. Sembrava che Stas non avesse ancora finito di cambiare la visione del mondo del padre.

Vorrei che tu fossi qui per vederla, Caro. È davvero magnifica. Proprio come te, pensò. Era estremamente orgoglioso, nonostante l'argomento preoccupante che stavano trattando.

"Forse, ma cosa avreste fatto?" obiettò Vera inarcando un sopracciglio verso i capelli scuri. "Sareste andati al Consiglio per richiedere il suo rilascio?"

Astasiya non rispose, si limitò a strizzare gli occhi verdi.

Ha i miei occhi e il tuo spirito fiammeggiante, angelo, pensò Sethios, sentì una fitta al cuore alla vista del lato testardo della figlia. *Abbiamo creato un'opera d'arte.*

Vera ridacchiò davanti all'espressione di Astasiya. "Non è così che funziona la nostra società, ragazzina. Hanno bisogno di una ragione razionale per eseguire gli ordini… Gabriel sta per dargliene una. Sempre se userà i ricordi che gli ho fornito."

"A meno che non si faccia prendere dall'empatia," disse Balthazar dopo essere entrato nella stanza con in mano una sorta di drink alcolico alla frutta.

"Quale empatia?" gli chiese Vera.

"L'abilità che ha preso in prestito da Clara," le spiegò Balthazar, lo sguardo su Leela. Le allungò il drink e gli occhi gli lampeggiarono consapevoli. "Rum e punch, ho pensato che potesse piacerti."

La Seraphim sbiancò, avvolse le dita intorno al bicchiere e rispose: "Sono più una tipa da vino."

"Bugiarda," l'accusò lui. "Ti piacciono gli intrugli alla frutta. Anche i mimosa, se mi ricordo bene."

Leela continuò a sbiancare e lanciò a Vera uno sguardo accusatorio.

"Che intendi dire che ha preso in prestito la sua abilità?" chiese l'altra donna a Balthazar, comportandosi come se la migliore amica non le avesse appena lanciato un'occhiata assassina.

Giusto. Sethios era stufo di quel battibeccarsi. Aveva perso la pazienza ore prima e non gli importava più di niente. Era arrivato il momento che Vera gli fornisse tutte le informazioni utili e smettesse di sprecare il suo tempo con dettagli sciocchi.

"Ha fatto un taglio a Clara e ha leccato il coltello, ciò gli ha dato l'abilità di provare emozioni. O almeno questo è quello che abbiamo visto noi," rispose sbrigativo Sethios. "Ora ridammi i miei ricordi."

Non era una gentile richiesta, ma un ordine impellente.

"L'unico motivo per cui non mi sto opponendo a te è perché so che farà male," ringhiò Vera, poi gli posò un palmo sulla testa. "Divertiti."

CARO

STAVA SUCCEDENDO QUALCOSA. CARO NON RIUSCIVA A definirlo, ma sentì l'agonia associata al cambiamento provenire da qualche parte nel profondo.

Seguì il filo sottile, curiosa di determinare la fonte dell'intrusione. Un momento prima, stava benissimo. Galleggiava, sola. Quello successivo, un bruciore le aveva perforato il cuore e fatto attorcigliare le viscere in un nodo che sembrava impossibile sciogliere.

Che cos'è quello? Si chiese, poi tracciò la corda luccicante. Una parte di lei si rendeva conto che non fosse reale. Era come un nastro spettrale di origini sconosciute. Seguirlo non era certo una mossa pratica. Tuttavia, suppose che porre fine al dolore fosse comunque una scusa ragionevole.

Caro nuotò, alla ricerca di qualcosa.

Era un fastidio allarmante. Prima di allora era stata in pace, circondata dalla luce del sole e nient'altro, in attesa di essere. Poi quella sensazione nel petto aveva iniziato a farle male.

Trovò l'essenza sottile dalle estremità intangibili.

Perché non esistevano, ovviamente. Non in senso fisico, almeno. Lo spirito le riconobbe, ma non il corpo.

Un'esperienza strana, che sfidava la logica. Era proprio per quello che aveva seguito il sentiero. Serviva uno scopo adatto per determinare l'origine e fare rapporto su quella sensazione bizzarra.

Fare rapporto a chi? si chiese. Quand'era stata l'ultima volta che aveva parlato con un altro essere al di fuori dei suoi pensieri?

Rifletté sull'ultima finzione, una voce baritona ricca e profonda che le si infiltrava costantemente nei pensieri. A Caro piaceva quella voce, un dettaglio che la spaventava leggermente. Perché non avrebbe dovuto piacerle nulla. A che cosa serviva il piacere? A niente, a dire il vero.

Eppure si ritrovava ad aspettare che la voce maschile parlasse e quando si zittiva, a lei mancava. Le diceva cose strane sulla loro figlia.

Figlia. Rimase perplessa davanti a quella parola, curiosa di sapere cosa significasse. Aveva procreato, ma i ricordi a riguardo erano confusi.

Mmmh… Li allontanò, inseguì il dolore dentro di lei per localizzarne la fonte.

Cadde a capofitto in una realtà per lei senza senso.

Volteggiò in tondo, fermandosi al calore del camino. Niente sole. Al contrario, la luce della luna brillava sulla neve all'esterno. Caro schiuse leggermente le labbra a quella vista. Era bellissima, era...

"Caro?" Quel profondo brontolio maschile proveniva da dietro di lei.

"Ho quasi finito," si sentì dire.

Caro si accigliò, non capiva come fosse riuscita a parlare senza muovere la bocca. Poi si voltò e vide se stessa sul divano accanto a un bell'uomo dai capelli scuri. Lui teneva una neonata tra le braccia.

Tuttavia, non lo faceva nel tipico modo in cui si tengono i bambini.

La teneva a testa in giù e con la mano grande cullava delicatamente il viso della bambina, pochi centimetri sopra la propria coscia. La metà inferiore della piccola era distesa sulle ginocchia dell'uomo. La bambina dormiva profondamente, il che era piuttosto bizzarro perché quella non sembrava affatto una posizione confortevole. A meno che non fosse una che dormiva a pancia in giù.

Caro si avvicinò per vedere cosa stesse facendo l'altra donna. *Sono io*, pensò. *Quello che sto facendo io.*

Era strano osservare se stessa in quel modo, ma era troppo affascinata per mettere in discussione quell'anomalia. Osservò la magia scaturirle dai polpastrelli, che accarezzavano la parte inferiore della schiena della piccola.

Una runa, si rese conto Caro, poi spalancò gli occhi. *Sto creando una runa.*

"L'hai trasformata in un cuore," commento l'uomo.

"Sì, la sto mascherando," gli rispose lei, con un sorriso nella voce. "Mi sembrava appropriato, visto che lei è il nostro piccolo cuore."

L'uomo esibì un sorriso mozzafiato, che diede a Caro un momento per pensare. *Riconosco quello sguardo.* Risvegliava un calore estraneo dentro di lei, sembrava diffondere un tepore attraverso le vene.

Era molto meglio del dolore che si nascondeva dentro di lei.

"La proteggerà ancora dagli Ichoriani, proprio come previsto dal marchio originale di Leela. Ora la nasconderà anche dalla mia stirpe familiare." *La mia voce è sempre stata così dolce?* si chiese Caro, sentendosi parlare. "Faremo in modo che Vera ci alteri la memoria così ricorderemo solo la prima parte, non quella riguardante l'occultamento."

"Dovremo fare lo stesso per Gabriel," mormorò l'uomo.

"Sì," concordò Caro. "E anche Leela." Caro sospirò, la runa tremolò mentre veniva sigillata con un ultimo tocco della penna usata per il marchio. Era un oggetto minuscolo, simile a un ago, che produceva inchiostro in grado di modificare la pelle. Lo mise da parte e incontrò lo sguardo dell'uomo. "È fatta."

"Quanto tempo le ci vorrà per guarire?" Il tono di lui era un po' preoccupato e provocò un'altra ondata di calore attraverso le viscere di Caro.

"Un paio d'ore al massimo."

"Dovremmo fasciarla?"

"No. Ma è meglio tenere l'area pulita." Caro lanciò un'occhiata alle scale. "Dovremmo metterla nella culla e lasciarla dormire."

"Non si sveglierà finché non la libererò dalla persuasione," rispose lui, poi voltò con attenzione la bambina tra le braccia, per cullarla correttamente. Gli occhi verdi di lui sorrisero alla piccola, attraverso il legame Caro poteva percepire l'orgoglio dell'uomo. "Come può una creatura così piccola essere destinata a tanta grandezza?"

Caro seguì lo sguardo di lui, il cuore le diede una piccola fitta di desiderio. Non le piacque molto il dolore causato da quel breve sguardo. Eppure si ritrovò ad avvicinarsi, aveva bisogno di vedere la bambina più chiaramente.

È molto bella, pensò.

"Perché l'abbiamo creata noi," si sentì dire. Con espressione accigliata, Caro guardò la donna e vide che anche lei la stava fissando a sua volta. "È nostra."

Nostra?

Il ricordo svanì, si trasformò in una camera da letto,

dove l'uomo stava togliendo il vestito alla donna e la posava sul letto mentre la bambina dormiva pacifica nella cameretta accanto.

Che state facendo? si chiese, confusa dal cambio di scena. *Dov'è la veste cerimoniale? Quale bambino state creando, adesso?*

Era chiaro che la loro intenzione era quella di accoppiarsi. Eppure sembrava che lo stessero facendo per puro piacere, non per ragioni pratiche.

Perché mai dovrei fare una cosa del genere?

Caro si lasciò a un gemito mentre l'uomo si faceva strada verso il basso, fino all'apice tra le cosce, leccandola in ogni centimetro. Caro strinse le gambe, come se stesse succedendo anche a lei. Suppose fosse così, da un certo punto di vista.

Vedere qualcosa succedere al proprio corpo dall'esterno ma sentirla nel profondo era una sensazione piuttosto strana.

Le si strinse lo stomaco mentre la donna sul letto si contorceva e l'uomo la divorava in un ciclone di estasi e intensità.

Oh, pensò, il suo spirito arse al ricordo di come ci si sentiva a provare quelle sensazioni. *Oh, mi piace.*

Le fece tremare le ginocchia, il corpo si infiammò di un desiderio che non provava da tanto tempo. *Sì. Ancora.* Caro chiuse gli occhi, fingendo di essere la donna sul letto. I gemiti e il respiro affannato le erano così familiari che si sarebbe potuto trattare di lei, riusciva quasi a sentire i denti di lui contro le pieghe sensibili del proprio sesso e la lingua sul clitoride.

Inarcò la schiena, l'estasi fuoriuscì da lei in un'onda anomala di sensazioni.

Urlò il nome di lui... *Sethios*... e raggiunse l'orgasmo così intensamente che giurò di essere morta.

Quando aprì gli occhi, si ritrovò sotto di lui, i cui occhi

scuri brillavano pieni di adorazione e sensualità mentre scivolava dentro di lei, portandola a nuove vette e costringendola a dimenticare la natura poco pratica di tutta quella situazione.

Per pochi istanti, Caro dimenticò di esistere. Smise di pensare che tutto ciò non potesse essere vero. E si limitò a percepire la tenerezza, l'amore e *il dolore* di lui.

Sethios le affondò i denti nel collo, si nutrì di lei, provocandole la pelle d'oca e facendo breccia in tutte le sue difese. Caro gridò, cadde a capofitto in un altro oblio mentre lui la penetrava, prendendola con tale forza da provocarle dolore in un modo bellissimo, che le toccava l'anima.

Quella era la sua vita.

Il suo scopo.

Il suo significato.

Amava quell'uomo. Quel Sethios. Colui che le aveva mandato in frantumi tutte le convinzioni e le aveva distrutto il più impegnativo dei propositi.

Caro si aggrappò a lui, pianse, il tempo insieme era troppo breve. Il sacrificio che avrebbero compiuto avrebbe cambiato il futuro del mondo. E se non fossero riusciti a riprendersi?

Caro non avrebbe mai espresso quella paura, sapere ciò che sarebbe accaduto.

Sua madre l'avrebbe trovata, una volta capito di non riuscire a localizzare Astasiya.

Caro avrebbe sopportato la riabilitazione.

E sarebbe sopravvissuta.

Quello era il suo scopo, il suo unico segreto: non avrebbe mai rinunciato. Con Sethios impresso per sempre nell'anima, il Consiglio non avrebbe potuto separarli. Ci avrebbero provato e avrebbero fallito. Lei sarebbe tornata da lui. Sempre.

"Ti amo," le sussurrò lui, le labbra le accarezzarono l'orecchio. "Ti amerò per sempre."

"Ti amo anch'io," sospirò lei. Quella volta era proprio lei. La sua voce. Il suo cuore. Il suo corpo. La sua anima. Era caduta in quel ricordo, estasiata e intrappolata, non lo avrebbe mai lasciato andare.

Sethios la guardò negli occhi. "Torna da me, Caro."

"Sono proprio qui."

"Torna da me, angelo."

Caro si accigliò. "Sono qui."

"Mi manchi."

Tutto ciò non aveva senso. Come poteva mancargli? Era dentro di lei. Stavano facendo l'amore. Tutto iniziò a sfocarsi, il ricordo le scivolò tra le dita e la circondò, trasformandosi letteralmente in una gabbia di vetro.

Caro si accigliò. *Dove sono?*

Aveva dei fili collegati alle braccia, le gambe, intorno al petto. Un lieve bip echeggiò fuori dalla stanza. Era buia. Fredda. Odorava di antisettici e sterilità.

Caro rabbrividì. Non era lì che voleva stare. Desiderava il calore del corpo di Sethios. Il suo tocco. La sua lingua. La sua voce.

Chiuse gli occhi, sforzandosi di tornare da lui, ma il ghiaccio dell'ambiente circostante le si infiltrò nella mente, soffocandola in un'ondata di dura realtà.

Riabilitazione.

Ecco cosa significava quella capsula di vetro.

Lì non c'era il sole. Niente pace. Era stato tutto un inganno, uno stratagemma creato per indurla a un falso senso di calma mentre la riprogrammavano dall'interno.

Tuttavia, un ricordo l'aveva svegliata, così potente da frantumare le catene chiuse intorno alla mente, spingendola alla piena consapevolezza.

Da quanto tempo dormiva lì dentro?

Effettuò una valutazione fisica dei propri muscoli atrofizzati e della forma prona. Le bastò quello per sapere che era lì da un po'.

Caro si sforzò di riportare alla mente l'ultimo vero ricordo, ma gli anni o decenni precedenti le offuscarono il giudizio. Così si aggrappò a quello fresco nella mente, quello in cui sapeva quale sarebbe stato il suo destino e che avrebbe fatto tutto ciò che era in suo potere per assicurarsi di perseguirlo.

Per Astasiya.

Dove si trovava in quel momento? Era al sicuro? Il loro piano aveva funzionato?

Merda! Sethios le attraversò la mente, infuriato, la scosse all'interno della capsula di vetro. *Odio tutto questo, angelo. Lo odio, cazzo.*

Cos'è che odi? gli chiese lei, sorpresa dallo sfogo.

Il fatto che mi ignori.

Caro si accigliò. *Non ti sto ignorando.* Il che era abbastanza ovvio, visto che gli stava rispondendo.

Allora qualunque cosa sia. Mi parli per mezzo secondo e poi sparisci. Quando ti troverò, mi assicurerò che tu non smetta mai di parlare.

Che ironia, pensò Caro, poi sbuffò. *Se non ricordo male, quando ci siamo conosciuti mi hai ordinato di non parlare.*

Sethios rimase in silenzio e Caro sorrise ancora di più.

Sethios?

Caro?

Dove sei andato?

Potrei chiederti la stessa cosa, dannazione Sei davvero lì o Vera mi sta di nuovo incasinando la testa?

Perché Vera dovrebbe...? Caro si interruppe, spalancò gli occhi, tormentata da un pensiero. Qualcosa riguardo alla manipolatrice di memoria che era entrata nella sua mente.

Tuttavia, non riusciva a identificare la fonte di quel ricordo. *Un momento, dove sei?*

Hydria, mormorò lui, il tono indicò come si sentisse a riguardo.

Con gli Hydraiani?

Sì.

Sembrava controproducente per i loro obiettivi. *Perché sei a Hydria?*

Perché nostra figlia è qui.

Perché? Gli chiese di nuovo lei. Perché Astasiya sarebbe dovuta andare a Hydria? A meno che... *È finalmente arrivato il momento?*

Sei davvero qui?

No, sono in una capsula, rispose lei, confusa dalla domanda. *Rispondi alla mia domanda. È arrivato il momento? Aspetta, ti sei liberato da Osiris?*

Al ricordo di quanto operato dal padre di Sethios, a Caro prese a battere forte il cuore. Aveva cancellato l'essenza della donna dalla mente di Sethios proprio davanti ai suoi occhi.

Ti ricordi di me? gli chiese, le lacrime le offuscarono la vista già oscurata. *Stai bene? Sei al sicuro? Anche Astasiya è al sicuro?*

Oh, angelo, sospirò lui. La voce di Sethios era come una carezza che le accelerò il battito cardiaco e fece aumentare di volume il bip intorno a lei.

Perché era completamente sveglia e non avrebbe dovuto esserlo.

Un Seraphim sarebbe presto andato a controllarla.

Oh, no... mi rimetteranno in una condizione di stasi! Non aveva tempo per la riunione strappalacrime. Aveva bisogno di pensare. Ma un momento... *Dimmi se è giunta l'ora.* Perché in tal caso, Caro si sarebbe preparata a una battaglia.

Altrimenti, Caro deglutì, avrebbe permesso ai Seraphim di riprendere la riabilitazione.

È già passato il momento, angelo. È tutta la settimana che ti cerco.

Caro si accigliò. *Non è molto tempo, Sethios.*

Non ne hai idea.

Invece di correggerlo, Caro si concentrò sul significato delle parole di lui. *Posso liberarmi.* Non aveva bisogno di tornare indietro.

Davvero?

Caro non capì la domanda finché non si rese conto di ciò che gli aveva detto. *Voglio dire, mi è permesso liberarmi.*

Avrebbe avuto bisogno di lavorare sulla propria forza, ma era difficile in quella capsula. Le membra erano magre e inutilizzate, il corpo incapace di nebulizzarsi per via di tutti gli incantesimi che la circondavano in quella tomba ambigua.

Caro strinse le labbra mentre pensava a come agire. Poi sentì uno strano formicolio nella parte inferiore di una gamba, un calore che non aveva mai provato prima. Indagò con la mente, cercò di capirne la fonte e lo scopo.

Mezzo secondo dopo, rimase senza fiato. *Mi sto guarendo.*

In che senso? chiese Sethios. *Cos'è che deve essere guarito?*

Il mio corpo. I miei muscoli sono pressoché inesistenti dato che sono rimasta qui... per quanto tempo?

Sono passati quasi diciotto anni da quando Osiris ci ha trovati, sussurrò lui.

Oh. Ciò spiegava le condizioni fisiche di Caro. Anche se non riusciva a ricordare come o quando i Seraphim l'avessero trovata.

Non avrebbe sprecato secondi preziosi cercando di ricordarlo. Caro aveva bisogno di guarire e prepararsi a quello che sarebbe successo dopo, perché nel momento in cui si fossero resi conto che era sveglia, sarebbero tornati per sottometterla ancora una volta, quindi aveva bisogno di essere pronta.

Come ti stai guarendo, angelo?

Il mio potere dormiente, sospirò lei. *Sembra essere finalmente tornato in vita.*

Quello di cui i Destinati avevano predetto avresti avuto bisogno?

Sì. Una volta Caro aveva raccontato a Sethios la propria storia, di come i Destinati scegliessero sempre una coppia basandosi sui poteri potenziali della progenie. Avevano previsto che un giorno Caro avrebbe avuto bisogno di sapere come guarirsi da sola. Se fosse stato per quello scopo o per un altro, rimaneva da vedere.

Perché dovrebbero aiutarti quando sono loro la ragione per cui sei in riabilitazione?

Il Consiglio è il motivo per cui mi trovo nella situazione attuale, non i Destinati, gli rispose lei. La sua attenzione era divisa tra il parlare e il guarire. *I Destinati si limitano a prevedere. Il Consiglio sceglie cosa interpretare e come interpretarlo.*

Mosse le dita dei piedi, il movimento le provocò un dolore alle gambe che la fece sussultare. Non era una bella sensazione, ma implicava che il dono stesse funzionando come previsto.

Furbo da parte dei Destinati concederle quella piccola arma di difesa. Significava che stessero favorendo l'esito della sua fuga? Stavano giocando a un gioco tutto loro?

Caro aggrottò la fronte mentre rifletteva su cosa potesse significare. I Destinati erano essenzialmente di proprietà del Consiglio, pochi Seraphim erano autorizzati a entrare in contatto con la loro mente alveare. Caro non aveva mai considerato cosa volesse dire per la loro esistenza fino a quel momento. Forse disprezzavano il modo in cui venivano usati. Eppure ciò avrebbe implicato un qualche tipo di sentimento, che non esisteva in quel mondo.

Scosse la testa, poiché i segnali acustici fuori dalla prigione di vetro stavano crescendo a dismisura, decise di rifletterci un altro giorno e di riporre tutti gli sforzi mentali nella guarigione.

Non riusciva a vedere bene, l'oscurità della stanza intorno era priva di qualsiasi luce esterna. Tuttavia, la vista potenziata le permise di scorgere quanto bastava per capire ciò che la circondava.

Era una stanza più piccola con una porta, la capsula, una serie di macchine e nient'altro. Nemmeno una sedia.

Non era mai stata all'interno del centro di riabilitazione, ma immaginava che fosse simile al luogo dove dormissero gli antichi. Stanzette piccole e ordinate con attrezzature destinate a pompare i nutrimenti nel corpo per mantenerlo in salute.

Quello che non facevano però, era aiutare il corpo nel recupero fisico. Tuttavia, ciò non era realmente necessario, vista la velocità con cui i Seraphim potevano rigenerarsi.

Angelo?

Sì?

Volevo solo assicurarmi che fossi ancora lì, disse Sethios, la voce stranamente sollevata.

Dove dovrei andare? gli chiese lei. *Sono bloccata in una capsula di vetro.*

Non parlavamo da quando Astasiya mi ha salvato.

Caro si fermò. *Nostra figlia ti ha salvato? Da Osiris?* Quello era stato il piano fin dall'inizio, ma sentire che era stato portato davvero a compimento le mandò una scintilla nelle vene. *Hanno combattuto? Lui è morto?* Caro si accigliò. *Mi sono persa tutto quanto?*

Non ti sei persa niente, le promise Sethios. *Ma sì, hanno combattuto. Vera ha dato una mano. Stas mi ha salvato e da allora stiamo cercando di capire come trovarti. Pensavamo che stessi affogando nell'oceano.*

Cosa? Perché? Non sono in acqua da... beh, non sono sicura da quanto tempo, ammise lei. *Ci penserò meglio dopo che mi sarò liberata.*

La mente di Caro sembrava incapace di fare del multitasking, forse il risultato di essere rimasta in stasi per così tanto tempo. Non si sentiva molto bene, il corpo si stava ancora rammendando e la mente era uno sciame di pensieri e ricordi caotici che non sembravano voler rimanere in ordine logico.

Invece di mettere tutto insieme, Caro si concentrò sul muovere un piede. Un dolore acuto le attanagliò gli arti inferiori, simili a quelli alle braccia mentre muoveva le dita e le mani. *Ci sono quasi,* pensò, i muscoli iniziavano a flettersi e spostarsi mentre ricostruiva i legamenti e rinforzava le articolazioni.

I secondi si trasformarono in minuti, la presenza di Sethios nella mente e nel cuore era un'ancora che l'aiutò a rimanere cosciente.

Ogni pochi battiti, Sethios pronunciava il nome di lei e Caro rispondeva con quello di lui, si ricordavano l'un l'altro che tutto ciò era reale, che lei non era ricaduta in quell'orribile coma.

La gola cercò di deglutire, il battito cardiaco era come una cadenza regolare nelle orecchie mentre quel bip raggiungeva un crescendo.

Nessuno arrivò, così Caro rifletté sul modo in cui i Seraphim le stessero monitorando i parametri vitali. Forse aveva bisogno di staccare un po' di quei cavi.

Ci pensò mentre mosse le braccia all'interno della minuscola scatola. C'era un tubo collegato a un lato che pompava ossigeno nel contenitore. Doveva starci attenta. Le piaceva molto respirare. Un ricordo le suggerì il perché, ma lei lo spinse via, in quel momento non voleva pensare di annegare.

Si concentrò sui fili elettrici che sembravano agganciati al petto e alla testa. Quelli dovevano essere staccati a prescindere, quindi tanto valeva disfarsene.

Staccò il primo dalla tempia e gridò di dolore quando il metallo le si dislocò dalla mente. La voce di Sethios le risuonò attraverso i pensieri, le parole incomprensibili sopra l'agonia che le scorreva su e giù per la schiena.

"Accidenti!" gridò, la voce era un sussulto che non corrispondeva al tormento che c'era dietro. *Oh, ahia, ahia, ahia.*

Sethios le rispose, ma Caro non riuscì a capirlo.

Oh, aveva un altro cavo collegato all'altra tempia.

Tanto valeva tirarlo fuori subito e riprendersi da entrambi.

Quando l'ago mollò la presa dopo un violento strattone, Caro urlò, l'elettricità le ronzò in tutto il cranio. Le uscirono delle lacrime dagli occhi. La bocca lavorava silenziosamente sulle parole.

L'agonia la spezzò a metà, poi il nuovo dono iniziò a farsi sentire e una sensazione calda le attraversò la mente, alleviando il dolore con un bacio di calore curativo.

Pianse di gratitudine, tremava tutta per via di quell'assalto tormentoso e inaspettato. Caro avrebbe dovuto prevederlo, ma nella fretta di scappare, non aveva considerato le ripercussioni.

No, non era proprio così.

Aveva scelto di non considerarle perché non c'era alcun motivo pratico per temerle. Per liberarsi avrebbe dovuto rimuovere tutti gli aghi, al diavolo le conseguenze.

Dopo alcune parole dolci rivolte a Sethios, dove gli giurava di stare bene, iniziò a smantellare gli altri aghi conficcati nel petto. Ognuno di loro produceva una varietà di risultati strazianti, ma non erano niente in confronto alle sonde metalliche che aveva conficcate nella mente. Quelle stavano impiegando più tempo del resto per guarire, i Seraphim avevano usato la loro tecnologia avanzata per controllarle letteralmente il cervello.

Il che giustificava il tempo che Caro percepiva come perso.

Fortunatamente, non avevano fatto presa anche sull'anima. Ecco perché il suo spirito era stato in grado di costringerla a uno stato di veglia, nonostante le macchine riabilitative attaccate alla forma fisica.

Ci sono quasi, sussurrò, più a se stessa che a Sethios.

Poi un'esplosione di luce l'accecò: una Seraphim dai capelli biondi, quasi bianchi e un paio di ali blu sorprendenti spalancò la porta.

Chanara.

GABRIEL

C'ERANO TANTI COLORI NEL COLOSSEO, UN FATTO CHE Gabriel non aveva mai notato prima di allora. Era stupito da tutto ciò, lo svolazzare delle ali era una cacofonia di suoni che gli risultava particolarmente piacevole all'orecchio.

Le labbra minacciavano di arricciarsi in un sorriso, il cuore di scaldarsi a quella sensazione.

Poi l'assurdità di quel pensiero lo colpì dritto allo stomaco. Era circondato da Seraphim che lo stavano tenendo d'occhio alla ricerca di una reazione e lui era sul punto di *sorridere*.

Datti un contegno, si redarguì. *Ammirare il modo in cui il sole gioca con le piume decorando l'auditorium a cielo aperto non è né pratico né utile.*

Tuttavia era piuttosto bello da vedere.

Smettila.

Il padre di Gabriel si schiarì la gola, seduto in seconda fila con le ali rosse ripiegate dietro di lui nella sedia senza schienale.

Erano tutti in forma eterea nella stanza, fatta eccezione

per il soggetto dello scrutinio, così Gabriel rimase da solo in piedi al centro, nella forma corporea, mentre tutti gli altri si nebulizzavano ai propri posti.

Centinaia di Seraphim lo circordarono, sedevano tutti ad altezze diverse in una miriade di file tutt'intorno all'auditorium. Sopra di lui un cielo terso, niente nuvole, solo il sole che illuminava la cascata di piume colorate che fluttuavano nell'aria.

"Vuoi fare qualche dichiarazione, Gabriel?" gli chiese il padre, dando così il via ai procedimenti.

"Aspetterò di essere formalmente accusato," gli rispose Gabriel nel tono più piatto che riuscì a usare. Preferiva capire prima cosa sapessero loro, invece di rinunciare facilmente alle proprie informazioni.

Adriel annuì, rispettava il processo logico del figlio. "Cavalina," disse, poi agitò le mani davanti a sé.

Apparve una nuvola contenente una serie di immagini, proiettate tramite lo sguardo violetto della Seraphim. Proveniva dalla stirpe dei ricordi, una famiglia di Seraphim in grado di raccogliere e conservare informazioni per poi presentarle in forma visiva davanti a un pubblico. Durante i dibattiti, la donna serviva essenzialmente come archivio delle prove.

Le foto passarono in rassegna nell'auditorium, dividendosi in piccole immagini che fluttuavano davanti agli occhi dei membri del Consiglio come lo schermo di una televisione volante.

Gabriel guardò lo spettacolo con un'espressione annoiata, per niente sorpreso che stessero mostrando il gruppo di Ichoriani e Hydraiani stazionati a casa sua. Aveva rinunciato a nasconderli una settimana prima. Quel destino era stato incvitabile fin da quando Sethios e Caro si erano incontrati.

Gabriel non aveva capito lo scopo della missione di lei,

aveva pensato che fosse pericolosa e infruttuosa fino a quando i Destinati non lo avevano informato della gravidanza. Quello fu il giorno in cui la percezione di Gabriel nei confronti del Consiglio cambiò. Non si fidava più della loro guida e ciò, sfortunatamente, voleva dire anche del padre.

Osiris aveva costituito un problema per millenni, perché mandare Caro a consegnargli un editto tanto inutile? Perché avevano bisogno di creare Stas. Allora perché non informare la donna? Era una Seraphim diligente, avrebbe fatto la propria parte senza tutte quelle bugie e gli inganni.

Quello era il motivo per cui Gabriel sapeva che avrebbe dovuto esserci un pezzo mancante del puzzle.

Avrebbero voluto usare Stas in modi a cui Caro non avrebbe acconsentito, nonostante la cieca fiducia in loro.

Ecco perché Gabriel aveva fatto voto di fedeltà alla sorella e non aveva dubbi che il Consiglio fosse venuto a saperlo.

Il padre, Adriel, avrebbe potuto capirlo con una semplice stimolazione del loro legame. Tuttavia, la sua aura ed espressione non lasciavano trapelare nulla.

L'intera sala era stranamente silenziosa quando si trattava di reagire emotivamente. Niente rabbia né delusione. Solo il nulla.

I Seraphim pensavano non ci fosse alcuna logica o scopo dietro le emozioni.

Gabriel aveva sempre pensato di essere d'accordo, ma il potere di Clara aveva risvegliato in lui una nuova comprensione, persino quando si trattava di esaminare se stesso.

A lui importava fino a un certo punto. Era per quello che si era alleato con Stas, che aveva aiutato Sethios e Caro venticinque anni prima, che sopportava Ezekiel. Perché aveva sentito una strana sensazione di fastidio quando aveva pensato che Vera li avesse traditi.

Gabriel *provava* emozioni.

Non era come un essere umano e si avvicinava nemmeno agli Hydraiani, ma nel cuore, il Seraphim era intensamente legato da un sentimento di lealtà a coloro che considerava vicini.

La sorella.

La madre.

Gli alleati.

Erano tutti sotto l'ombrello del suo supporto e a esso era accompagnata una sensazione che Gabriel non aveva mai capito fino a quel giorno.

"La tua lealtà non giace più con noi," esordì il padre con tono robotico. "Dov'è riposta ora?"

"Con la Seraphim Astasiya," gli rispose Gabriel, che non si preoccupò di nasconderlo. "Aveva bisogno della mia fedeltà per sopravvivere, quindi gliel'ho giurata."

Silenzio.

I Seraphim non erano sicuri di sapere come interpretare quella risposta. Gabriel l'aveva previsto.

"Una forza sconosciuta sta emergendo. Lei avrà la forza e la volontà necessaria per distruggerci tutti a meno che non vengano messe in pratica delle misure atte a frenare le sue inclinazioni," citò Gabriel ad alta voce. "Io ho fornito alcune di quelle misure."

"Chi ha pronunciato tale profezia?" gli chiese il padre, la fronte leggermente aggrottata.

"La profetessa Skye. Credo che il 'tutti' sia riferito agli abomini che popolano la terra. Di conseguenza, se Astasiya è colei che libererà finalmente il pianeta dalla piaga di Osiris, avrà la mia fedeltà."

Intorno a lui si levarono dei mormorii ma Gabriel mantenne lo sguardo fisso sul padre. Sarebbe stato lui a determinare il destino di Gabriel, perché era il suo creatore e il più anziano della stirpe. Anche se il Consiglio avesse votato, sarebbero state le parole di Adriel a essere decisive.

"È lei la profetessa di cui parli?" chiese Tulan, il primo Seraphim dell'oscurità.

Mandò una delle sue tipiche immagini rotanti a Gabriel: la foto di una donna dai capelli scuri e gli occhi azzurri che veniva trasportata sulla spiaggia da Ezekiel. Ciò bastò a dimostrare a Gabriel che i Seraphim tenevano d'occhio la proprietà da circa una settimana. Era sorprendente il fatto che ci avessero messo così tanto ad accorgersi delle attività in casa sua.

"Sì, è la profetessa Skye," confermò. Rispedì l'immagine a Tulan con un colpetto del polso. L'altro Seraphim si occupò di mandarlo in giro per l'auditorium con una serie di click.

Si levarono altri mormorii.

Poi Adriel si schiarì la gola. "Sai chi è?"

"Un'Ichoriana che Osiris ha tenuto prigioniera per un secolo," gli rispose Gabriel.

"No. È una Destinata perduta," lo corresse Tulan.

Per poco Gabriel non reagì incurvando le labbra, ma riuscì a fermarsi prima dell'infrazione. "Non è una Seraphim."

"Non tutti i Seraphim hanno le ali," gli rispose il padre con espressione dura. "Specialmente coloro che vengono esiliati."

Quella era una novità per Gabriel. Non aveva mai incontrato un Seraphim senza piume. "Osiris ha ancora le ali."

Tulan strinse le dita lunghe in grembo, le vesti eleganti color blu gli svolazzarono alle caviglie. "Osiris è un Seraphim originale. Non può essere rimosso."

"Sì. I Seraphim più giovani sono assoggettabili alla

castigazione," confermò Adriel. "Quelli più antichi non lo sono. Nel caso di Skye, rimuoverle la forma eterea si adattava al crimine commesso e all'età."

"Perché non ne ho mai sentito parlare?" gli chiese Gabriel. *Quale crimine ha commesso per guadagnarsi una punizione tanto dura?* domandò invece a se stesso.

"Non hai mai sentito parlare di questa pratica perché non sei a conoscenza delle questioni riguardanti il Consiglio," gli rispose Tulan. "Come e perché puniamo i crimini è una nostra decisione, non tua."

"Stiamo andando fuori strada," commentò Silvia in tono oggettivo. In quanto Seraphim della giustizia, la donna dalla pelle scura desiderava che regnasse l'ordine. "Ha fatto voto di fedeltà a una giovane Seraphim. La punizione appropriata è bandirlo dalla nostra società."

"Però l'ha fatto per eliminare Osiris e i suoi abomini," intervenne Adriel. "Credo che questo sia motivo di argomentazione."

"Avrebbe dovuto parlarne prima con il Consiglio, invece di fare il cavaliere per conto suo," ribatté Silvia. "Questo comportamento dimostra una mancanza di rispetto verso le nostre leggi e dovrebbe essere punito di conseguenza."

"E se revocasse il proprio voto?" chiese Tulan con sguardo pensieroso.

"Non posso," gli rispose Gabriel, non voleva perdere tempo. "Non revocherò né modificherò il mio voto finché il diritto di nascita della ragazza non sarà portato a compimento." La scelta delle parole era precisa, adeguata e perfettamente pianificata. Avrebbero pensato che volesse aiutare Stas a uccidere Osiris. Il che era esattamente ciò che Gabriel voleva che i Seraphim credessero.

"Spiega le tue ragioni," gli ordinò Adriel, cadendo nella trappola.

"Come ho detto parecchi anni fa, Osiris ha fondato il progetto FAC. Tale progetto, insieme al proprio leader Jonathan Fitzgerald, è stato ufficialmente smantellato, un compito che Astasiya ha aiutato a portare a termine. Tuttavia, la missione che la ragazza ha davanti è molto più importante e dal momento che è stata coinvolta con il FAC, Osiris è ora a conoscenza della sua esistenza."

Aspettò che gli altri recepissero quelle informazioni. "Avrà bisogno di tutto l'aiuto possibile per essere guidata nel percorso della profezia. Revocare il mio voto potrebbe essere dannoso per il futuro."

A seguito delle dichiarazioni di Gabriel si levarono dei mormorii, ma lui tenne lo sguardo concentrato su Adriel, che continuava a non far trapelare nulla dagli occhi verde chiaro.

L'unica emozione nella stanza sembrava provenire da Gabriel. L'empatia che aveva preso in prestito si stava esaurendo, oppure i Seraphim davvero non provavano nulla nei confronti della missione o dei compiti portati a termine dall'angelo.

Gabriel non si sorprese, anche se al pensiero di tutto ciò che aveva fatto per quegli esseri senza ricevere nemmeno una briciola di gratitudine in cambio sentì una fitta allo stomaco.

"Dove si trova Astasiya?" chiese Tulan. "Sarebbe dovuta venire con te, come prescriveva l'editto."

"Ha rifiutato il vostro invito," disse piatto Gabriel.

Quella risposta provocò una reazione più eclatante dalla folla, che sussultò e prese a bisbigliare a voce più alta.

Gabriel si sentì sul punto di reagire ma ingoiò la sensazione.

"Che cosa vuoi dire con 'rifiutato' il nostro invito?" gli chiese Silvia. "Non si possono rifiutare gli editti."

Gabriel per poco non puntualizzò il fatto che Osiris li

avesse rifiutati uno per uno senza essere mai punito, anzi gli avevano lasciato continuare a corrompere l'umanità e prosperare sulla Terra.

"È una Seraphim novella che ancora non capisce i nostri modi," le rispose Gabriel.

"Allora insegnaglieli," ribatté Silvia con tono brusco.

"Continuerà a rifiutarsi di obbedire ai vostri ordini," le assicurò Gabriel.

Silvia strabuzzò gli occhi. "Perché?"

Grazie per avermelo chiesto, Silvia, pensò Gabriel compiaciuto. "Perché tenete sua madre chiusa in una cella di riabilitazione."

Era una fortuna che Vera gli avesse fornito il ricordo della visita del padre. Il piano precedente prevedeva che Gabriel fingesse sicurezza di sé, ma quella volta non c'era niente di falso in ciò che aveva affermato. *Sapeva* che Caro era nelle loro mani.

"Sebbene io possa essere d'accordo con la ragione dietro la sua riabilitazione, Astasiya non lo è," continuò. "È stata cresciuta dagli umani e la sua mentalità non si allinea con il nostro modo di pensare."

Quelle parole fecero sì che alcuni Seraphim si guardassero gli uni con gli altri, una briciola di sorpresa invase le loro auree.

Oh, quindi possono essere presi alla sprovvista. Grazie, Clara, per avermi permesso di assistere alla scena. Senza il dono della donna avrebbe scambiato le loro reazioni per semplici occhiate ambigue. Tuttavia l'empatia ereditata gli permetteva di vedere attraverso le azioni e capirne il vero scopo.

L'aura del padre mostrava un accenno di curiosità.

Silvia appariva infastidita.

Tulan era semplicemente Tulan, stoico come sempre.

Erano seduti vicini, in seconda fila, perciò era facile

osservarli. Quelli nelle file inferiori non erano membri del Consiglio ma Seraphim che lavoravano per esso, come Cavalina.

Le sedute in stile anfiteatro si estendevano per tutto l'auditorium: le stirpi meno importanti erano quelle più lontane dal centro, le più forti e antiche le più vicine. Da quello che aveva capito Gabriel, anche Osiris aveva organizzato le sedute del Conclave alla stessa maniera.

"Ci stai suggerendo di rilasciare Caro?" gli chiese Silvia, che alzò le sopracciglia sottili fino all'attaccatura dei capelli. Quella era probabilmente l'espressione più eclatante che Gabriel avesse mai visto sul viso della donna millenaria. Si era risvegliata di recente, prima che Gabriel nascesse, dopo un sonnellino di sette secoli... e non era nemmeno la prima volta che succedeva.

"Se volete che Astasiya impari ad accettare i nostri usi, allora sì. Ha bisogno di un mentore e, in quanto madre, Caro è adatta al ruolo. Sempre che sia del tutto riformata." Gabriel aggiunse quell'ultima frase come test, curioso riguardo allo stato mentale della madre. Sospettava che avesse respinto il processo, anche se non esternamente almeno internamente. A ogni modo, la mancanza di comunicazione con Sethios indicava che probabilmente aveva perso quella battaglia.

I Seraphim si scambiarono altre occhiate. Silvia strinse le labbra. Adriel mantenne lo sguardo inquisitorio e chiese: "Credi che Caro potrebbe aiutare Astasiya nel suo percorso destinato?"

"Sì," gli rispose Gabriel. "Come ho detto, Astasiya è stata cresciuta con una mentalità mortale. La famiglia ricopre una grande importanza nella sua vita."

"E tu dov'eri mentre lei veniva cresciuta da degli umani?" gli chiese Silvia.

"A New York, per seguire la missione di monitoraggio

degli sviluppi al FAC." Era la verità, Gabriel aveva solo omesso le frequenti visite in Montana per vegliare sulla sorellina.

"Sapevi dov'era, durante il periodo al FAC?" Quella domanda così diretta veniva da Tulan. Era sempre astuto e attento. Parte del suo dono risiedeva nell'arte dell'inganno. Mentirgli non era un'alternativa.

"Sì," ammise Gabriel.

"E non hai rivelato quest'informazione?" domandò Silvia.

"Non mi è mai stato chiesto di Astasiya, soltanto di Caro," fece notare Gabriel.

"Sapevi cosa volevamo," lo accusò Silvia.

"Come ha sottolineato Tulan, non sono a conoscenza delle questioni riguardanti il Consiglio." Quando finì di parlare, Gabriel sentì una sensazione spumeggiante in gola e il petto gli emise un piccolo rombo. Gli ci volle un secondo per realizzare che stava per ridere al proprio gioco di parole. Per poco non sorrise, ma riuscì a ingoiare la reazione e mantenere una facciata di noia.

O almeno il più possibile annoiata, visto l'umorismo in rivolta dentro di lui.

Più tardi si sarebbe lasciato andare a una risata, una volta che quella situazione si sarebbe risolta.

Con la fortuna che era solito avere, nel frattempo l'empatia si sarebbe esaurita, rendendo così quel bisogno inutile.

Silvia non era impressionata, ma gli altri seduti accanto a lei presero a studiare Gabriel intensamente. Erano in tutto trentanove e costituivano la fila più potente di tutto l'auditorium.

Seraphim della giustizia: Silvia.

Seraphim dell'oscurità: Tulan.

Seraphim guerriero: Adriel.

Seraphim della violenza: Rubeen.

Seraphim della mente: Stahr.

Gabriel li guardò uno a uno, molti di loro erano i Seraphim originali delle proprie stirpi, oppure i secondi in comando, se i più anziani si stavano godendo il sonno. A Gabriel tornarono in mente tutti i loro nomi e le loro abilità, aveva passato l'infanzia a memorizzarli tutti. Era destinato a prendere il posto del padre, a due sedute di distanza da un posto vuoto.

Quella seduta in particolare non veniva riempita da migliaia di anni, poiché apparteneva al Seraphim della vita e della resurrezione. *Osiris*. Non aveva nessuno che potesse prendere quel posto in sua assenza.

Solo Sethios.

E lui non aveva ancora sviluppato le ali.

Astasiya sì.

Gabriel era certo che ai Seraphim lei sarebbe servita. Tuttavia non sapeva il perché. Aveva uno scopo più grande di Osiris, uno che il Consiglio sapeva e si rifiutava di condividere. Gabriel sentiva che stessero nascondendo qualcosa e quello era il solo motivo per cui erano interessati a lui in quel momento, non quello di emettere un editto per consegnargli Astasiya con la forza, se fosse stato necessario.

Avrebbero voluto che lei andasse lì volontariamente. Proprio come aveva voluto reclutarla Osiris.

Cos'è che può fare Stas che vi ha fatti completamente ossessionare con lei? si domandò Gabriel. Aveva assistito al potere della ragazza durante il combattimento con il nonno, ma non si era nemmeno avvicinata alla vittoria. Osiris c'era andato piano con lei, aveva passato la maggior parte del tempo a testarla e farla mettere in mostra, invece che farle davvero del male.

Sicuramente era stato uno spettacolo impressionante per una Seraphim così giovane.

Tuttavia, i Destinati dovevano aver predetto qualcosa di molto più grande per lei. Qualcosa di... terrificante.

Sì.

Gabriel riusciva a vedere la paura negli occhi di alcuni Seraphim accanto a lui. Era sottile, ma c'era. Un briciolo di ansia che fluttuava nel vento.

Gabriel inalò l'aroma pungente e confermò l'accuratezza del proprio pensiero grazie al talento di Clara.

Hanno paura di lei.

Forse allora la profezia non riguardava solo Ichoriani e Hydraiani, ma anche i Seraphim.

Com'era possibile? I Seraphim non potevano morire... A meno che Stas non avesse determinato la vera origine della vita, un giorno. Nello specifico quella *Seraphim*.

Gabriel si ripeté le parole di Skye nella mente ancora una volta e sentì lo stomaco in subbuglio all'idea di quanto potente avrebbe potuto diventare la sua sorellina.

"Ci sono altre domande?" chiese Adriel diretto al Consiglio.

"Saresti disposto a sottoporti alla riabilitazione?" La voce acuta e femminile proveniva da dietro Gabriel.

La riconobbe, era Dara. La Seraphim della fertilità e della genetica.

Era la madre di Leela.

Invece di voltarsi e guardare la donna, Gabriel rispose: "Non in questo momento."

"E dopo che avrai portato a termine la missione di assistere la Seraphim Astasiya?" insistette il padre.

Gabriel ci pensò su prima di dire: "Se sarà una misura necessaria, prenderò in considerazione il suggerimento e seguirò il protocollo, sempre che pensi ci sia un difetto nella programmazione della mia anima."

Scelse le parole con cura, avrebbe concordato con un'azione del genere solo se avesse creduto fosse strettamente necessario.

Il che era praticamente impossibile.

Tuttavia, dal momento che la sua specie si basava principalmente sulla logica e non sul benessere emotivo, avrebbero preso quelle affermazioni come verità e concordato con una risposta razionale.

"Accetteresti di riportare la tua fedeltà sui tuoi anziani?" gli domandò Tulan. "Dopo che la profezia si sarà avverata, intendo."

Se avessero chiesto a Gabriel un voto di sangue si sarebbe rifiutato. Così disse: "Discuterò dell'appropriato allineamento della mia fedeltà quando verrà il momento, sì."

L'angelo sospettava che sarebbe rimasto con la sorella, ma tutto dipendeva da eventi futuri, che il Consiglio stava nascondendo e cercando di manipolare.

Era per quello che avevano punito Skye? Perché si era rifiutata di aderire ai loro protocolli? Ezekiel era al corrente della sua vera storia?

Le domande gli riempirono i pensieri e i Seraphim accanto a lui rimasero in completo silenzio, avevano esaurito le richieste.

Era così che andavano quei processi, erano veloci ed efficaci. Avevano racimolato la maggior parte delle prove ancora prima di convocare Gabriel. Il loro argomentare si era banalmente concentrato su quali verità sarebbe stato disposto a rivelare.

Adriel si guardò in giro una volta, poi annuì con una certa finalità. "Dal momento che non si sono altri chiarimenti, il Consiglio procederà secondo il solito corso.

Sei temporaneamente congedato, Gabriel. Ti convocheremo nuovamente quando avremo un editto finale."

"Grazie, Adriel," gli rispose Gabriel. Usare il nome proprio del padre era un segno di rispetto verso la stirpe familiare. Si inchinò profondamente e cominciò ad andarsene, consapevole del fatto che quello avrebbe potuto essere il pomeriggio migliore per girovagare nella città Seraphim.

Gabriel si guardò intorno.

Poi scrollò le spalle.

Avrebbe preferito passare il tempo a fare le poche valigie che aveva perché sembrava che Hydria avrebbe guadagnato un nuovo residente.

Fece prendere vita alle ali con un fruscio, mentre a circa cento metri alla sua destra si scatenò un allarme. I Seraphim si precipitarono in cielo come in una raffica, mettendo in pratica il loro allenamento difensivo nel tentativo di proteggere il Consiglio.

Tuttavia, la minaccia non era al di fuori dei cancelli.

Ma dentro.

Gabriel rilassò le piume e inarcò un sopracciglio alla vista di una Seraphim nuda dalle ali e gli occhi azzurri pieni di furia. "Madre," la salutò. "Vuoi che ti presti la mia maglietta?"

"Portami da Sethios." La voce della donna era un rantolo stridulo e confermò a Gabriel che si fosse risvegliata solo poco prima. Viste le sue condizioni, sospettò che il Consiglio non le avesse dato il permesso.

Invece di farle delle domande, le allungò una mano.

A quanto pareva non avrebbe fatto i bagagli.

E Hydria non avrebbe acquisito un solo nuovo cittadino Seraphim, ma due.

CARO

Qualche Minuto Prima

PARLAMI, ANGELO, DISSE SETHIOS CON UN PIZZICO DI preoccupazione nella voce che risuonava nella mente di Caro. Era una reazione giustificata, considerando l'essenza fiammeggiante che se ne stava sulla porta.

La mia creatrice è qui, gli sussurrò Caro. *Quand'è che il Consiglio l'ha svegliata?*

Cercò la risposta nella propria mente ma non arrivò a nulla. Gli ultimi anni o decenni erano un mare di sole e niente.

Perché il Consiglio l'aveva messa in una cella per la riabilitazione.

Una parte di lei aveva sempre saputo che sarebbe successo, eppure non riusciva a capire da dove venisse quella sensazione. Forse qualche ricordo che non riusciva a formarsi. Non era strano, vista la sua situazione. Durante il processo riformativo, i Seraphim erano soliti cancellare il contenuto della mente.

Il fatto che ricordasse Sethios era un miracolo.

O almeno ricordava certi dettagli di lui.

Come per esempio che fossero legati.

Altri aspetti erano più confusi. Caro sperava si sarebbero definiti con il tempo.

Creeremo altri ricordi, angelo, le promise lui.

Doveva aver ricevuto i pensieri di lei tramite la loro connessione. Invece che provare a spegnerla, Caro si aggrappò a quel legame e guardò la donna che l'aveva messa al mondo.

La Seraphim alata ricambiò lo sguardo ed entrò nella stanza in forma corporea, con un vestito bianco che le svolazzava alle caviglie. "Non è ancora tempo di svegliarsi," la informò con tono piatto. "Ci penso io."

Caro non disse nulla.

'Pensarci' avrebbe voluto dire aprire la cella, quindi non doveva fare altro che aspettare. Sarebbe stato meglio apparire più calma possibile. Affinché il piano funzionasse, avrebbe avuto bisogno dell'elemento sorpresa. Principalmente perché non sapeva quanto sarebbe stata forte, dopo il tempo passato lì, poi perché la madre aveva qualche millennio in più.

Tuttavia, Chanara non si sarebbe aspettata di vederla reagire. Combattere il processo di condizionamento non era per niente pratico.

Sfortunatamente per la madre, Caro non si sentiva in vena di praticità, al momento.

Voleva uscire da quell'inferno.

Scappare.

Volare.

Sentire.

Aveva le gambe e le braccia ricoperte di pelle d'oca, le membra erano entusiaste di avere uno scopo. Era rimasta stesa lì fino ad atrofizzarsi, la mente quasi del tutto riprogrammata a dimenticarsi la sua intera esistenza.

Parti di essa brillavano al buio, macchie scure nella coscienza di Caro, altrimenti bianca. Fu abbastanza per attirarle l'attenzione, per forzarla ad agire. Perché al di là di quelle mura c'era qualcosa a cui lei teneva.

Sethios.

Sono qui.

Lo so, sospirò lei con il cuore che le batteva forte. Poteva vederlo nella propria mente, i bellissimi occhi verdi, quelle fossette invitanti quando sorrideva. Eppure il loro passato insieme era continuamente sfocato, una scintilla di tempo che Caro comprendeva un secondo e quello dopo si era già dimenticata.

Convogliò il potere curativo in alto, alla ricerca dei filamenti stracciati della mente e desiderosa di rimetterli insieme.

Tuttavia, un movimento nella visione periferica la fece fermare.

La madre stava preparando gli strumenti per costringere nuovamente Caro a un sonno tranquillo.

Sarebbe stato così semplice lasciare che accadesse, arrendersi ancora una volta al torpore.

Tuttavia Caro sentì uno strattone all'anima che la mantenne ancorata al presente e le ricordò perché avrebbe dovuto combattere.

Il suo scopo non era quello di esistere in una cella. *Sono destinata a molto di più.*

Sì, concordò Sethios. *Sei mia.*

Caro per poco non si mise a ridere. Eppure quelle parole andarono a colmare un vuoto dentro di lei, le inviarono un calore nelle vene che si mescolò alla sensazione di formicolio delle membra. La fecero sentire viva. Rinnovata. Rinata.

"Sì, grazie. Ho bisogno di Adeline, per favore," disse Chanara.

"Sarà qui tra cinque minuti," le rispose una voce profonda nell'aria intorno a loro.

Chanara doveva aver premuto un bottone per comunicare oppure si era rivolta a un Seraphim telepatico.

Avrebbe usato Adeline per rimettere a dormire Caro, tutti conoscevano il talento della donna per gli stati che riguardavano il sogno. Se fosse arrivata lì prima che il vetro della cella si fosse aperto, sarebbe stato un problema.

Un conto era combattere la madre.

Annientare una Seraphim famosa per saper indurre stati comatosi con un solo pensiero era tutt'altra storia.

Respira, si disse Caro per calmare il proprio cuore martellante. Avrebbe dovuto sembrare innocua in modo da incoraggiare la madre ad aprire la capsula e cominciare i preparativi mentre aspettavano l'arrivo di Adeline.

I Seraphim non provano emozioni.

I Seraphim non reagiscono.

I Seraphim accettano la riabilitazione come misura correttiva.

Caro ripeté quelle parole nella mente, aveva bisogno di crederci, seppur temporaneamente.

Sethios grugnì in risposta e lei lo zittì tramite il legame. *Devo concentrarmi.*

Se mi lascerai ancora soggiogherò Vera a farmi nebulizzare da te. Al diavolo le rune, fanculo le difese. Verrò da te, angelo. Che tu sia pronta o no.

Al solo pensiero un calore attraversò Caro, rendendole difficile ignorare Sethios. Tuttavia era l'unico modo in cui avrebbe funzionato.

Chiuse gli occhi, fece svariati respiri profondi e finse di riposare. La madre avrebbe dedotto che si fosse stancata troppo a rimuovere i cavi dal corpo, che Caro si fosse riappisolata mentre aspettavano che un Seraphim venisse a sistemarle la capsula.

Uno, contò, fece del suo meglio per concentrarsi sui

numeri e sul proprio respiro. *Due. Tre.* Proseguì, la mente assorbita nel compito e del tutto immobile mentre i ganci che la tenevano ferma cominciarono a sollevarsi.

Quando arrivò a quarantasette, una ventata d'aria le colpì le orecchie.

A sessantacinque, il vetro si mosse.

A ottantanove, le dita della madre le auscultarono il battito del polso.

Ora, Caro disse a se stessa, si lanciò verso la creatrice e la prese per il collo. Chanara sussultò sorpresa, il rumore venne coperto da Caro, che fece cadere entrambe per terra in una raffica di braccia, gambe e movimenti scoordinati.

Il corpo ricordò subito come agire, i muscoli erano completamente guariti. L'unica parte che avrebbe dovuto recuperare ancora un po' era la mente, avrebbe richiesto tempo.

Caro ci avrebbe lavorato più tardi.

Al momento doveva occuparsi di uccidere la madre. Non in maniera permanente, quella era impossibile per i Seraphim, ma temporaneamente. Rafforzò la presa intorno al collo della madre e con le gambe le strinse la vita per tenerla bloccata a terra, sotto di lei.

Nessuna delle due avrebbe potuto nebulizzarsi, dal momento che la struttura era piena di rune e in più si trovava ben sottoterra.

Inoltre, i loro doni Seraphim non erano di natura guerriera.

Caro aveva anni di combattimenti alle spalle, il desiderio di imparare le manovre difensive era stata una mossa pratica che le sarebbe andata in soccorso. La creatrice si era soffermata sulle lezioni intellettuali, invece che sulle esperienze di lotta.

In quel momento avrebbe sicuramente desiderato di aver preso almeno una lezione di difesa.

Chanara cominciò ad alzare gli occhi al cielo, il viso pallido le divenne di una tonalità di viola, ma Caro non la lasciò andare. Continuò a contare.

Aveva sorpassato il duecento.

Era vicina al trecento.

Ciò voleva dire che Adeline sarebbe stata lì a momenti, magari anche a secondi.

I Seraphim erano sempre puntuali.

Una volta raggiunto il trecentodiciannove, lasciò andare la madre e balzò in piedi alla ricerca di qualsiasi cosa potesse essere usata come arma, ma in quella stanza non c'era nient'altro che l'apparecchiatura di monitoraggio legata alla capsula. Non c'era nemmeno un bisturi.

Caro avrebbe dovuto usare le mani.

Si inginocchiò di nuovo e prese la testa della madre tra le mani, poi la girò con un movimento sinistro con l'intenzione di spezzarle il collo.

Il rumore delle ossa si riverberò per la stanza troppo silenziosa.

Poi tutto si fece di nuovo calmo.

Caro si rimise in piedi e andò dritta verso la porta, si rifiutava di perdere tempo. Era aperta, il che avrebbe reso facile ai Seraphim infilarsi dentro le stanze e controllare le vittime dentro le capsule.

Avevano costruito quella struttura pensando che le capsule avrebbero tenuto fermi i prigionieri, quindi non erano risultate necessarie ulteriori misure di sicurezza.

Ecco perché Caro trovò il corridoio libero e la tromba delle scale priva di guardie.

Salì le scale a passo sorprendentemente leggero, il corpo era rinvigorito grazie all'abilità da poco acquisita. Una volta che raggiunse il piano terra il sole la fece fermare un momento, gli occhi non erano abituati a tutta quella luce.

Il dono di Caro si attivò e riparò tutto ciò che la donna aveva bisogno di vedere, così che potesse proseguire.

Hai appena ucciso Chanara, angelo? le chiese Sethios dolcemente.

Sì. Non si preoccupò di sottolineare che la madre si sarebbe ripresa dopo un'ora o giù di lì, Sethios lo sapeva già.

Senza i coltelli?

Sì, ripeté lei.

Mmmh.

Davanti a quel verso nella mente, Caro si accigliò. *Cosa c'è che non va?*

Sono solo incuriosito, ammise Sethios con voce calda. *Più tardi giocheremo.*

Sono appena uscita da una capsula riabilitativa e tu parli di giocare.

Ti sorprende?

Caro ci pensò su. *No, in realtà no.* Sebbene i ricordi non fossero ancora tornati del tutto integri, a guidare i pensieri era l'istinto.

A separarla dall'esterno c'erano solo un paio di porte a vetri.

Caro corse loro incontro, irruppe fuori e in un attimo fu pronta a scappare quando una miriade di allarmi presero a suonarle tutt'intorno. Girò su se stessa, poi fece appello alla propria abilità di nebulizzazione e si preparò a lasciare l'isola principale.

Tuttavia, una visione familiare a qualche metro da lei la fece immobilizzare.

Gabriel. Gli andò incontro in stato angelico e usò le ali per spingersi in avanti. Le facevano male perché non le usava da tempo, ma la magia della guarigione si mise al lavoro, liberandola del pensiero.

Era troppo da sopportare. Aveva bisogno di un posto

sicuro dove riprendersi del tutto. Un posto dove avrebbe potuto scacciare il mal di testa che le si stava formando dietro gli occhi semplicemente dormendo.

Suo figlio aveva detto qualcosa riguardo una maglietta. Lei lo ignorò e gli disse: "Portami da Sethios." La voce era particolarmente forte nonostante il mancato uso degli ultimi non si sapeva quanti anni.

"Preferisco che ci raggiunga da qualche altra parte," le rispose il figlio mentre estraeva dalla tasca un piccolo dispositivo. Ne studiò lo schermo e fece scivolare le dita rapidamente su di esso prima di rimetterlo nei pantaloni. "Andiamo."

Gabriel è ancora dalla nostra parte? chiese a Sethios, confusa dal comportamento del figlio.

A meno che il Consiglio non gli abbia fatto cambiare idea nelle ultime ore, sì.

Il Consiglio? Caro sapeva che intendesse l'Alto Consiglio di Seraph, ma voleva maggiori dettagli.

Ha ricevuto un editto che gli diceva di incontrarli. Voleva in qualche modo ingannarli a liberarti.

Ma non mi hanno liberata, rispose lei. *L'ho fatto da sola.* Voleva dire che non poteva fidarsi di lui? *E se…*

Venne circondata da un fuoco, il calore le si riversò sulla pelle e la fece sibilare. Si nebulizzò lontano da esso solo per essere inghiottita da una rete infuocata che le liberò un urlo a pieni polmoni.

Caro! gridò Sethios nella mente della donna. *Mandami una visione, fammi vedere dove sei.*

Era una richiesta che la costrinse a obbedire, così catturò un'immagine degli edifici intorno a lei, avvolti dalle fiamme che le stavano bruciando le retine.

La persuasione la lasciò in un istante, il compagno capì subito di averle causato del dolore. Non si scusò, le loro menti si intersecarono mentre Sethios cercava di trovare un modo per raggiungere Caro, per aiutarla, per annientare coloro che le stavano facendo del male.

La donna cadde in ginocchio, le bruciavano i polmoni e aveva bisogno di aria pulita.

Con il respiro successivo sparì tutto.

Il calore.

Il fuoco.

Tutto quanto.

Caro aprì gli occhi e sbatté le palpebre davanti a Gabriel in modalità guerriero che stava combattendo un'orda di Seraphim con un solo colpo di spada.

Gli altri urlavano, il dolore perforava l'aria ma Gabriel era sul piede di guerra e si era appellato al proprio lato distruttivo. Quella che stava usando non era una vera e propria spada ma un'arma fatta di *potere*. L'aveva evocata usando i talenti ereditati dal padre.

Caro guardò in adorazione il figlio che annientava la competizione senza sbagliare un colpo. *L'ho creato io*, pensò lei alzando le sopracciglia sorpresa. *Sono stati i Destinati a ordinare questo.*

La maggior parte dei Seraphim arrivava a cinquecento anni, prima di essere considerata utile alla procreazione. Caro era molto più giovane quando l'avevano chiamata a fornicare con Adriel. Lei aveva seguito l'ordine nell'editto perché quella era la risposta che si aspettavano tutti.

Non aveva mai messo in discussione il proprio scopo, ma a vedere Gabriel lì, in tutta la sua gloria battagliera e sulla scia del nuovo dono di Caro, la donna si chiese se i Destinati non avessero orchestrato tutto per una ragione. Un motivo che andava oltre il Consiglio.

"Basta!" urlò una voce profonda. Apparve Adriel, le ali rosse dispiegate intorno a lui come un mantello di energia pura.

I combattimenti cessarono, ma Gabriel non abbassò la

spada. Al contrario, affrontò il padre con un'espressione che Caro non gli aveva mai visto prima. Emanava un'energia ardente: una rabbia palpabile che minacciò di bruciare tutti vivi.

Padre e figlio si fissarono a vicenda, i loro spiriti guerrieri si mettevano alla prova l'un l'altro mentre fluttuavano in aria in forma eterea.

"Esiliaci, se devi," gli disse Gabriel, il tono autoritario. "Ma io farò quanto necessario per vedere la profezia avverarsi. In questo momento ho bisogno dell'aiuto di Caro per Astasiya."

Che cos'ha Astasiya? domandò Caro nel legame.

Lei sta bene, la rassicurò Sethios. *Perché?*

Gabriel ha appena detto che ha bisogno del mio aiuto per assicurarsi che la profezia sia portata a compimento.

La sta usando come ragione per convincere il Consiglio a liberarti, le spiegò Sethios.

Caro ci pensò su. *Oh, è una mossa pratica.*

Sì, concordò lui.

"Scegli la profezia invece della tua lealtà verso di me? Verso casa tua? Il tuo Consiglio?" chiese Adriel a Gabriel, apparentemente indisturbato dal potere che il figlio teneva davanti a lui nella forma di una spada affilata.

"È la mia lealtà in quanto Seraphim a portarmi verso questa decisione. È l'unica strada che posso prendere, Adriel. Anche se significa che dovrò passare sopra il tuo corpo." Gabriel si mosse assumendo una postura ostile. "Decidi."

"Potrei privarti delle ali."

"Potresti provarci," ribatté Gabriel. "Perderesti."

"Sono il guerriero originale, *figliolo.* Non puoi togliermi il trono."

"Non è quello il mio obiettivo, *padre.* Voglio solo che la

profezia si avveri. Non è forse per questo che mi hanno creato i Destinati?"

Lo percepisce anche lui, pensò Caro. *Sente che i Destinati stiano ingannando il Consiglio.*

Che intendi dire? le chiese Sethios.

È tutto troppo casuale. Ho partorito due volte nello stesso secolo... non dovrebbe essere possibile, visto che i Seraphim sono in grado di procreare solo ogni cinquecento anni o giù di lì. Inoltre, ho messo al mondo due delle più potenti creature esistenti al momento. Io stessa sono nata per un preciso scopo. Ha tutto senso, tuttavia non credo che i Destinati abbiano comunicato al Consiglio la vera ragione per cui esistiamo.

Non ti seguo, angelo, le sussurrò nella mente. *Stai ipotizzando che i Destinati abbiano in qualche modo ingannato il Consiglio? Che non siete stati tutti creati per distruggere mio padre?*

Non lo so. Eppure c'era qualcosa che le attanagliava la mente, un puzzle che non aveva ancora risolto. A ogni modo, sentiva di essere sulla strada giusta per scoprire qualcosa di più grande.

Il Consiglio pensava che fossero destinati a distruggere Osiris.

Ma se quello non fosse il vero scopo? Cosa diceva la profezia? chiese Caro, cercò di ricordarsi ma fallì miseramente. *Cosa siamo destinati a fare?*

La profezia dice che sarà Astasiya a distruggerci tutti. Parla degli Ichoriani e degli Hydraiani, visto che è stata Skye a pronunciarla.

Caro si accigliò. *C'è qualcosa che... Ci stiamo perdendo un pezzo.*

Un lampo di energia la strappò ai pensieri, riportandola dove Gabriel aveva affrontato Adriel, a circa tre metri da terra. Altri Seraphim si erano uniti al guerriero originale, ma il figlio di Caro non apparve turbato. Se non altro, sembrava impaziente.

"Ho combattuto fino a diventare il secondo in

comando, Adriel. Sono più che capace di farlo di nuovo."
Fece ruotare la spada e gliene si materializzò un'altra nella
mano opposta. Entrambe le lame erano infuocate.

Gabriel emanava potere, il suo diritto di nascita in bella
mostra nelle iridi verdi incandescenti. Non si sarebbe
arreso. In quello stato, l'unico capace di sconfiggerlo
sarebbe stato Adriel.

A meno che non arrivassero Seraphim più anziani.
Caro sospettò che fosse quello il motivo di stallo.

Testò la propria abilità di nebulizzazione e la scoprì
ancora una volta intatta, il suo corpo era automaticamente
guarito dalle corde di fuoco che avevano tentato di legarla
a terra.

"Il Consiglio non ha ancora raggiunto un verdetto," gli
rispose Adriel. "Fino a quel momento, Caro dovrà tornare
in riabilitazione."

Gabriel scosse la testa. "È la tua decisione quella che
conta. Consegnaci il tuo verdetto, Adriel. Fare altrimenti è
solo una perdita di tempo e io ne ho poco da sprecare. La
situazione con Osiris sta peggiorando e ho lasciato Astasiya
senza alcuna protezione. Sarà anche in grado di prendersi
cura di sé ma ha ancora bisogno della mia guida. E anche
quella di sua madre."

È magnifico, pensò Caro attraversata dall'orgoglio
mentre guardava il figlio rifiutarsi di svendersi al padre.
Era ancora molto giovane, eppure sembrava del tutto un
anziano, in quel momento.

Se anche Adriel la pensasse allo stesso modo, non lo
diede a vedere. Al contrario, passò in rassegna il figlio e
gli occhi color menta gli brillarono di sapere.
"Convincerai Astasiya a rispondere al nostro editto," gli
disse. "Quando succederà, parleremo del vostro futuro
con i Seraphim."

"Non lo esili?" chiese una voce femminile mentre Silvia

apparve in una raffica di piume color giallo tenue, in netto contrasto con la carnagione scura.

"Non ancora. Ha quattro settimane per obbedire al mio editto. Se Astasiya non sarà apparsa davanti al Consiglio allo scadere del tempo, allora ci riuniremo e discuteremo un verdetto."

"E Caro?" insistette lei.

Adriel guardò la donna in questione, l'espressione non lasciò trapelare nulla. "Andrà con lui, nel tentativo di guidare la giovane Seraphim in modo appropriato. Tra quattro settimane discuteremo anche del suo futuro."

Gabriel annuì e le spade si dissolsero nell'aria. "Allora faremo meglio a darci una mossa." Si nebulizzò al fianco di Caro e le prese una mano. "Vi aggiornerò tra quattro settimane, con o senza Astasiya."

Non aspettò conferma, avvolse Caro nel mantello protettivo fatto di energia e la costrinse a muoversi con lui nel tempo e nello spazio.

Caro?

Sto bene, rispose lei. *Gabriel mi sta facendo nebulizzare, non apprezzo particolarmente la sensazione.*

L'ho capito, le rispose Sethios. Quelle parole l'avevano fatta divertire, ma non riusciva a localizzare la fonte di quel sentimento. Aveva dei ricordi legati a esso, ricordi a cui non aveva ancora accesso. *Sto venendo da te, angelo.*

Venendo da me, come?

Vedrai, le sussurrò Sethios. *Tieniti pronta.*

SETHIOS

"PORTAMI DA CARO." SETHIOS TESE UNA MANO. "SUBITO."

Vera strizzò gli occhi argentati verso di lui, occhi che diventarono verdi nel momento che le piume della donna presero vita. "Spero ti faccia male."

"Lo farà," la rassicurò lui. "Ma ne varrà la pena."

Vera contrasse le labbra. "Sì. Su questo forse siamo d'accordo." Premette il palmo della mano su quello di lui, si allontanarono da Hydria e atterrarono nel punto indicato nel messaggio di poco prima di Ezekiel.

Per qualche motivo, Gabriel aveva voluto che si incontrassero tutti a casa dell'assassino, non a Hydria. Mentre Caro e Gabriel avevano combattuto contro il Consiglio, o qualsiasi cosa fosse appena successa, Sethios, Vera e Leela avevano chiacchierato su come procedere.

Avevano concordato che Astasiya dovesse rimanere a Hydria con la sua amica e Issac, mentre Sethios avrebbe valutato lo stato mentale di Caro.

Da quello che aveva capito fino ad allora, i ricordi della donna non erano completamente intatti. Quindi, anche se capiva il legame, non sembrava interagirci molto. Quasi come se avesse dimenticato di possedere il cuore di Sethios.

Lui glielo avrebbe ricordato volentieri nel momento stesso in cui l'avrebbe vista. E se Caro avesse opposto resistenza, Sethios l'avrebbe riportata con piacere all'inizio della loro relazione con alcuni comandi accuratamente elaborati.

La foschia dovuta alla nebulizzazione si diradò, rivelando un cielo notturno e disseminato di stelle. Somigliava alla notte in Grecia, tuttavia Sethios aveva i piedi ricoperti di neve.

Si accigliò, cominciò a brontolargli lo stomaco mentre il corpo si riprendeva dall'effetto del teletrasporto causato dal 'volo' con i Seraphim. Lo lasciava sempre nauseabondo. "Dove siamo?" chiese con voce tesa mentre combatteva il bisogno di vomitare.

Odiava quanto lo facesse sentire debole. Un giorno avrebbe padroneggiato quel potere. Una volta che gli fossero spuntate le ali, si sperava.

"Circa un'ora a est di Reykjavík", rispose Ezekiel, poi si avvicinò a Sethios nel bel mezzo di quello che sembrava essere un campo di nulla.

Il migliore amico attese un attimo, poi annuì. "Bene, dobbiamo fare un altro salto." Fu Ezekiel ad afferrare Sethios, lo fece volteggiare nello spazio fino alla destinazione finale, o almeno Sethios sperava lo fosse. Per lo meno l'abilità di Ezekiel non gli faceva venire voglia di vomitare dappertutto. Forse perché il duo aveva viaggiato insieme in quel modo per anni.

Si materializzarono all'interno di una cucina accogliente, accanto a Skye che rimuoveva un bollitore fischiettante dal fornello. "Tè?" offrì senza guardarli.

"Sì, per favore," le rispose Ezekiel, aveva la voce morbida con un pizzico di emozione.

Qualche decennio prima, Sethios l'avrebbe preso in giro. Tuttavia, quella sera lasciò l'assassino alle prese con il proprio amore non corrisposto.

Non era che Skye non lo amasse, ma non riusciva a ricambiare l'affetto di lui. Sembrava incapace di provare quell'emozione, la sua mente era costantemente persa tra i problemi del futuro e impossibilitata a rimanere nel presente per periodi abbastanza lunghi da *percepire* emozioni.

Vera si nebulizzò nel piccolo angolo della cucina, poi strizzò gli occhi. "Grazie per le indicazioni."

Ezekiel alzò una spalla. "Devo tenerti in allenamento, Seraphim."

"E se non fossi stata in grado di afferrare quel ricordo abbastanza velocemente, mi avresti lasciata congelare nel mezzo dell'Islanda?"

"Islanda meridionale," la corresse, poi tirò fuori una birra dal frigo e gliela lanciò. "Sono sicuro che avresti trovato un posto più caldo dove aspettare ulteriori istruzioni."

"Siamo ancora in Islanda?" si chiese Sethios ad alta voce. Aveva una casa lì che non visitava da un bel po' di tempo. In realtà, possedeva diverse proprietà. O almeno una volta era così. Più tardi avrebbe dovuto fare qualche ricerca per vedere in che condizioni si trovassero o se esistessero ancora.

"Sì, a nord dell'Islanda. Dovevo solo assicurarmi che nessuno ti stesse seguendo." Ezekiel aprì un pensile per tirare fuori un po' di zucchero e lo appoggiò sul bancone accanto alle tazze che aveva preparato Skye. Aveva messo delle piccole bustine di tè in ognuna ed era concentrata a versare l'acqua.

Sethios si mise a contarle e aggrottò la fronte: otto

tazze. *Ezekiel, Skye, Vera, io, Caro, Gabriel...* "Chi altro stiamo aspettando?"

"Oh! Mi ero scordata!" esclamò Skye, si avvicinò al forno per fermare il timer poco prima che suonasse. Si infilò un paio di guanti e tirò fuori una pizza al salame piccante dal forno. "Nessuno la tocchi. È per Jacque."

Sethios e Vera si scambiarono uno sguardo mentre Ezekiel scomparve senza dire una parola.

"Jacque è a Hydria," le disse Vera.

"Ah, sì?" Skye sbatté i grandi occhi azzurri verso il soffitto, poi inclinò la testa di lato come se stesse ascoltando qualcosa. Dopo un momento, scosse la testa. "Sarà qui a breve."

Sethios scrollò le spalle. La donna poteva vedere il futuro. Chi era lui per contestare quelle predizioni?

"Devo preparare la tua stanza," continuò Skye, poi passò lo sguardo da Sethios all'orologio. "Più tardi preparerò un bagno per Caro." Li lasciò a fissarla dalla cucina.

Dopo che la veggente dai capelli scuri scomparve dalla vista, Sethios inarcò un sopracciglio verso Vera. "Perché Caro ha bisogno di un bagno?"

"Non fa il bagno da diversi anni a causa del suo stato in riformazione, ma i Seraphim mantengono le capsule relativamente pulite. Forse Caro e Gabriel hanno dovuto combattere per uscire di lì."

Stai bene? chiese Sethios al suo angelo.

Lei non rispose e il cuore di lui prese a battere forte. *Caro?*

Niente.

Si preparò a darle un ordine proprio mentre sentì un trambusto provenire dal soggiorno. Un urlo familiare lo fece correre verso la fonte, ma non si accorse della visuale che gli si parò davanti.

Non solo Caro era nuda, ma aveva anche uno dei coltelli di Ezekiel in mano, che Sethios riconobbe per via del marchio sul manico.

"Angelo?" la chiamò piano Sethios, confuso dal motivo per cui la donna stesse puntando la lama verso il migliore amico di lui.

"Ci hai traditi!" accusò lei, guardando solo Ezekiel.

L'assassino aveva entrambe le mani in aria in gesto arrendevole. "Tesoro, ho fatto esattamente quello che avevamo pianificato."

"Non era questo il piano. Niente di tutto ciò era nel piano!" gli urlò lei, Sethios sempre più stupito dalla scena.

Che vuoi dire, angelo? le chiese con in pensiero.

Lei lo ignorò. In quel momento si rifiutava anche di guardarlo.

Gabriel le si materializzò accanto, aveva la camicia strappata e decorata di macchie di sangue che si abbinavano alle piume rosse. Scomparvero mentre lui assumeva la forma corporea, poi si concentrò su Caro. "Ha afferrato il coltello di Ezekiel durante il trasporto."

"Certo che sì," rispose Sethios, impressionato e completamente sconcertato dal motivo. Fece un passo verso di lei, poi si immobilizzò quando l'angelo emise un sibilo alle spalle. "Caro, sono io."

"Bugiardo," gli rispose con gli occhi azzurri impazziti di rabbia. "Sono tutte menzogne!"

"Che diavolo è successo?" chiese Sethios.

"Sì, vorrei saperlo anch'io," aggiunse Ezekiel mentre si allontanava da Caro. Lei ringhiò in risposta, facendolo raggelare.

Almeno sembrava fisicamente in forma. Ogni parte della donna era proprio come ricordava Sethios: gambe e braccia toniche, pancia piatta, bel seno, vita morbida, capelli biondi lunghi che le arrivavano al centro della schiena e un viso scolpito da Dio in persona.

Avrebbe voluto abbracciarla, baciarla, dirle quanto gli fosse mancata.

Ma lei gli sembrava completamente indifferente. Come se lui non significasse nulla. Come se avesse dimenticato ogni parte fondamentale del loro legame.

Come se fosse spinta solo da un furioso bisogno di ferire Ezekiel.

"Perché pensi che stiamo mentendo?" le chiese Sethios, abbassò la voce, voleva calmarla con il proprio tono.

"Tu non sei qui," rispose lei a denti stretti. "Ci hai venduti a Osiris."

Ezekiel alzò le sopracciglia sorpreso.

"Ha bisogno dei suoi ricordi," li informò una voce cantilenante dalla cima delle scale. "Vera, se non ti dispiace… Poi Sethios le faciliterà il bagno, ma stalle dietro, altrimenti sbatterà la testa mentre scende." Skye salterellò per il corridoio, lasciandoli tutti a guardarsi l'un l'altro.

"I miei ricordi," ripeté Caro, guardandosi intorno nella stanza e strizzando gli occhi verso la mora appoggiata al muro. "*Tu*."

"Già." Vera si schiarì la gola, si alzò in piedi e si avviò verso Caro. "Ho molto da disfare."

"Non toccarmi."

"Temo di doverlo fare," le disse Vera, lanciando un'occhiata a Sethios. "Puoi darmi una mano?"

"Cosa vuoi che faccia, esattamente?" le chiese.

"Costringila a stare ferma e a non combattermi."

Lui sbuffò. "No."

Vera mostrò un'espressione infastidita. "Vuoi che la sistemi o no, Sethios?"

"Hai fatto tu questo casino. Ora risolvilo," ribatté lui.

Non appena le parole gli uscirono dalla bocca, un altro ricordo gli solleticò i pensieri: il giorno in cui lui e Caro avevano chiesto a Vera di ripulire le loro menti.

Sethios imprecò sottovoce.

"Va bene," disse, non era per niente contento di ciò che avrebbe dovuto fare, ma ne capiva la necessità. "Caro, lascia cadere il coltello, non muoverti e non ti nebulizzare." Avvolse le parole nella persuasione e si guadagnò un ringhio furioso dalla donna ormai resa immobile.

La lama cadde sul tappeto ai piedi di Caro, l'ultima briciola di ostilità le abbandonò le membra attualmente stabili e fissate a terra.

Sethios le si avvicinò da dietro e si chinò a recuperare il coltello.

Lei ringhiò di nuovo, facendolo sorridere.

Mi ricorda di come ci siamo incontrati la prima volta, le sussurrò nella mente. *Non potevi muoverti neanche allora.* Mentre si rimetteva in piedi, le fece scorrere la punta della lama su per la gamba.

"Lo tengo io," informò Ezekiel, lo fece roteare tra le dita e lo infilò nella tasca dei jeans. Poi si fermò diligentemente alle spalle del suo angelo, pronto a prenderla nel caso in cui fosse caduta.

Sethios contrasse le labbra per il gioco di parole accidentale: *il suo angelo che cadeva.* Caro era caduta molto tempo prima nelle fosse dell'inferno, con lui al fianco. Il calore che emanava la donna sembrava confermare la loro posizione insieme.

Tuttavia, fu la rabbia che le ribolliva dentro a catturare l'attenzione di Sethios.

Mi stai facendo eccitare, angelo, le disse, consapevole che non avrebbe affatto reagito. *Dovrei tirare fuori il coltello e giocare? Sei già nuda per me. Forse troveremo una finestra contro cui scopare, per vedere se ciò ti rinfrescherà la memoria.*

Liberami, sibilò lei.

Mai, le giurò lui, poi le strinse i fianchi per rafforzare il concetto. *Tu sei mia, così come io sono tuo.*

Ti ucciderò per questo.

Me l'avevi già promesso, le ricordò lui, poi si chinò per darle un bacio sulla spalla. *Sto ancora aspettando.*

Rimuovi la persuasione e ti consegnerò al tuo destino.

Una volta che Vera avrà finito lo prenderò in considerazione, le rispose, lanciando un'occhiata alla Seraphim in grado di cancellare la memoria. "È pronta."

Vera gli lanciò uno sguardo incredulo. "Sembra pronta a ucciderci, non a obbedire."

"Non può rompere la mia presa", mormorò Sethios, stringendola sui fianchi. "Se lo farà, sarà me che cercherà di uccidere, non te."

Non ci sarà nessun 'tentativo' a riguardo, rispose Caro cupamente.

Lui ridacchiò. *Mi è mancato questo lato di te, angelo. È come se dovessi insegnarti a percepire di nuovo.*

Percepisco molto bene, grazie.

Sì, la rabbia. Che posso facilmente trasformare in qualcosa di molto più scottante, rispose lui, le baciò il collo prima di mordicchiarle l'orecchio. *Continua a provocarmi, angelo. Vedi che succede.*

Come siamo connessi? gli domandò lei.

Non ti ricordi? ribatté lui, accigliandosi.

Lei rimase in silenzio.

Sethios smise di stuzzicarla e si concentrò su Vera. "Aggiustale la mente. Sta perdendo di vista chi sono per lei." Sethios sentiva l'incertezza nel loro legame, il modo in cui oscillava tra loro, un minuto prima era stata a conoscenza del loro accoppiamento e il momento successivo quel sapere era sparito.

"Quindi puoi dare ordini senza costrizioni," commentò

Vera mentre si muoveva per mettersi di fronte a Caro. "Affascinante."

"Preferisci essere persuasa? Perché sarò felice di farlo."

"No, non lo farai," mormorò la Seraphim, poi sollevò il palmo della mano sulla guancia di Caro. "Non ti conviene mettermi fretta, non con tutto quello che ho alterato nella sua mente." Vera chiuse gli occhi, la voce le diventò più morbida a ogni parola. "Dovevo nascondere i ricordi non solo a lei, ma anche agli altri della mia stirpe e a tutti i Seraphim. Questo farà del male a lei, Sethios, ma anche a me."

Sethios avrebbe voluto dire che approvava quel dolore reciproco. Tuttavia, sarebbe stata una bugia. Ora che lui aveva riavuto tutti i ricordi, si era reso conto dei sacrifici che avevano fatto tutti quanti per proteggere Astasiya, compresa Vera.

Per quel motivo, sarebbe stato loro grato per sempre.

Ecco perché tenne la bocca chiusa e si limitò ad annuire, era un modo per informarla che capiva come bisognava agire e avrebbe fatto il possibile per aiutarla. Fece scivolare le braccia intorno alla vita di Caro, abbracciandola da dietro e tenendola stretta mentre Vera si mise a lavorare sulla mente della donna.

L'angelo urlò, il suono si irradiò attraverso il legame e inghiottì Sethios per intero. Non era all'esterno, ma all'interno e gli distruggeva l'anima. La sofferenza di Caro per poco non lo annientò, lasciandolo a tremare come una foglia e facendogli venire le lacrime agli occhi. Tuttavia, prese tutto ciò che Caro ebbe da dargli, la presa persuasiva e risoluta.

Non si sarebbe mossa finché tutto ciò non sarebbe finito, non importava quanto urlasse e piangesse. E lui avrebbe accettato l'angoscia della donna come punizione.

Sethios chiuse gli occhi, sussultò alle urla che

echeggiavano dentro di lui, alla pura agonia che dava fuoco alla loro connessione.

Caro lo incolpò.

Lo odiò.

Disprezzò la sua esistenza.

Si lasciò a un pianto mentale.

Si frantumò in mille pezzi.

Si rimise insieme per poi rompersi di nuovo.

Ogni volta, le sensazioni colpivano Sethios come se gli appartenessero. Sentì Vera intromettersi nei ricordi, distruggerli e ricomporli. Era peggio di ciò che aveva fatto a lui, la quantità di lavoro su Caro era talmente notevole da rappresentare uno shock per la donna, che a malapena riusciva a reggersi in piedi.

Non si trattava solo di ricordi, ma anche del suo periodo in riabilitazione.

Sethios sentì la solita cantilena, le regole, gli editti che affermavano che i Seraphim non avrebbero dovuto provare emozioni, preoccuparsi o considerare nient'altro che la logica.

Accidenti, era del tutto crudele. Come facevano a esistere esseri senza un briciolo di umanità o di rimorso? Non tutte le decisioni erano guidate dalla ragione. Le emozioni erano importanti. Glielo mostrò attraverso il legame, disse a Caro quanto l'amava, quanto gli mancava, quanto avrebbe voluto che tornasse da lui.

Lei lo chiuse fuori.

Poi lo fece entrare di nuovo.

Dopodiché gli sbatté ancora una volta la porta in faccia.

Era una danza mentale che lo lasciava a tremare contro di lei, le braccia la tenevano saldamente, il corpo di Sethios era l'ancora di Caro in un mondo in cui lei non sarebbe voluta tornare. *Non c'è altra scelta, angelo,* le sussurrò, la voce angosciata dal dolore che sforzava il loro legame. *Stai tornando da me. Poi li annienteremo tutti.*

Perché quella esperienza gli aveva mostrato qualcosa di molto importante, una questione che tutti loro avevano evitato per anni.

I Seraphim erano un problema grande tanto quanto Osiris. Forse anche peggio, perché loro avevano anche una società fatta di regole severe ed editti stoici.

Avevano creato loro Osiris e l'avevano lasciato a fare quello che diavolo voleva sulla Terra. Come se non bastasse, avrebbero voluto usare Astasiya per fare fuori il bastardo.

Una ragazza di *venticinque anni*.

Anche se era già accoppiata, era ancora una bambina, nel grande schema dell'universo. Lo erano tutti, se paragonati agli antichi del dannato Consiglio. Avrebbero voluto che una giovane donna distruggesse uno degli esseri più antichi di tutti i tempi?

Per loro lei è sacrificabile, gli sussurrò Caro, la loro connessione era più viva di quanto non fosse mai stata. O almeno così sembrava dopo anni di separazione.

Sethios liberò Caro dalla persuasione e la fece girare tra le braccia, poi incontrò lo sguardo della donna, pieno di sapere e del loro passato *insieme*. Era tutto scritto lì, nell'espressione di lei, l'amore che avevano avuto una volta, il legame che consideravano sacro e l'inevitabile dolore che entrambi avevano sopportato.

Vogliono usarla perché è sacrificabile, ribadì Caro, riportandolo ai pensieri sul Consiglio e sulle loro intenzioni. *È un soldato per loro.*

Sì, concordò lui. *Lo siamo tutti.*

Le cedettero le ginocchia, ma Sethios la prese con facilità e la sollevò tra le braccia. Vera si sedette su una sedia a un metro di distanza, con gli occhi chiusi.

"Fatto?" le domandò Sethios. Lei non rispose, così lui si accigliò. "Vera?"

"Sta riposando," disse Gabriel dall'altro lato della stanza. Si era seduto anche lui, mentre Ezekiel non si vedeva da nessuna parte.

"Quanto tempo è passato?" chiese Sethios, vide la luce del sole all'esterno, una rarità in Islanda, durante la stagione invernale. Indicava che fosse quasi mezzogiorno.

"Diverse ore," confermò Gabriel. "Skye ha detto che la tua stanza è di sopra, due porte a sinistra. Jacque e Owen sono dall'altro lato del corridoio. Io dormirò qui." Si distese sulla schiena lungo il divano a quattro cuscini e si mise le mani dietro la testa. "Domani dobbiamo parlare," furono le uniche altre parole che disse prima di chiudere gli occhi.

Sì, Sethios immaginò che tutti avessero molto da dire. Tuttavia, la sua prima priorità era prendersi cura della donna che aveva tra le braccia e che in quel momento dormiva. Aveva appoggiato la testa contro la spalla di lui, i capelli biondi aggrovigliati e sporchi. Ciò non gli impedì di baciarle la fronte. *Ci penso io, angelo,* le disse.

Lo so, rispose lei, sospirando contro di lui.

Si prese un momento per studiarla, stupito di *averla* lì.

Caro era proprio lì.

La sua Caro.

La sua vita.

Il suo cuore.

Tra le braccia, contro il petto, calda e fragile, bella e forte. Che enigma. Sethios percepiva la vulnerabilità di lei, la stanchezza e la mente esposta, eppure sentiva un potere crescere sotto la superficie, la sua guerriera si rifiutava di farsi da parte anche allo stato più debole.

Ti amo, Caro.

Ti amo anch'io, gli sussurrò lei, la stanchezza nella voce mentale faceva a gara con quella trasudata dal corpo.

La portò di sopra e nella camera da letto che Gabriel aveva indicato loro. All'interno trovò un bagno caldo già pronto, il profumo di eucalipto era forte e incoraggiante.

Posò Caro sul letto, si tolse i vestiti e nascose la lama nel comodino. Poi sollevò il suo angelo e la portò a fare il bagno.

Caro non si mosse, nemmeno quando Sethios usò il soffione per lavarle i capelli. Non era un compito facile, giaceva a peso morto su di lui, ma Sethios si prese tutto il tempo, la pulì a fondo e più tardi le pettinò i capelli. La infilò sotto le lenzuola e scivolò accanto a lei, deciso a non lasciarla mai più andare.

Sarai mia per sempre, Caro. Quando ti sveglierai, ti ricorderò cosa significa. Per ora, dormi bene.

ISSAC

"Non è Clara la spia."

La dichiarazione di Balthazar rimbalzò nella testa di Issac, che si fermò a pensare a cosa significasse. Quando Lucian e B avevano detto di voler parlare con lui e Stas, Issac non aveva saputo cosa aspettarsi. Con tutto quello che stava succedendo avrebbe potuto essere qualsiasi cosa. Eppure quella dichiarazione non era nemmeno contemplata nella lista delle possibilità.

Cosa diceva di lui non aver nemmeno pensato a colei che una volta adorava come una sorella?

Che hai molti pensieri in testa, gli rispose dolcemente Aya. *Come tutti.*

"Come sapete che non è lei?" chiese Stas a voce alta.

"In qualche modo Sethios è riuscito a liberarla dalla persuasione." Lucian se ne stava in piedi con le braccia incrociate al petto, la maglietta grigia tesa sopra i bicipiti muscolosi.

Stava affrontando la perdita di Aidan passando molto più tempo in palestra che a dormire. Amelia aveva espresso le proprie preoccupazioni a Issac riguardo al fatto che il fratellone non stesse processando il lutto in maniera corretta e l'Ichoriano cominciava a darle ragione. Non solo per via delle borse scure sotto gli occhi verde smeraldo di Lucian.

"Ha detto che si trattava di un ordine raffazzonato e sospettava che Osiris l'avesse lasciato affinché tu potessi fare pratica," aggiunse Balthazar.

"Clara è stata capace di fornirci qualche indizio su chi potrebbe essere l'infiltrato?" chiese Issac.

Entrambi gli uomini scossero la testa. "Ma ora che sappiamo che era tutto un giochetto, possiamo usarlo a nostro vantaggio," gli rispose Lucian. "L'abbiamo lasciata in cella, anche se in una sistemazione molto più confortevole. Per quanto ne sanno gli altri, lei è ancora colpevole e nessuno deve rivolgerle la parola."

"Alik lo sa, ma nessun altro." Balthazar si passò le dita nella chioma scura e si sistemò le ciocche sapientemente scompigliate dalla brezza esterna. "Lo diremo a Jay, quando avrà di meno a cui pensare."

"Quindi vuol dire che la persona che fa rapporto a Jonathan è ancora tra noi," osservò Aya accigliata. "Oppure il colpevole ha provato a fuggire?"

"L'unico a mancare dall'isola è Jacque, è con Owen e i tuoi genitori nella location segreta di Ezekiel." Lucian non aveva un tono compiaciuto. "Tutti gli altri sono ancora qui."

"Di chi sospettate?" chiese Issac. "All'inizio avete insistito per mettere alla prova Nadia, Clara e Tristan."

"Abbiamo sospettato anche di Ezekiel. Sono stati fatti i nomi di Ash e Jacque." La voce di Balthazar mancava di emozione, un dettaglio inusuale per il telepatico. Forse non voleva mostrare la propria opinione a riguardo.

Lucian strizzò gli occhi. "Sappiamo che non sono Jacque e Ash."

"Sapevamo anche che era Clara," gli ricordò Balthazar. "E non era lei."

I due Anziani si scambiarono un lungo sguardo, la tensione tra i due era palpabile.

Issac si schiarì la voce. "Bene, abbiamo commesso un errore, rimediamo trovando il vero colpevole."

"Un bell'errore," mormorò Balthazar.

"E passeremo i prossimi decenni o secoli a farci perdonare da lei," gli promise Issac. "Ma prima dobbiamo trovare il vero colpevole così possiamo voltare pagina. Fino ad allora siamo fermi in questo perpetuo circolo delle colpe e non fa bene a nessuno."

"Ha ragione." Gli occhi verdi di Aya brillavano di potere. "Abbiamo bisogno di fidarci gli uni gli altri, non di puntare il dito senza motivo. Ditemi di chi sospettate e ripartiremo da lì."

"È quello il problema, solo quelli della cerchia ristretta sapevano del test," disse Lucian con espressione contrita. "Qualcuno deve aver fatto sì che Osiris soggiogasse Clara per farla passare come colpevole."

Issac rimuginò su quella frase prima di parlare. "A meno che non fosse sempre stata il capro espiatorio." Avere quella carta nel mazzo e poterla giocare al giusto momento aveva senso. "La persuasione di Osiris non è sempre immediata. Ora che sappiamo che è lui ad aver creato tutti gli Ichoriani e gli Hydraiani, è possibile che abbia lasciato degli strascichi di persuasione in ognuno di noi, affinché possa utilizzarli a suo piacimento."

"Vuol dire che potrebbe averla soggiogata mesi o anni fa e solo di recente ne abbia tratto vantaggio, come dici tu." Lucian si portò una mano alla mascella squadrata e si grattò il leggero manto biondo di barba sul mento. "Pensi che anche la nostra spia sia sotto l'effetto della persuasione?"

"È possibile," gli rispose Issac. "Ma chiunque sia deve averlo chiamato per dirgli di attivare il legame con Clara."

"Quello che sto cercando di capire io è il legame tra Osiris e John," disse Aya. "Se Osiris ha costretto Clara a fare da capro espiatorio, allora chi governa la talpa è lui, non John. Se abbiamo ragione e quella persona è nella nostra cerchia ristretta, allora Osiris ha lasciato che John morisse."

Lo sguardo di Lucian si fece lontano, com'era solito durante i momenti di onniscienza. La mente analizzava i vari pezzi del puzzle e li manovrava fino a formare una risposta chiara per tutti.

A Issac quello sguardo ricordava Aidan, come si perdeva dentro i millenni di conoscenza che teneva archiviati nella testa senza mai dimenticare un singolo dettaglio. Avevano vissuto tanto a lungo da sapere letteralmente tutto.

"Osiris ci vede come pedine in una guerra che intende combattere contro i Seraphim," dichiarò l'Anziano lentamente. "Immagino non sia stato contento del fatto che Jonathan abbia fatto fuori alcune delle sue risorse migliori."

"Osiris e Aidan erano abbastanza uniti," rispose Issac, si ricordò dei momenti tra i due a cui aveva assistito negli ultimi secoli. "Teneva anche ad Aya."

"Inoltre Jonathan ha distrutto il FAC," aggiunse Balthazar. "L'ha fatto saltare in aria. Non riesco a credere che a Osiris sia piaciuto vedere tutti i propri esperimenti distrutti nel processo."

"Quindi John non gli serviva più." Aya si sporse verso

Issac con voce dolce. "Invece che provare a salvarlo, ci ha permesso di rimuovere l'ostacolo dalla scacchiera e ha fatto sì che Clara si prendesse la colpa della fuga di informazioni."

"La vedeva come la pedina ideale... può solamente percepire l'emozione, non controllarla." La natura pragmatica di Lucian aveva preso il sopravvento, non aveva più il tono irritato, era piatto e dritto al punto. "Secondo lui è sacrificabile, ciò significa che la vera talpa ha molto più valore."

"Jacque è prezioso," disse Balthazar. "Così come lo sono Ash, Tristan e anche Nadia."

"Non è Tristan," rispose Issac, sicuro di sé. "È il mio migliore amico."

"E poi non sapeva dei vostri test." Aya irradiò un po' di rassicurazione nel legame con Issac, confermando che anche lei concordava con l'innocenza di Tristan. Issac la cinse con un braccio e le diede una leggera stretta per mostrarle gratitudine. Lei e la progenie non erano amici, ma la lealtà di Stas verso Tristan significava molto per Issac.

"Quindi siamo d'accordo sul fatto che sia qualcuno che fosse a conoscenza dei test," sottolineò Balthazar.

Lucian annuì. "Sì, a meno che Osiris non abbia una spia invisibile ai nostri sensi."

"Intendi dire tecnologica?" suggerì Aya. "O forse un Seraphim?"

Issac si accigliò, la domanda di Stas gli aveva acceso un bel po' di domande. "Un momento, penso che tu sia vicina a qualcosa." Cominciò a ripensare a tutti i fatti e mise insieme ciò che sapeva.

I tabulati di Clara avevano indicato che avesse parlato con Jonathan in numerose occasioni. Tutti sospettavano che l'avesse contattato per dirgli del matrimonio sulla spiaggia. Avevano anche pensato che l'avesse avvertito dell'assalto al quartier generale del FAC, proprio come gli avrebbe presumibilmente confidato la posizione che le avevano affidato, una posizione falsa che solo una manciata di persone conoscevano.

Avevano tracciato tutti quei sospetti in un solo modo.

Attraverso *la tecnologia*.

Issac ebbe un sussulto al cuore.

C'era solo una persona sull'isola in grado di controllare la tecnologia. Quella persona era anche stata coinvolta nella pianificazione delle strategie e sapeva dei test, quindi avrebbe potuto fornire i dettagli a Jonathan affinché agisse.

Tuttavia, il commento di Astasiya sul fatto che la talpa lavorasse per Osiris lo fece fermare.

"Siamo d'accordo che il colpevole abbia fatto rapporto di tutto a Jonathan, i dettagli del matrimonio e l'impellente attacco alla sede del FAC; ma crediamo anche che Osiris non apprezzasse le azioni di Jonathan." I pezzi del puzzle nella testa di Issac si rifiutavano di combaciare. "La spia non poteva sottostare a entrambi perché gli obiettivi di Osiris sono diversi da quelli distruttivi di Jonathan."

Rimasero tutti in silenzio per un attimo.

Poi Aya disse: "Forse John era il mezzuomo. Osiris non mi sembra un tipo facile da reperire, quindi magari la spia gli stava fornendo informazioni tramite John."

"E Jonathan ha deciso di agire per conto suo invece di fare rapporto a Osiris," aggiunse Issac. "Facendogli guadagnare una vera e propria sentenza di morte."

Lucian e Balthazaer emisero un mugolio di accordo.

"Quindi la nostra spia ha sempre lavorato per Osiris ma consegnava le informazioni a Jonathan," continuò Issac. "Il punto è se l'hanno persuaso a farlo oppure se ci tradisce da decenni."

"Parli al maschile." Lucian inarcò un sopracciglio.

"Mateo," disse Balthazar. "È di lui che sta parlando."

Issac si irritò con il telepatico per aver dato voce ai suoi pensieri, ma solo fino a un certo punto. Avevano problemi più grandi di quello, soprattutto se il sospetto di Issac si fosse rivelato corretto. "Faceva parte della cerchia interna e ha i mezzi per manipolare ogni cosa. Come la tecnologia che ci circonda... Ci ha fornito lui i tabulati di Clara ed era sempre lui al comando delle radio durante l'operazione al FAC..."

"Radio che non hanno funzionato," aggiunse Balthazar.

"Sì, lui sarebbe l'unico in grado di inviare degli aggiornamenti a Jonathan in maniera discreta perché si occupa delle infrastrutture tecnologiche dell'isola." Più Issac ci pensava, più il sospetto si rafforzava.

"Spiegherebbe anche perché non è riuscito a ottenere l'accesso ai documenti riservati del FAC," mormorò Aya. "Quella di farmi tornare lì dentro è stata una sua idea, ricordate? Voleva che avessi accesso al computer di Jonathan."

"Così che acconsentissi a diventare una Sentinella." Issac mandò giù un'imprecazione. Aveva tutto senso. Mateo aveva pianificato ogni dettaglio, li aveva guidati dritti tra le mani di Osiris. "Osiris era rimasto incuriosito da te, la notte del Conclave. Voleva vedere che tipo di creatura soprannaturale saresti diventata, così ti ha fatta avvicinare al FAC, dove Jonathan avrebbe potuto tenerti d'occhio."

"Osiris ci ha fornito abbastanza informazioni da farci andare avanti, ma a una velocità impostata da lui." Il tono di Luc era rispettoso. In quanto maestro delle strategie, sicuramente ne era rimasto affascinato.

"Dove si trova, adesso?" chiese Balthazar.

I quattro si accigliarono.

"Non lo vedo da quando se n'è andato da casa di Gabriel, l'altro giorno," gli rispose Issac. "Alloggia con Nadia alla casa dei Neonati, no?"

L'espressione di Lucian si fece più seria. "Sì, con Eliza." Fece un passo avanti verso la passerella e si lasciò gli altri alle spalle, sulla spiaggia.

"Aspetta!" lo chiamò Aya. "Se è davvero lui la spia, sta ancora inviando informazioni a Osiris. Non dovremmo usarlo a nostro vantaggio? Pensa di essere libero dai sospetti, giusto?"

Issac e Balthazar si scambiarono un'occhiata. Il telepatico mostrò la propria preoccupazione inarcando un sopracciglio. Amelia aveva ragione, la situazione era molto peggio di quanto pensasse Issac. Lucian non si muoveva mai senza prima pensare a un piano ed era chiaro che stesse per agire riguardo alle informazioni ricevute, senza considerare il giusto corso.

Voleva solo sangue.

Quello di Mateo.

Fortunatamente, le parole di Aya gli avevano concesso la chiarezza di cui aveva bisogno per riconsiderare quella decisione così avventata.

Il re degli Hydraiani si voltò lentamente verso gli altri, il volto privo di emozione. "Come dovremmo fare?" chiese ad Aya.

"Non lo so, forse potremmo usarlo per trovare Osiris o intrappolarlo?" Stas aggrottò la fronte. "Io... Ci deve essere un modo per approfittarne a nostro vantaggio."

"Possiamo usarlo per riferire a Osiris delle informazioni false riguardo i nostri piani e dove ci troviamo," suggerì Balthazar. "Oppure possiamo aspettare che si presenti l'occasione giusta. A ogni modo, è un vantaggio che prima non avevamo."

Issac annuì. "Sì, Osiris è sempre stato dieci passi avanti

a noi, magari è giunto finalmente il nostro turno di stargli davanti per un po'."

Lucian si voltò del tutto, gli occhi illuminati dalla potenza e dal sapere. "Ho un'idea."

CARO

Caro si svegliò nell'oscurità.

Niente luci.

Niente suoni.

Niente vita.

La capsula. Un urlo minacciò di scapparle di gola, ma si costrinse a ingoiarlo. Se gli avesse permesso di sapere che fosse sveglia, avrebbero usato le loro capacità per obbligarla a un sonno duraturo, ad ascoltare il mantra sullo scopo dei Seraphim nel mondo a ripetizione.

Caro non voleva saperne.

Voleva il calore, l'amore, *i sentimenti.* Sette anni di emozioni l'avevano distrutta. Non sarebbe mai più stata stoica. Significava essere troppo freddi, noiosi, inanimati.

Caro desiderava passione, vivacità, *vita.* Aveva bisogno di respirare, di volare, di amare.

Il cuore le batteva forte nelle orecchie, riecheggiando sulle pareti del guscio che la circondava. Tutto vetro. Una stanza bianca e sterile. Il seminterrato di un obitorio perpetuo.

Quando i Seraphim l'avevano tirata fuori dall'oceano,

Caro sapeva che quello sarebbe stato il suo destino. L'aveva accettato solo per nascondere la verità, una di cui si era dimenticata grazie all'aiuto di Vera. A ogni modo, a quel punto la ricordava… La ragione di tutto.

Astasiya.

A Caro si fermò il cuore. Riconoscere quel nome non era un problema, ma ogni segreto che avevano giurato di nascondere le vorticava nella mente. Anche quello di Vera che cancellava tutto quanto.

Oh no, lo sanno!

Il petto tornò a batterle, i polmoni si riempirono di aria che Caro non aveva previsto di inalare. Se lo sapevano, avrebbe dovuto combattere. Non poteva lasciare che prendessero Astasiya. Non ancora. Non era il momento. Non era…

"Caro." La voce familiare la fece immobilizzare.

Sethios?

Qualcosa di affilato le sfiorò una clavicola.

"Angelo." La lama fredda le percorse la pelle. "Ti ricordi l'ultima volta che siamo stati a letto insieme? Quella mattina mi hai puntato un coltello alla gola prima di farti strada verso il mio uccello a suon di baci."

Un paio di labbra bagnate le toccarono l'orecchio, la voce di lui era un sussurro soffice. "Avevo promesso di restituirti il favore, quel giorno, ma le cose non sono andate secondo i piani. Vuoi che lo faccia ora, tesoro?"

Caro sentì il sangue scaldarsi all'idea, i capezzoli le si inturgidirono istintivamente. *Non è reale*, disse a se stessa. *È un altro giochetto, per insegnarmi a non sentire niente.*

Oh, è decisamente reale, le sussurrò Sethios all'orecchio. "Permettimi di dimostrartelo," aggiunse ad alta voce. La punta del coltello puntava in basso, verso i seni, e ruotò intorno ai picchi irrigiditi.

Caro sussultò mentre Sethios le premette la punta sulla

pelle sensibile. Il leggero aroma di ferro le solleticò il naso, confermandole che stava sanguinando. Dopodiché la bocca di lui andò a sigillare la ferita e provocò un sibilo nella donna, per la sensazione di dolore e piacere che le aveva evocato con la lingua.

Caro strinse le cosce, il corpo si risvegliò sotto quell'attacco familiare. Inspirò profondamente, il profumo legnoso le riempì le narici e le fece venire voglia di piangere. *Sei qui*, sussurrò. *A meno che…*

Sethios le affondò i denti nei seni, infiammandole il sangue con quel morso. Caro inarcò la schiena verso di lui e spalancò gli occhi per rivelare l'oscurità che li circondava.

Tuttavia non era quella della capsula.

Erano in una camera da letto con delle finestre che mostravano un bellissimo cielo notturno.

Caro cercò di analizzare ciò che la circondava, di ricordare come fosse arrivata lì, ma il morso di Sethios le fece chiudere ancora una volta gli occhi e la donna si lasciò a un gemito. Era una sensazione fresca, nuova e *giusta*.

Quanto tempo aveva passato senza tutto ciò? Senza di lui? I suoi ricordi erano pezzi rotti che le tracciavano linee frastagliate sul cuore.

No.

Non voleva pensarci, in quel momento.

Era lì, a letto con Sethios, e lui stava trangugiando la sua essenza direttamente dalle vene, inviandole ondate di calore attraverso ogni fibra dell'essere. Sì, quello era più importante. Sethios era più importante. Quell'estasi, quell'abbraccio. Quell'esperienza.

"Baciami," lo pregò. "Ho bisogno che tu…"

Lui la silenziò con la lingua, la bocca esigente e reale era esattamente ciò di cui lei aveva bisogno.

I sensi le si riempirono di menta piperita, seguita

dall'aroma boscoso di Sethios. *Pino*, pensò Caro. *No, cedro. Magari entrambi.*

Non aveva importanza.

Era *lui*. Il suo Sethios. Il suo amore. Il suo uomo impossibile, colui che l'aveva fatta infuriare e innamorare nello stesso momento.

La faceva sentire con i piedi per terra, viva, le creava l'aria nei polmoni e forzava il suo cuore a battere.

Gli cinse il collo con le braccia e lo attirò a sé mentre lui le si stabilì tra le cosce. Erano entrambi nudi. Eccitati. Persi nella fiamma che si stava riaccendendo tra loro.

Era passato tanto tempo. Troppo. Un'eternità.

Il corpo di Caro desiderava quello di lui.

La sua anima bramava di riconnettersi.

Ho bisogno di te, gli disse. *Ho bisogno di noi.*

Tuttavia, Sethios non le diede ciò che lei voleva. Al contrario, interruppe il bacio e cominciò a scendere verso il basso, aveva ancora il coltello in mano e con la punta le sfiorò lo sterno, creando un percorso da far seguire alla lingua.

Niente sangue, solo una linea rossa sottile. Bruciava, ma la bocca di Sethios baciò via la sensazione.

Era proprio un gesto tipico di Sethios. Caro gli allungò una mano tra i capelli, cercando di tirarlo di nuovo a sé. Lui le sorrise contro l'addome e poi sussurrò *lasciami andare*, alla mente di Caro.

Lei obbedì, perché lui non le diede altra scelta, e grugnì in risposta.

"Mmmh, mi è mancato questo fuoco," le disse, baciandole il monticello fino all'unione delle cosce. "Quasi quanto questo." Le separò le labbra inferiori con la lingua e Caro emise un gemito sorpreso.

Poi le ricordò cosa fosse in grado di farle con la bocca.

Quello era l'uomo che aveva tentato di farla cadere in

disgrazia. L'aveva costretta a provare sentimenti, ad amare, a *divertirsi*. Erano sensazioni che i Seraphim non avrebbero dovuto considerare importanti. Il processo di riabilitazione lo considerava un atto poco pratico e non degno di alcuno sforzo.

Beh, sicuramente in quel momento Caro sentì quanto, al contrario, fosse degno..

La pelle le ronzava di elettricità, che le fece alzare i peli lungo le braccia. Sentiva vibrare tutto quanto. Le si strinse lo stomaco. Arricciò le dita dei piedi, il corpo prese a tremare. Si sentiva sciorinare parole dalle labbra, suppliche che non riconosceva, mentre Sethios continuava a darsi da fare.

Caro irruppe in un grido, ogni centimetro del suo essere venne invaso dall'estasi, che distrusse tutti i legami con la realtà. Bruciava. Fremeva. *Percepiva*.

Oh, che sensazione meravigliosa!

Aveva passato troppo tempo in una capsula senza tutto ciò, a sprecare tempo ascoltando mantra stoici a ripetizione nella mente.

Ma quello... Quello era reale. Voleva dire prosperare. Voleva. Dire. Esistere.

Quando Sethios la baciò, Caro andò incontro al sapore del proprio piacere. Lui la esortò ad abbracciare la beatitudine a cui l'aveva appena costretta. Lei ricambiò il bacio e lo avvolse tra le braccia come era solita fare.

Lui glielo permise.

Si sistemò di nuovo tra le gambe della donna.

Poi spinse in avanti per unire i loro corpi in uno.

Faceva male, il corpo di Caro non era più abituato ma diede il benvenuto a quel dolore dolce, ogni spinta dei fianchi di lui era come un promemoria di chi fossero stati insieme. Un'unità. Un *singolo*.

Quello era il suo Sethios, colui che le aveva insegnato a

volare davvero e che le stava restituendo ancora una volta le ali per farlo. La libertà aveva un sapore ed era proprio quello.

Alla fine Sethios l'aveva trovata.

L'aveva riportata nel mondo delle sensazioni, del piacere e della vera sopravvivenza. Lo ringraziò con i propri fianchi, andandogli incontro in un ritmo brutale sottolineato dalla reciproca adorazione e rispetto.

Caro non avrebbe mai voluto smettere.

Tuttavia, le fiamme dentro di lei stavano raggiungendo nuovamente il punto di ebollizione, le incendiarono il sangue e le provocarono maggiori scosse al corpo già tremante.

"Sethios," sospirò nascondendo la faccia nel collo di lui.

"Mordimi," la esortò, tuttavia le parole mancavano della solita persuasione. Voleva che lei scegliesse di farlo, di riaccendere il loro legame, di alimentare l'inferno che già ardeva tra loro.

Era il modo di Sethios di dirle 'bentornata nella realtà'. Il suo modo di assicurarsi che lei sapesse che tutto ciò stava succedendo nella realtà, non solo nella mente della donna. Sethios voleva che lei sentisse quello scatto nella loro connessione, che sperimentasse il potere del suo sangue.

Caro accettò la sfida e con gli incisivi gli trafisse la pelle per bere quell'ambrosia direttamente dalle vene.

Lui ringhiò, spinse più forte con i fianchi, veloce, con *forza*.

Caro percepì il bisogno di lui, la rabbia repressa per non averla potuta possedere per tutti quegli anni e il crescendo intenso dell'averla desiderata per troppo tempo.

Il legame si riempì di ricordi, alcuni fatti di tormento e dolore, dove Osiris aveva testato i limiti della loro relazione. Le visioni le provocarono un male fisico e Caro sussultò alle torture e alle sfide che Sethios aveva dovuto sopportare e all'angoscia che gli avevano lasciato.

"Non farlo," le sussurrò Sethios. "Non farlo, Caro."

"Non sono io," gli rispose lei dolcemente. Sethios allentò il ritmo mentre gli eventi continuarono a dispiegarglisi davanti agli occhi. Sethios premette il viso sul collo di Caro, il corpo tremante per via di quell'attacco di squisita agonia.

Osiris aveva provato a costringerlo ad accoppiarsi con altre donne, ma Sethios non era riuscito a obbedire. Anche quando soggiogato, il suo corpo non aveva funzionato, provocandogli un dolore mai provato prima.

Odiava il fatto di non riuscire a performare a letto, ma poi Osiris gli permetteva di ricordare Caro per un solo momento, e Sethios finiva per odiarsi molto più di quanto avrebbe potuto odiare lei, perché non riusciva a credere di averla dimenticata così facilmente.

Poi Osiris si riprendeva di nuovo tutto, solo per ricominciare da capo.

Caro lo percepì, vide ogni momento terribile come un flash tra di loro, l'agonia di lui era una forza palpabile che minacciava di distruggerli entrambi.

Le si spezzò il cuore davanti alle difficoltà che Sethios aveva dovuto sopportare. Eppure, si rimise insieme quando iniziò a percepire l'amore e l'adorazione di lui. Caro aveva capito che non era stato Sethios a fare quelle cose, ma Osiris.

"Non lasciare che lui esista tra noi," gli disse, poi gli passò le dita tra i capelli e lo allontanò dal collo. Aveva gli occhi verdi pieni di lacrime, quel purgatorio era come un colpo di frusta per i sensi di Caro. "Ti perdono, Sethios."

"Non dovresti."

"Ma non sei stato tu," insistette lei prendendogli il viso tra le mani. "Mi rifiuto di permettergli di alterare il nostro legame. Se io posso uscire dalla riabilitazione e amarti ancora, allora tu puoi tirarti fuori da questo vecchio circolo e ricordarti come amare me."

Mosse i fianchi sotto di lui per dimostrarglielo. Era ancora duro dentro di lei, il suo corpo bramava con il desiderio di copulare e distruggere.

Era passato troppo tempo. Si era astenuto da ogni forma di piacere fisico tutti quegli anni, aveva vissuto in uno stato di agonia perpetua che non aveva mai sentito appieno fino a quel momento, quando la loro connessione si era accesa di nuovo e lui le aveva confessato tutto nel giro di pochi e turbolenti minuti.

Caro aveva assorbito il peso di tutto, poi ricambiò il favore sparandogli addosso anche i propri, di ricordi. Tuttavia, quelli di lei la vedevano isolata in una scatola. Era annegata solo per qualche ora, prima che la madre la trovasse.

Poi Vera le aveva alterato la mente, le aveva distrutto le connessioni e corrotto i legami familiari con delle terribili sequenze in loop.

Si era dipanato tutto all'arrivo di Caro lì, ovunque fossero, circondati dalla neve e dall'oscurità. A lei non importava dove Sethios l'avesse portata, le bastava stare con lui, essere sopravvissuti, finalmente insieme.

"Ricordami chi siamo l'uno per l'altra, Sethios," gli sussurrò. "Dimentica il passato. Dimentica il dolore, dimentica tutto quanto. Esisti semplicemente insieme a me. Insegnami a percepire come hai fatto la prima volta. Fa' sì che mi piaccia."

Le aveva già fatto perdere la testa una volta, da quando si erano svegliati, ma Caro sapeva che Sethios avrebbe potuto fare di meglio. Grazie al sangue di lui che le scorreva nelle vene, i risultati sarebbero stati catastrofici... ed era proprio quello di cui lei aveva bisogno per sopravvivere.

"Prendimi, Sethios."

"Angelo," sussurrò lui, le labbra che le sfioravano la guancia e poi il collo. L'adorò con la bocca, il tocco leggero come una piuma. Caro non aveva idea di dove fosse finito il coltello, perso tra le lenzuola, ma se l'avesse trovato avrebbe voluto vedere più sangue.

"Ancora," gli ordinò.

"Abbi pazienza," le rispose lui.

Caro emise un mugolio infastidito. Era stata paziente per troppo tempo. "No." Gli avvolse le gambe intorno alla vita stringendo le cosce in una morsa mortale. "Scopami." Quella parola, prodotta dalle labbra di lei, l'avevano sempre fatto eccitare.

L'uccello gli pulsò dentro di lei, il corpo fremette in risposta. "*Caro.*"

"Scopami. Subito."

"Chi ti ha insegnato queste parolacce?" le chiese divertito all'orecchio. "Pensavo preferissi dire '*scoprimi*'."

"Preferisco *te*," ribatté lei. "Ora smettila di temporeggiare e dammi il tuo uccello, Sethios. Voglio che faccia male, voglio sanguinare, voglio essere *tua*."

"Merda, Caro," sussurrò lui, poi riprese a tremare. "Non sembri proprio una Seraphim che ha bisogno di imparare come si percepiscono le emozioni, dolcezza." Si tirò fuori quasi del tutto e poi affondò di nuovo dentro di lei, facendola gemere di sorpresa e piacere. "Sembra che qualcuno ti abbia già dato una lezione sull'estasi."

"Parecchie," mugolò lei. "Ma ho bisogno di altre."

Sethios ripeté l'azione di tirarsi fuori fino alla punta e affondare di nuovo dentro Caro. "Sei dipendente da me, angelo?"

"Sì," sibilò lei inarcandosi verso di lui. "Sei mio."

"Sì, puoi scommetterci," concordò lui. Poi la baciò e

fece tacere entrambi mentre prese a muoversi ancora una volta.

Il loro ballo era destinato alle stelle, alla creazione di una nuova storia fatta di sopravvivenza, sangue e affetto proibito.

Caro gli permise di rimuovere i pensieri riabilitati dalla propria mente, lo spirito esultò alla connessione che riverberava tra loro.

La donna sentì il senso di colpa e il dolore di lui svanire, sostituiti da una fame che avrebbe voluto saziarli entrambi. I loro cuori battevano all'unisono, i respiri si mescolarono, le anime di sposarono.

Davanti a quella bellezza Caro sentì le lacrime agli occhi, un tormento estatico prese il sopravvento e li forzò a un nuovo inizio. Caro rinunciò a elaborare il tutto e lasciò che la consumasse.

Sethios la baciò.

Lei ricambiò.

Il corpo di lui si mosse; così anche quello di lei.

Era un accoppiamento senza tempo, caratterizzato dalle emozioni più pure. Caro ci si crogiolò dentro.

Lui le sussurrò nella mente, le disse quanto tutto gli fosse mancato, le ricordò del loro amore e le promise un futuro per l'eternità. Caro ricambiò, le guance bagnate dalle lacrime, il corpo in tensione in attesa del rilascio.

Tutto dentro di lei formicolava.

Si nebulizzò.

Assunse la forma corporea.

Si nebulizzò di nuovo.

Sethios le sorrise sul collo poi la morse di nuovo. Lei gemette, aveva i capezzoli sensibili e duri contro il petto muscoloso di lui. "Di più," lo supplicò. "Dammi di più."

Sethios non si trattenne, rilasciò il proprio potere su di

lei, tutta l'energia e la rabbia represse, le emozioni danneggiate e l'amore.

Lei si aggrappò a lui, gli conficcò le unghie nelle spalle e si tenne stretta mentre lui la prese selvaggiamente fino a una risoluzione che le mozzò il fiato. Caro mimò il nome di lui con le labbra, l'ossigeno completamente esaurito dal vigore delle spinte, la sua essenza venne soffocata da quella tortura squisita.

Sethios la seguì oltre l'oblio, tremò violentemente traendo ancora più piacere dalla forma già piena di Caro.

Sembrò che sarebbe durato per sempre, un'onda euforica che li portava a largo nel mare e si rifiutava di lasciarli andare. Se annegare fosse stato davvero così, Caro sarebbe stata felice di riprovare. La stanchezza la trascinò verso il basso, fino a un sonno beato avvolta nel calore di Sethios e nel ricordo di chi fossero l'uno per l'altra.

In quell'istante non importava nient'altro.

Solo la loro esistenza.

Insieme.

Per sempre.

L'indomani avrebbero affrontato il loro futuro. Al momento si sarebbero limitati a... esistere.

GABRIEL

GABRIEL STIRACCHIÒ LE ALI E ALLUNGÒ IL COLLO. Si sentiva indolenzito per essere stato sdraiato nella stessa posizione troppo a lungo. Dopo che Vera aveva terminato il lavoro sulla mente di Caro, aveva iniziato con lui, lasciandogli un gran bel mal di testa.

Non avrebbe mai voluto che nessun altro gli alterasse la mente.

Almeno era fatta. Beh, sempre che Vera non avesse nascosto altre perle per il futuro.

Gabriel si accigliò a quella prospettiva e quando si rese conto di aver espresso la sensazione di fastidio tramite il viso aggrottò ancora di più la fronte. Strano. Aveva smaltito le abilità emotive di Clara. Allora perché le labbra si muovevano in modo tanto curioso?

Fece per fermarle, ma le sopracciglia si corrucciarono di nuovo subito dopo. *Smettila*, ordinò a se stesso. La fronte non gli diede retta e quelle maledette labbra si mossero ancora una volta verso il basso.

"Merda," mormorò, poi si passò una mano sul volto.

"Le senti anche tu?" gli chiese Owen salterellando giù

per le scale. Jacque si unì a lui una volta arrivato in fondo, dopo essersi teletrasportato dalla cima. Entrambi erano freschi di rasatura e doccia e brillavano di una strana luce.

Sono felici, pensò Gabriel. *Un momento, come diamine faccio a riconoscere quell'emozione?*

"Anche io sarei di cattivo umore se avessi sentito mia madre darci dentro in quel modo," disse Owen, poi annuì, come se fosse dispiaciuto per Gabriel.

"Che cosa?" gli chiese l'angelo. Poi scosse la testa. No, non gli importava. Non gli interessava niente di tutto ciò, aveva bisogno di parlare con Skye. "Dove sono Ezekiel e Skye?"

"Lei sta facendo un pupazzo di neve fuori," gli rispose Jacque. "Ezekiel la sta aiutando." Guardò Owen e i due sorrisero come due pazzi.

"Hai mandato le foto a Jay, vero?"

"Sì," confermò Jacque. "Ho pensato che sorridere un po' potesse fargli bene, di questi tempi."

"Ezekiel innamorato," commentò Owen sorpreso. "Non avrei mai pensato di vederlo così."

Gabriel li congedò con un cenno della mano, aveva finito con le loro chiacchiere frivole. Aveva bisogno di chiedere a Skye circa le sue origini, poi sarebbe partito. Per dove, ancora non lo sapeva, ma si sarebbe trattato di un posto riservato. Tutto quel legare, bere sangue e lavorare in generale lo aveva cambiato a livello profondo; avrebbe voluto tornare a essere se stesso.

Si infilò gli stivali e uscì a cercare Skye, che stava danzando intorno al pupazzo di neve mentre altri fiocchi di neve piovevano dal cielo illuminato dalla luna. Gabriel non aveva idea di che ore fossero, il pisolino gli aveva richiesto più del previsto.

Dal momento che la coppia non lo aveva notato,

annunciò la propria presenza con una domanda che gli attanagliava la mente. "Dov'è andata Vera?"

"Ha detto qualcosa riguardo il fare le valigie," gli rispose Ezekiel senza guardarlo. "Penso si stia trasferendo a Hydria."

Aveva senso. Alterare le loro menti per mascherare il proprio coinvolgimento era stato molto rischioso. Dal momento che aveva ripristinato i ricordi, il Consiglio sarebbe venuto a saperlo, in quel momento avrebbero visto che la lealtà della donna era passata a Stas e l'avrebbero scomunicata.

O peggio, pensò Gabriel guardando Skye.

La donna posò gli occhi blu su di lui un secondo dopo e sbatté le ciglia scure. "Oh, sì, è ora di parlare."

"Ora di parlare di cosa, tesoro?" le chiese Ezekiel, il tono dolce era avvolto nell'indulgenza e nel rispetto.

Perché sono in grado di capire le inflessioni della voce, ora? si chiese Gabriel, infastidito dal cambiamento. Non avrebbe voluto notare quel tipo di dettagli. Cominciò a considerare l'idea ma venne interrotto da Skye.

"Le mie ali mancanti." La voce melodiosa corrispondeva agli occhi sognanti che guardavano verso l'alto nella notte scura. "A volte le sogno." Volteggiò con gli occhi chiusi e sospirò. "La libertà valeva più delle ali."

"Il Consiglio mi ha detto di avertele rimosse come punizione. Non sapevo che fosse possibile."

"C'è molto che non dicono," gli rispose dolcemente posando lo sguardo zaffiro su di lui. "Credi che lavorino con i Destinati, che ci tengano lontani da tutti per proteggerci." Sorrise, ma era un sorriso triste. "Una collaborazione in cui non puoi decidere chi servire può essere considerata tale?"

Gabriel ci pensò su. "No, non può." Poi guardò Ezekiel. "Tu sapevi che era una Seraphim?"

L'assassino dai capelli lunghi alzò una spalla, la solita giacca di pelle si increspò a ogni movimento. "Sapevo che veniva dal tuo mondo e che non era un'Ichoriana."

"E non hai mai pensato di dirmelo?"

"Gli ho chiesto io di non farlo," intervenne Skye. "Non era ancora arrivato il momento, ma ora lo sai finalmente… Possiamo cominciare."

"Cominciare cosa?" le chiese Gabriel, un sopracciglio si mosse, voglioso di inarcarsi. L'angelo ignorò la sensazione e mantenne un'espressione annoiata.

"Il futuro, naturalmente." Si avvicinò al pupazzo di neve e torse leggermente la carota che gli faceva da naso. "Ora è perfetto. Andiamo dentro, Ezekiel. Inizio ad avere freddo."

L'assassino si tolse la giacca per mettergliela sulle spalle, poi la guidò verso la porta principale. Gabriel li seguì perché non sapeva che altro fare.

"Che cosa ci riserva il futuro?" chiese, avrebbe voluto più informazioni.

"Cambiamenti," fu tutto ciò che disse lei prima di scrollarsi la neve dalle onde scure dei capelli e affrettarsi al fuoco. Ezekiel la guardò con un sorriso indulgente che fece venire voglia a Gabriel di schiaffeggiarlo e fargli tornare un po' di buon senso. Era troppo impegnato a fantasticare sulla ragazza per aiutarla a chiarire le affermazioni criptiche.

Gabriel non avrebbe mai capito come fosse riuscita a far cadere in ginocchio un maschio del calibro di Ezekiel. Lui non avrebbe mai permesso a una donna di tenerlo al guinzaglio in quel modo, non aveva alcuno scopo pratico. E poi gli piaceva la propria indipendenza.

Gli piaceva anche controllare i propri sentimenti ed emozioni. Lo aiutava a concentrarsi su ciò che era importante, come scoprire che diavolo volesse dire Skye con la parola 'cambiamenti'.

"Che tipo di cambiamenti?" le chiese mentre la donna si piegò ad attizzare il fuoco che brillava nella zona giorno.

Owen e Jacque si erano teletrasportati da qualche parte, oppure dovevano essere usciti dalla porta sul retro, perché non erano più lì. Gabriel avrebbe dovuto aggiornarli una volta tornati. Proprio come la madre e Sethios, che erano al piano di sopra.

"Necessari," disse Skye, si alzò in piedi e si strinse nella giacca di Ezekiel. "Siamo stati controllati per molto tempo. È ora che ognuno scelga la propria libertà. Si voltò verso di lui con occhi più vispi del solito. "Ti hanno detto perché mi hanno punita? Perché mi hanno rimosso le ali?"

"No."

Skye annuì. "C'erano due destini; non ero sicura di quale sentiero avresti imboccato. Hai scelto tua madre invece di tuo padre, scelta saggia."

Gabriel non aveva bisogno della conferma della donna per sapere di aver scelto bene, ma abbassò comunque il mento. "Perché ti hanno privata delle ali?"

"Perché non mi sono adattata," gli rispose lei. "Raggruppano i Destinati in cerchie affinché predicano certi risultati e io mi sono rifiutata di concentrarmi su quello che mi era stato assegnato, quindi mi hanno tolto le ali. Tuttavia, non avevano capito che io avessi scelto il mio percorso per un motivo. I Destinati senza ali non vengono quasi mai monitorati perché non possono nebulizzarsi. Ho usato questo dettaglio a mio vantaggio, per fuggire."

Piegò le labbra all'ingiù e guardò Ezekiel.

"Sfortunatamente, il destino che ho scelto è cambiato quando Osiris ha scoperto della mia fuga senza precedenti. Così sono finita sua prigioniera." Scrollò le spalle, come se quel cambio non l'avesse toccata. "Un giorno sarò libera."

"Ora lo sei," insistette Ezekiel.

Lei sbatté le palpebre. "Lo sono?"

"Stai insinuando che ti sto tenendo qui contro la tua volontà?" ribatté lui.

Skye ci pensò per un momento, alzò di nuovo le spalle. "Intendi proteggermi e io capisco e custodisco tale protezione."

"Se vuoi andare da qualche altra parte, puoi farlo." Fece un passo avanti e le prese il volto tra le mani. "Ti porterò ovunque tu voglia, Skye. Dimmi dove."

Gabriel sospettò che Skye volesse allontanarsi da Ezekiel e dal guinzaglio quale era la sua conoscenza. Era per colpa dell'assassino se Osiris l'aveva fatta prigioniera. Magari non era stata una scelta di Ezekiel, ma era stato comunque a causa della sua ossessione per Skye.

"Mi piace la neve," ammise lei dolcemente, poi si sporse verso di lui. "È fredda, a volte la sento."

La loro dinamica confondeva Gabriel. Un momento prima avrebbe potuto giurare che la donna odiasse Ezekiel. Quello dopo, lo guardava proprio come in quel momento, con tale gratitudine e affetto che Gabriel quasi capì come aveva fatto a sciogliere il freddo cuore dell'assassino.

Come sarebbe avere qualcuno che mi guardi in quel modo? si chiese Gabriel. Subito dopo si accigliò all'idea e ancora di più al fatto che stesse *aggrottando la fronte.*

I poteri di Clara lo avevano stregato, lo avevano costretto ad accrescere sensazioni dentro di lui che non avrebbe dovuto provare.

Non voleva che qualcuno lo guardasse così. Non voleva nessuno. Stava bene da solo. Era persino contento. *Bene.*

Un ringhio minacciò di formarglisi in gola, il fastidio provocatogli da quella stupida conversazione era abbastanza da farlo impazzire. Si turbò ancora di più, dal momento che non avrebbe dovuto sentire niente di tutto ciò. Niente di niente. Non più. Non possedeva più l'abilità emotiva di Clara, eppure ogni cosa intorno a lui sembrava vivere sotto una nuova luce. Si accorgeva di azioni e segnali che avrebbe fatto meglio a ignorare.

Per esempio come Ezekiel sorrideva di nascosto a Skye.

Come lei sembrava cadere nello sguardo di lui e ricambiare il sorriso.

Come i loro corpi gravitavano l'uno verso l'altro, quasi attratti da qualche inclinazione divina.

Gabriel scosse la testa e si allontanò da loro. Non sapeva dove andare, se non tornare sul divano. Oppure avrebbe potuto nebulizzarsi di nuovo a Hydria per un po'. Trovare Clara, pretendere delle risposte.

Strizzò gli occhi. *Sì. Sì, è quello che...*

Skye sussultò, il suono improvviso distolse Gabriel dai pensieri e lo costrinse a voltarsi di nuovo verso gli altri due. Skye teneva Ezekiel in una presa mortale, le nocche delle dita bianche contro il tessuto della camicia di lui mentre vi si aggrappava come per tenersi in piedi. Gli occhi blu le erano diventati bianchi, la testa era piegata in una strana angolazione.

Ezekiel la reggeva, una mano ancora sulla guancia della donna, l'altra su un fianco. Non disse nulla, la guardava con espressione attenta.

Poi Skye cominciò a parlare, il tono era stranamente piatto e mancava della dolcezza che era solita accarezzarle la voce.

"Il Seraphim della resurrezione ha creato una nuova vita. Potere. Sangue. Una combinazione di abilità diversa da qualsiasi altra mai esistita in questo mondo. La figlia di un essere supremo e uno dei suoi abomini. Grazie a lei ne creerà altre. Molte, molte altre."

Ezekiel incontrò lo sguardo di Gabriel proprio mentre

Skye tornò in sé con un movimento brusco e inspirò rumorosamente.

"L'Alto Consiglio di Seraph sa," sospirò, la voce rauca. "La uccideranno, Ezekiel. Uccideranno la bambina!"

Gabriel tirò fuori il telefono e chiamò Leela, che rispose al primo squillo. "Come sta Caro?"

"L'Alto Consiglio di Seraph sa della figlia di Lizzie. Stanno arrivando."

"Cosa?" chiese lei. "Come hanno fatto a…"

Cadde la linea.

CARO

CARO PASSÒ LA LAMA SUL FIANCO DI SETHIOS, IL BORDO affilato gli affondò facilmente nella pelle e lasciò dietro di sé una scia di sangue che lei seguì con la lingua.

Aveva un gusto buonissimo. Di casa. Caro si crogiolò nel sapore, i ricordi dei loro brevi sette anni insieme le fluttuarono nella mente in un'ondata calda.

"Vedo che hai trovato il coltello", disse Sethios divertito, poi la guardò con occhi focosi.

"L'avevi infilato nella federa," ribatté lei. "Il che significa che volevi che lo trovassi." Altrimenti l'avrebbe nascosto meglio.

Sethios sorrise. "L'hai tolto tu a Ezekiel, quindi ti sei guadagnata la lama più di me."

Sì. La mente di Caro conteneva una versione degli eventi che avevano dipinto Ezekiel in una luce orribile. Quindi lei aveva reagito di conseguenza, la confusione provocata da Gabriel, quando l'aveva portata dall'uomo che lei pensava li avesse traditi tutti, l'aveva sconvolta completamente. Era saltata a diverse conclusioni, incluso pensare che Sethios fosse una sorta di miraggio.

Fortunatamente, tutti i suoi ricordi erano di nuovo nell'ordine gusto; ciò la fece sentire in pace per la prima volta in quelli che sembravano secoli. Secondo Sethios erano passati solo diciotto anni. Eppure sembravano molti di più.

Caro gli baciò l'osso dell'anca, toccando con la lingua il rivolo di sangue che aveva creato con la lama. L'uccello di lui pulsò in risposta, facendola sorridere. "Questo è il motivo per cui volevi che trovassi il coltello."

"Uno dei tanti," ammise lui, poi le infilò le dita tra le onde aggrovigliate. "Cazzo, mi è mancata la tua bocca su di me, Caro."

A sentire il bisogno nella voce di lui, Caro fu percorsa da un formicolio. Aveva trovato il coltello dopo che Sethios gliel'aveva leccata per la terza volta, eppure il corpo di lei stava ruggendo di nuovo.

Lui la rendeva insaziabile.

E Caro avrebbe voluto davvero ricambiare il favore.

Gli tracciò la parte inferiore della pancia con la lama, abbastanza a fondo da farlo sanguinare. Lui sussultò e gemette in risposta, poi le strinse la presa tra i capelli mentre Caro faceva scivolare la lingua lungo il graffio.

Di più, ringhiò lui nella mente della donna.

Ordinamelo, gli rispose, desiderava sentire il potere di Sethios avvolgerla in quella carezza intima che solo lui poteva darle.

"Succhiami l'uccello, Caro", le ordinò.

Lei sorrise per la schiettezza, amava il fatto che non perdesse tempo con parole inutili. Sapeva quello che voleva e se lo andava a prendere. Era sempre stato così, con Sethios. Gli diede ciò che lui desiderava felicemente, le labbra gli avvolsero la punta spessa e scivolarono giù, fino a dove la bocca gliel permise.

Sethios si lasciò a un gemito gutturale, il corpo in preda

agli spasmi dovuti al piacevole attacco della lingua di lei contro l'asta. Caro lo sfiorò con i denti, provocandogli un sibilo dalle labbra.

"Merda," mormorò lui, inarcandosi verso di lei.

Caro ripeté il movimento, sapeva che a Sethios piaceva il pericolo di un potenziale morso. Era un gioco tra loro, una danza piena di sensualità intrecciata all'imprevedibilità. Una volta le aveva detto che avrebbe voluto guardarla mentre glielo prendeva in bocca solo per vedere se lo avrebbe morso.

Caro l'aveva fatto.

E di frequente.

Ma non quel giorno. Voleva sentirlo arrendersi nella propria bocca troppo disperatamente per prolungare quel tormento sessuale.

E poi le aveva ordinato di succhiare, le parole erano state sottolineate da una sana dose di persuasione che costringeva le guance di Caro a chiudersi intorno a lui. Si godette l'energia che le scorreva nelle vene, il bisogno che pulsava contro la lingua e la connessione energica tra lei e Sethios.

Era perfetta.

La faceva sentire viva.

Le forniva il passato di cui aveva bisogno per ancorarsi al presente.

L'angelo posò il coltello accanto a loro, sul materasso, poi conficcò le unghie nelle cosce di Sethios: aveva bisogno di marchiarlo e ricordare al mondo che le appartenesse.

Lui imprecò e spostò la presa tra i capelli di lei, sollevò i fianchi e la costrinse a prenderlo più in profondità. Lei mormorò in segno di approvazione nei confronti del lato dominante di lui che emergeva, con la gola cercò di accogliere le spinte mentre continuava a deglutire.

"Mi stai distruggendo, angelo." Le parole di Sethios

erano burbere e piene di agonia, tremava violentemente sotto di lei, la mente annebbiata per via dei servigi della donna.

Caro amava l'energia calda che le scorreva nelle vene, la consapevolezza che anche se lui l'aveva soggiogata a compiacerlo, a comandare era lei. Perché controllava il ritmo. Era la sua bocca a decidere quanto spingere. La sua lingua a scegliere come accarezzarlo. I suoi denti a dettare quanto duramente avrebbe morso la pelle sensibile di lui.

Nel momento in cui Caro strinse ancora di più, lui sobbalzò, poi gemette mentre lei succhiava via il dolore.

Era vicino a scoppiare. Caro riusciva a sentirlo nel modo in cui le pulsava in bocca e anche attraverso il loro legame. Gli si affievolì il respiro, le gambe muscolose si irrigidirono sotto le dita della donna. "Ingoia," fu tutto ciò che le disse mentre le esplodeva sulla lingua.

Non c'era alcuna persuasione in quella singola parola, ma lei obbedì perché non aveva altra scelta. Ne aveva bisogno tanto quanto lui lo desiderava, quel gusto era un sapore squisito, tutto Sethios.

Caldo. Sexy. Virile.

Le era mancata la potenza di quella posizione, il modo in cui lui cedeva interamente a ogni spinta dei fianchi. Lei lo possedeva completamente. Proprio come lui possedeva lei. Fu uno scambio di energia incredibile, che la riempì di rinnovata vitalità e gioia.

Caro prolungò il momento, leccò Sethios fino in fondo, ripulendo ogni goccia fino a quando lui non fu completamente sazio sotto di lei. Strisciò su di lui, gli si mise a cavalcioni sui fianchi, il centro caldo esattamente dove sarebbe dovuto stare.

Lui le sorrise pigramente. "Sembri piuttosto soddisfatta di te stessa, angelo."

"Lo sono."

Lui ridacchiò, poi le afferrò i fianchi e la fece rotolare sotto di sé sul letto. "Ho ancora energia," le mormorò contro le labbra. "Penso che un altro decennio andrà benissimo." La baciò con un'intensità che le mozzò il fiato, poi quando qualcuno bussò alla porta prese a ringhiare. "Vaffanculo," disse a mo' di saluto.

Una volta Caro lo avrebbe castigato per il tono maleducato, tuttavia si sentiva allo stesso modo.

"Il Consiglio sa della gravidanza di Elizabeth," annunciò Ezekiel attraverso la porta. "E lei è scomparsa."

Sethios si bloccò sopra Caro, che si accigliò. "Chi è Elizabeth?" Una scossa le colpì il cuore. "E perché è incinta?" Aveva sentito il dolore di Sethios per ciò che il padre gli aveva fatto, come aveva tentato di costringerlo a comportamenti sessuali quando il suo corpo si era rifiutato di permetterlo. E se invece...

"È la migliore amica di nostra figlia," le disse, interrompendo così la preoccupazione. "È incinta di Jedrick, non di me." Quelle ultime parole uscirono in un ringhio diretto a Caro. "Osiris non ci è mai riuscito. Non avrebbe potuto. Sono sempre stato e sempre sarò... tuo." Punteggiò quell'affermazione con un bacio che la fece ansimare, le iridi ardenti di lui avevano un'intensità che le guarì immediatamente il cuore.

Finché non elaborò quanto detto. "Chi è Jedrick?"

"Un Anziano Hydraiano. Ora si fa chiamare Jayson, ma io lo conosco come Jedrick."

Caro si accigliò. "E ha... procreato?"

"Sì, con una Seraphim geneticamente modificata. Mio padre l'ha creata per aiutarlo a mettere al mondo il mio sostituto. A quanto pare, l'ho deluso come figlio," disse Sethios, poi rotolò fuori dal letto per aprire la porta. Caro tirò rapidamente su le lenzuola per coprirsi il seno, ma lui rimase completamente nudo e indifferente davanti a Ezekiel. "Da quanto tempo è scomparsa?"

"Circa trenta minuti," gli rispose Ezekiel, per nulla turbato dalla nudità di Sethios. La loro amicizia attraversava i millenni. Caro dubitava che ci fossero molti segreti tra loro. "Stark ha chiamato Leela non appena Skye ha previsto la nascita della bambina. Ha detto che il Consiglio intende ucciderla."

Sethios fece una smorfia. "L'ha visto?"

"No, ma è una Destinata. Quindi se ha profetizzato la nascita della bambina, l'avranno fatto anche gli altri. Sa che il Consiglio non permetterà mai alla bambina di sopravvivere."

"Aspetta, torna indietro." Sethios strizzò gli occhi all'uomo sulla soglia. "Skye è una Destinata?"

Caro si accigliò. "È una Seraphim?" Non aveva mai incontrato la donna, ma sapeva della sua capacità di vedere il futuro e prevedere i destini. Ezekiel e Gabriel non avevano mai parlato del fatto che fosse una Seraphim. Caro pensava fosse un'Ichoriana, trasformata da Osiris.

"Sì. Il Consiglio l'ha privata delle ali quando si è rifiutata di collaborare con le loro linee guida." Ezekiel raccontò della punizione e di come Skye l'aveva usata per scappare, ovvero quando Osiris aveva appreso della sua esistenza e aveva incaricato Ezekiel di rintracciarla.

Sethios incrociò le braccia. "E tu lo sapevi fin dall'inizio?"

Il migliore amico annuì. "Mi ha chiesto lei di non dire nulla. Non era il momento giusto."

"Ma ora sì," disse Caro prima che Sethios potesse rispondere. "Perché abbiamo già iniziato a capire che i Destinati non stanno effettivamente lavorando per il Consiglio, ma contro di loro."

Entrambi gli uomini la fissarono.

LEXI C. FOSS

Le loro espressioni attonite le dissero che si stava sbagliando. O forse non avevano ancora unito i puntini.

"I Destinati hanno fornito profezie permettendo al Consiglio di interpretarle senza alcun tipo di direzione. Come quella che vede Astasiya distruggerci tutti... l'Alto Consiglio di Seraph crede che sia in relazione agli abomini di Osiris, ma se non lo fosse?" continuò Caro, gli raccontò della fuga e del risveglio del potere della guarigione, come ciò non potesse essere una coincidenza.

"I Destinati ci hanno dato gli strumenti di cui abbiamo bisogno per sopravvivere," concluse. "E penso sia perché vogliono che trionfiamo."

"In cosa? Annientare il Consiglio?" chiese Sethios.

"Sì," rispose Skye dal corridoio. "Provocare il cambiamento."

"Non avresti potuto darci quell'informazione quaranta minuti fa?" Il tono irritato di Gabriel proveniva da dietro Ezekiel, i tre erano ovviamente in piedi sulla porta, ma Caro poteva vedere solo il migliore amico di Sethios.

"Ti ho detto che vogliono dei cambiamenti," gli rispose Skye.

"È un'affermazione piuttosto vaga."

"Ora è più definita. Non c'è di che." Rispose in maniera educata e posata, come una regina seduta su un trono che accetta la gratitudine del popolo. "Ezekiel. Devono andare subito."

"Prima devono vestirsi, tesoro," le rispose lui.

"Dove stiamo andando?" chiese Sethios, con le braccia ancora incrociate.

"A Hydria," gli comunicò Gabriel. "Leela è stata colpita alla testa, ma la guaritrice Hydraiana la sta aiutando a riprendersi in modo che possa dirci cosa è successo."

Caro si acciglio. "Come la sta aiutando? Siamo

204

immuni ai loro doni." A meno che non fosse cambiato qualcosa durante la permanenza di Caro nella capsula di riabilitazione.

"Vera ha inciso una runa nella pelle di Leela per consentire ai doni Hydraiani di funzionare su di lei," le rispose Gabriel. "Anche Jayson si è preso una pallottola in testa. Nessun'altra vittima, entrambi si riprenderanno. Tuttavia, Skye dice che la nostra assistenza è necessaria e, visto la vicinanza di Stas a Lizzie, la capisco."

"Sì, tua figlia ha una propensione a mettere la vita della migliore amica davanti alla propria," mormorò Ezekiel. "Ti suggerisco di convincerla a non entrare a testa alta al Consiglio per chiedere il rilascio della sua amica."

"Lo farebbe?" chiese Caro, un accenno di calore le toccò il cuore.

"Sì," risposero contemporaneamente Ezekiel e Gabriel. Poi il figlio aggiunse: "Non hai idea di come sia stato cercare di tenerla al sicuro in questi ultimi anni. È come se le piacesse fare la corte alla morte."

Ezekiel sbuffò. "Non mi dire."

"Giusto. Saremo pronti tra un minuto," disse Sethios, la mano sulla porta.

"Ci vediamo lì," gli rispose Gabriel. "Ti chiamo se c'è bisogno di te."

"Saremo qui ad aspettarti," disse Ezekiel.

"Possiamo costruire un altro pupazzo di neve." Un bagliore di felicità infantile infuse la voce di Skye. "Ho bisogno di una sciarpa."

"Ma certo, cara." L'assassino uscì dalla porta. "Buona nebulizzazione."

Sethios ridacchiò. "Divertiti con la neve." Chiuse la porta prima che l'amico potesse rispondere, poi frugò in giro per trovare i propri vestiti.

Poco dopo sentirono un altro colpo alla porta.

Sethios aprì con un sopracciglio inarcato. "Sì?"

"Potresti aver bisogno di questi, amico." Ezekiel gli porse un paio di jeans e un maglione.

Sethios si acciglò, poi lanciò un'occhiata a Caro. "Ho dimenticato che sei arrivato nudo."

"Non è vero," gli rispose Ezekiel con un tono divertito che gli fece guadagnare un ringhio da Sethios. "Sei davvero possessivo. Ti è piaciuto giocare con il mio coltello?"

Sethios chiuse di nuovo la porta senza preoccuparsi di rispondere, poi mise i vestiti sul letto. C'erano anche un paio di stivali e calzini, entrambi della taglia di Caro.

Profumavano di nuovo, di appena lavato, ciò suggeriva che Skye avesse previsto che avrebbero avuto bisogno di vestiti e li aveva ordinati di recente. O forse aveva la stessa taglia di Caro. L'angelo non aveva visto la donna, per poterlo sapere davvero.

I due si vestirono in silenzio, Sethios indossò dei jeans e una maglietta pensata per i climi più caldi. Non appena furono pronti, baciò Caro e le premette le labbra sull'orecchio. "Non ho ancora finito di scoparti."

"Dovrei portare il coltello con me?" Faceva sul serio. Non solo per via della minaccia sessuale di lui, ma come misura protettiva.

"Sì." Le mordicchiò il collo, poi le passò le dita tra i capelli, aiutandola a strigare le ciocche. Avrebbe avuto bisogno di una spazzola adeguata, più tardi, ma Sethios riuscì ad aiutarla con i grovigli. Inoltre, essere completamente in ordine non era esattamente una priorità al momento.

Anche se Caro sperava di rimettersi almeno un po' più in forma, prima di rivedere la figlia.

Si mordicchiò il labbro, pensierosa. "Ti sembro a posto?"

Sethios aggrottò la fronte. "Come?"

"Sembro… Sono presentabile?"

"Sei sempre maledettamente presentabile. Ma se devo essere sincero, ti preferisco nuda."

Lei lo guardò a occhi stretti. "Sto per vedere Astasiya. Dubito che lei mi preferirebbe nuda."

Lui ridacchiò. "È così che ti ha conosciuta, venticinque anni fa."

"Sethios."

"Che c'è?" Le sorrise e lei ricambiò lo sguardo. Dopo un'altra risatina, le baciò la guancia e disse: "Sei bellissima, angelo. Quando ti vedrà penserà di starsi guardando allo specchio."

Caro sbatté le palpebre. "Allo specchio?"

"È la tua immagine sputata, tesoro." Le posò le mani sui fianchi, le iridi verdi le assunsero un leggero bagliore. "È forte, proprio come te. Uno spirito guerriero. È cresciuta con le tue curve, qualcosa di cui non posso dire di essere contento, perché attira troppa attenzione maschile. Ti ho detto che ha già un legame di sangue?"

"*Cosa?*" Era accoppiata? Sua figlia? "Ha solo… solo… quanti anni ha?"

"Venticinque."

Giusto. Sethios aveva appena commentato il loro primo incontro, indicando l'età della ragazza. Semplicemente, Caro non aveva considerato cosa significasse. "Come diavolo fa a essere già legata? Con chi? È degno di lei?"

"Nessuno è degno di lei," ribatté Sethios, le sembrò furioso. Ma poi un barlume di rispetto incontrò il suo sguardo mentre sospirava: "Ma sarebbe potuta andare peggio."

"Peggio?" A Caro non piaceva affatto come si stavano

mettendo le cose. "È stata costretta a farlo? Si conoscono da molto tempo?"

"Più a lungo di quanto ci conoscessimo noi prima di legarci," ammise piano Sethios. "Da quello che ho capito non l'ha costretta. Sembra che lei lo ami, un sentimento che è chiaramente reciproco."

"Quindi lui è... è buono con lei?"

"Sfortunatamente," mormorò Sethios.

"Sfortunatamente?" ripeté lei. "Come può essere una sfortuna? Desideri che sia crudele con lei?"

"Sì. Perché così potrei ucciderlo." Sethios pronunciò le parole con tale serietà che Caro capì che stesse dicendo sul serio.

Il che la fece ridere, un suono che non emetteva da... beh, molto tempo.

Sethios s'incupì. "Ti prendi gioco di me?"

"Sì," gli rispose lei, incapace di trattenersi dal ridere. Era arrabbiato perché la loro figlia aveva scelto un compagno degno, e ciò gli impediva di uccidere l'uomo che la toccava.

Anche se Caro non era entusiasta all'idea che la figlia, ancora una bambina ai suoi occhi, fosse cresciuta così in fretta e avesse trovato un partner, apprezzava che Stas avesse fatto una buona scelta.

"Non è divertente."

"No," concordò lei, mordendosi di nuovo il labbro per trattenersi.

"Allora perché ridi?"

"Sei arrabbiato perché nostra figlia ha trovato un compagno che non puoi uccidere." Gli accarezzò la guancia, divertita e ancora più innamorata di quanto non fosse pochi minuti prima. "Voglio vederla. E voglio incontrare anche l'uomo che pensa di essere adatto a lei."

"Allora non riderai," mormorò Sethios, poi la fece avvicinare.

Lei sorrise. "Forse no. Pronto alla nebulizzazione?"

Sethios le rubò un altro bacio veloce, poi annuì. "Sì. Andiamo a cercare nostra figlia."

Una frase che Caro moriva dalla voglia di sentire da quella che sembrava un'eternità. Era finalmente giunto il momento di assistere al risultato del loro sacrificio. Di vedere la donna che la figlia era diventata. Caro si rese conto in un secondo che la preoccupazione del guardaroba o dei capelli impallidiva in confronto alla realtà di poter abbracciare di nuovo la figlia.

Nient'altro aveva importanza. Solo la rimpatriata che li aspettava.

"Tieniti forte," gli sussurrò lei.

"Non ti lascerò mai più," le promise Sethios.

Caro sorrise e chiuse gli occhi mentre le ali prendevano vita. Non si era mai sentita così completa come in quel momento, sapeva che erano finalmente sopravvissuti e stavano andando a incontrare il pezzo di loro che mancava da troppo tempo.

Tuttavia, quando le ali iniziarono a pulsare, una strana sensazione si posò su di lei. Formicolava e vibrava, l'energia era un filo invisibile che l'avvolgeva e reggeva. "Sethios?"

Lui non rispose, il suo corpo era teso.

Il potere li travolse.

L'elettricità sfrigolava nell'aria.

Poi le membra di lui cominciarono a tremare. La strinse il più forte possibile, ma i violenti brividi sembravano costringerlo a mollare la presa. Lei gli gettò le braccia intorno al collo, accedendo al potere nebulizzatore con l'intenzione di portarlo con sé, ma anche lui aveva assunto la forma eterea. Gli esplosero le ali sulla schiena in una raffica di pennacchi neri, tinti di un blu scuro ai bordi.

Caro sussultò, scioccata da quella visione, poi inghiottì il suono mentre lui indirizzò il volo verso una destinazione sconosciuta.

Caro cercò di chiedergli cosa stesse facendo, ma si stavano muovendo troppo in fretta perché potesse parlare.

Sembrava che qualcuno avesse avvolto una corda intorno a Sethios e lo stesse trascinando attraverso lo spazio e il tempo. Lei era rimasta con lui soltanto perché erano aggrappati insieme. Con le gambe gli avvolse la vita e con le braccia gli si strinse intorno al collo, rifiutandosi di perderlo.

Lui non la trattenne, era in agonia a causa del mancato controllo sulle proprie azioni e trasmise quel sentimento attraverso il loro legame. *È Osiris*, riuscì a comunicarle con la mente. *Mi... mi sta costringendo a nebulizzarmi da lui.*

Come?

Quel giorno nel Maine. L'ho sentito scatenare la sua persuasione, ma mi ha distratto liberando Skye dalla presa mentale. Avevo pensato che il potere che avevo sentito provenisse dalla liberazione della donna. Ma mi sbagliavo. Mi ha infuso di un legame persuasivo tanto profondo che non sono riuscito nemmeno a percepirlo.

Caro lo sentì combattere l'ordine, la mente dell'uomo cercava freneticamente il cordone così da reciderlo. Ma era già troppo tardi.

Intorno a loro si formarono dei muri bianchi, rivelando loro la posizione centimetro per centimetro, finché non si trovarono al centro di una grande zona giorno con finestre che si affacciavano su una spiaggia di sabbia bianca, incorniciata dagli oceani più blu.

"Ah, sei qui," disse una voce familiare che mandò un brivido lungo la schiena di Caro. "Vedo che hai trovato la tua Seraphim perduta."

SETHIOS

A SETHIOS RIBOLLIVA IL SANGUE NELLE VENE, LA PROPRIA stupidità lo fece infuriare. Avrebbe dovuto vedere arrivare quella mossa da miglia di distanza, ma era stato talmente consumato dalla ricerca di Caro che aveva ignorato l'ovvio.

Osiris era sempre parecchi passi più avanti. Era ovvio che avesse piantato un ordine persuasivo cosicché Sethios avrebbe potuto incontrarlo nel futuro. Non avrebbe mai permesso al figlio di esistere in autonomia. Aveva sempre bisogno di mantenere una sorta di controllo.

Almeno Astasiya era al sicuro.

"Padre," lo salutò Sethios, le braccia incollate ai fianchi. "Ora puoi rilasciarmi."

"E rischiare di farti usare la tua nuova abilità di nebulizzazione?" Schioccò la lingua e quel poco di potere che ancora avvolgeva Sethios invece di allentarsi si fece più stretto. "Prima che tu te ne vada, ho bisogno che mi ascolti." Si fermò per studiare le ali di Sethios e annuì soddisfatto. "Vedo che hai preso principalmente da me. Quel tocco di blu dev'essere la traccia del tuo legame."

Sethios non si era nemmeno guardato le piume, era

troppo impegnato a pensare che il padre l'avesse battuto. *Di nuovo.*

"Cosa vorresti dire?" lo incalzò Sethios, voleva dare inizio a qualsiasi gioco volesse mettere in atto il padre. Prima avrebbero iniziato, prima avrebbero finito.

"Diretto, come sempre," gli rispose Osiris.

"Lo dici come se la cosa ti sorprendesse." Quel commento arrivava ogni volta che i due si incontravano, come se Osiris si aspettasse un risultato diverso. Perché mai Sethios avrebbe dovuto voler prolungare il tormento? Era meglio strappare il cerotto e cominciare.

"Non sei mai stato un fan dei miei teatrini."

Sethios si limitò a sbattere le palpebre, incapace di muovere nient'altro che gli occhi e la bocca. Beh, il petto gli funzionava, dal momento che poteva respirare senza problemi.

Caro era in una situazione simile, il corpo immobile contro quello di lui, le braccia intorno al collo di Sethios e le gambe attorno alla vita. Se non fosse stato così esasperante sarebbe stato comico. Osiris avrebbe anche potuto concedergli di stare lì in forma corporea, fianco a fianco invece che incollati l'uno all'altra.

Fortunatamente Caro non sembrava stanca di aggrapparsi a lui in quel modo. Più che altro stava tremando di rabbia per avere il diavolo in persona alle calcagna.

Osiris si lasciò a un sospiro drammatico. "E va bene, come avrete capito ormai… Skye è una Seraphim. È una Destinata, sapete perché ha perso le ali?"

"Si è rifiutata di omologarsi," riassunse Sethios. Tecnicamente Ezekiel gliel'aveva detto, ma Osiris non aveva bisogno di saperlo.

"Sì. Quando ho saputo della sua ribellione e successiva fuga l'ho voluta, in quanto risorsa preziosa. Ora capite il dono che vi ho fatto permettendovi di prenderla in prestito."

Sethios non disse nulla. Prendere *in prestito* qualcuno non lo considerava un dono. A ogni modo, capiva perché per il padre la pensasse così.

"Ha visto il futuro figlio di Elizabeth?" chiese Osiris.

Non c'era ragione di mentirgli, dal momento che era stato lui ad assicurarsi che la genetica di Lizzie permettesse la procreazione. "Sì."

"E vi ha spiegato che se lei ha visto la nascita, l'hanno fatto anche i Destinati?"

Sethios si domandò dove volesse arrivare, quindi si sentì esortato a dire la verità ancora una volta. "Sì."

"Eccellente. Ora potete assumere forma corporea, mi servono le vostre gambe." Osiris agitò una mano e un elastico invisibile si spezzò, facendo tornare Sethios a una forma priva di ali.

Aggrottò la fronte. "Mi hai tolto l'abilità di nebulizzarmi?" Un altro pensiero seguì immediatamente. "Me l'hai nascosta tramite la persuasione?"

Osiris grugnì. "Nebulizzarsi è un tratto utile, perché dovrei impedirtelo?"

"Per mantenermi coi piedi per terra." *Letteralmente.* Anche Caro inviò un pensiero simile attraverso il legame, poi si allontanò da Sethios scuotendo le membra.

Osiris ci pensò su, poi alzò una spalla. "Immagino sia da me, ma no. Ho solo inserito un comando nella tua anima che ti ha fatto tornare da me una volta trovata la tua forma eterea. Una volta Skye aveva predetto che sarebbe stato lo stesso giorno del parto di Elizabeth. Credo che avesse ragione."

"Ha predetto che avrei trovato la mia forma eterea oggi?" Voleva dire che aveva espresso quella previsione prima che Astasiya aiutasse nella liberazione di Sethios... e anche di Skye stessa.

"Predice molti avvenimenti quando è costretta a concentrarsi su alcuni destini specifici. Ovviamente il tuo era un futuro a cui ero interessato."

"Sapevi che sarei scappato," disse Sethios dando voce ai propri pensieri.

"Certo," gli rispose il padre. "Mi ha fornito un'ottima occasione per testare Astasiya, la quale si è rivelata magnifica, proprio come aveva predetto Skye."

"Ma tu non sapevi di lei," s'intromise Caro, la cui confusione era palpabile.

"Non fino a poco tempo fa," ammise lui. "Tuttavia, da allora ho imparato molto su di lei. Come per esempio che è colei destinata a essere una minaccia per me e tutta la razza Seraphim."

Sethios e Caro rimasero in silenzio, sapevano già che Osiris aveva capito male la profezia di Skye avvenuta tanti anni prima.

"Lo ammetto, sono rimasto molto colpito dal fatto che entrambi me l'abbiate tenuto nascosto. Per tutto questo tempo ho pensato di aver annientato quella minaccia quando ti ho rimossa dall'equazione. Poi il Consiglio ti ha portata in riabilitazione e ho pensato fosse per via del tuo fallimento." Scrollò di nuovo le spalle. "Ovviamente, quando Astasiya mi si è rivelata, ho capito la verità."

"E mi hai punito facendomi versare addosso del cemento." Sethios si sentì bruciare al ricordo della sensazione atroce del cemento bollente che gli toccava la pelle.

"Sia come punizione che come prova di forza, una che Astasiya ha passato brillantemente. Non solo ha combattuto meglio di quanto mi sarei aspettato, ma è anche riuscita a rompere la mia presa su di te.

Affascinante, davvero. Nemmeno Skye aveva potuto predire quel risultato. Voglio dire, non ha menzionato l'aiuto di Vera."

"Oppure ti ha nascosto quel dettaglio," suggerì Sethios.

"Sì, può essere. Tende ad alterare le proprie visioni, come fanno molti dei Destinati." Si infilò le mani nei pantaloni color carbone, la camicia bianca rifletté la luce proveniente dai lucernari sopra le loro teste. "Ha menzionato cosa avrebbero fatto i Destinati alla creatura di Elizabeth?"

"L'hanno presa," disse Sethios fingendosi annoiato. "Immagino che vogliano crescere la piccola secondo le loro regole, dato che sarà una Seraphim geneticamente modificata. È esattamente ciò che non volevamo per Astasiya." Inoltre, non era quello che aveva predetto Skye. Aveva detto che il Consiglio avrebbe ucciso la bambina. Sethios sperava tantissimo che non fosse vero.

"È stata una decisione intelligente verso la tua progenie," gli rispose il padre, Sethos si stupì del complimento. Osiris non lodava mai le scelte del figlio. "Ma la tua deduzione è infantile."

Ed ecco lì l'insulto.

Sethios si trattenne dall'alzare gli occhi al cielo.

"Il Consiglio non vorrebbe che la bambina vivesse," continuò il padre. "È una mia creazione e a loro non piacciono."

"Quindi pensi che la uccideranno," commentò Sethios, non era contento di sentire di una morte così senza senso. Gli umani morivano in giovane età. Gli immortali no, non *avrebbero* dovuto.

"Sì, e anche Elizabeth, ovviamente." Osiris pronunciò quelle parole come se non significassero nulla per lui. Sethios rifletté sul fatto che probabilmente era davvero così. Il padre avrebbe semplicemente potuto creare un'altra vita... era quello che faceva.

"Perché siamo qui?" gli chiese Sethios. "Tutto quello che ci hai detto conferma solo ciò che già sappiamo."

"La schiettezza funziona meglio se usata sporadicamente, non è un'arma da sfoderare in ogni tattica di conversazione."

"Si potrebbe dire la stessa cosa dei teatrini," rispose serio Sethios.

Osiris abbassò la testa. "Giusto." Girò sui tacchi. "Seguitemi, allora, ma niente combattimenti né nebulizzazioni."

Caro e Sethios si scambiarono un'occhiata, poi i piedi cominciarono a muoversi da soli sotto la persuasione di Osiris. Li fece dirigere giù per le scale della casa al mare, accanto a una miriade di finestre. La casa vantava una certa opulenza, la luce proveniente dall'alto metteva in risalto gli accenti in oro, le cornici bianche e i pavimenti in marmo elegante.

Passarono attraverso una cucina con due isole, diversi forni e fornelli e due lavandini.

"Hai una festa in programma?" gli chiese Sethios, fece caso alla mancanza di persone e all'abbondanza di spazio. Stavano attraversando l'ennesimo salotto verso quella che sembrava essere una scala sul retro.

"No, ho creato questa casa per il proprietario a venire."

"Proprietario a venire?" ripeté Sethios.

"Continua a camminare," gli rispose il padre, conducendoli su per una scala, al secondo piano. C'erano parecchie camere da letto, ognuna dotata di balcone con vista oceano da un lato e un campo di piante esotiche dall'altro.

Erano chiaramente su qualche isola. Le acque turchesi suggerivano i Caraibi. Forse un'isola privata alle

Bahamas. Sembrava un posto che a Osiris potesse piacere.

Continuò a superare camere da letto fino a quando non aprì la quarta o la quinta porta, rivelando la stanza di un bambino. "Questa vi sarà utile, tra qualche ora," disse, Sethios si accigliò.

Dopodiché, Osiris aprì la porta che fronteggiava la nursery e rivelò un'Elizabeth addormentata nel bel mezzo di un lettone bianco.

Alla vista della donna incinta, Caro sussultò e si sporse verso di lei. "Puoi andare da Elizabeth," le disse Osiris rilasciandola dalla persuasione. "Ma non nebulizzarla da nessuna parte, deve rimanere qui."

"Jedrick non sarebbe d'accordo con quest'affermazione." Sethios incrociò le braccia al petto. "Di che diavolo si tratta?"

"Non è ovvio?" chiese Osiris. Quando Sethios non disse nulla, l'anziano si lasciò a un altro sospiro drammatico. "L'ho salvata dal Consiglio. Non avete ascoltato niente di quello che ho detto? L'avrebbero uccisa. L'ho portata qui, in una casa piena di rune con tutte le lussuosità che preferisce. Per proteggerla, ovviamente."

Sethios si accigliò. "Perché dovresti essere così magnanimo?"

Osiris ridacchiò. "Non si tratta di essere magnanimi, ma di proteggere un mio investimento lucrativo. Soprattutto ora che i laboratori del FAC sono andati distrutti. Mi ci vorranno decenni per creare un altro esemplare come Elizabeth, e visti i recenti sviluppi, potrei non avere più molto tempo, quindi ho bisogno di tenerla in vita, così come la sua progenie."

"Per provare che potrà portare in grembo un figlio tuo? Per rimpiazzarmi?"

"Beh, quello era il mio intento originale, sì. Tuttavia,

ultimamente ti sei dimostrato utile, in particolare riguardo la procreazione. Astasiya sarà la nostra arma più preziosa nella battaglia contro i Seraphim."

"Sempre che decida di aiutarti," gli ricordò Sethios. "Rapire la sua migliore amica sicuramente non andrà a tuo favore, oppure non hai sentito ciò che ha detto Gabriel?"

Il Seraphim guerriero era davvero un genio. Aveva intrapreso un dialogo riguardo le volontà di Astasiya che forniva a Sethios il pulpito di cui aveva bisogno per rimproverare il padre.

Elizabeth sembra stare bene, gli sussurrò Caro nella mente. *Sta solo dormendo.*

Probabilmente l'ha soggiogata, le rispose Sethios.

Sì, probabile, concordò lei.

"Non si fiderà mai più di te, dopo questa," disse Sethios a Osiris ad alta voce.

"Ho portato Elizabeth in un posto sicuro per proteggerla. Ho a malapena ferito la levatrice, assicurandomi che sarebbe stata perfettamente in forma una volta iniziato il travaglio. È tutto nel miglior interesse della sopravvivenza di Elizabeth, Astasiya lo capirà."

"Davvero?" ribatté Sethios.

"Sì, tu te ne assicurerai," gli rispose il padre.

"Perché mi soggiogherai a farlo?" tirò a indovinare Sethios.

"Non ne avrò bisogno. Non appena me ne andrò, chiamerete gli Hydraiani e io permetterò ad alcuni di loro di venire ad aiutare Elizabeth a partorire in questa casa piena di rune protettive, dove non verrà scovata dal Consiglio. Dopodiché, Astasiya si renderà conto che non sono l'uomo tanto malvagio che crede."

"Mi hai buttata nell'oceano e hai costretto suo padre ad atti ignobili per quasi due decenni," lo accusò Caro, nella voce c'era un pochino di rabbia. "Ti aspetti che ti perdoni?"

Osiris non esitò nemmeno. "Certo che sì. Un giorno capirà che quegli ostacoli erano destinati a rafforzare entrambi, non a tormentarvi."

Sethios si lasciò a una risata priva di umorismo. "Come no."

Osiris inarcò un sopracciglio. "Caro è sopravvissuta alla riabilitazione. Sai quanti altri Seraphim possono dire lo stesso? Nessuno. E sai perché è riuscita a sopravvivere? Grazie al vostro legame *tormentato*. Il dolore che hai provato per diciotto anni è ciò che ti ha tenuta ancorata a lei. È stato ciò che ti ha fatto lottare per lei. Forse non lo vedi ora, ma presto te ne renderai conto."

"Che mi dici di quando mi hai annegata sul fondo dell'oceano?" chiese Caro. "Hai dichiarato che era il tuo modo per rimuovere una minaccia dalla tua vita."

"Inizialmente sì, ma è anche servito come modo per rafforzare la mia unica progenie."

"La tua definizione di *tortura* è diversa dalla mia," ribatté Sethios serio.

"Ha testato i limiti del vostro legame," continuò Osiris ignorando il commento del figlio. "Ogni giorno diventavi più resiliente, la ricordavi molto più velocemente di quanto potessi starti dietro."

"Hai lasciato tu che io la ricordassi."

Il padre sorrise. "A volte sì, altre no. Hai spezzato la mia persuasione per pura forza di volontà."

Sethios provò a ricordare; tuttavia, tutto si mescolò insieme in una rete convoluta di angoscia. Il padre l'aveva forzato attraverso atti ignobili che non era riuscito a portare avanti, creandogli una sensazione di agonia mai provata prima.

"L'hai fatto per punirmi." Non importava quanto indorasse la pillola, Sethios sapeva la verità.

"Quando mai ho fatto qualcosa per un solo motivo?" ribatté il padre. "Ci sono sempre diverse motivazioni e benefici, lo sai. Sai anche che tutte quelle esperienze ti hanno fortificato, non indebolito. Hanno persino aiutato Caro a sopravvivere alla riabilitazione."

Solo Osiris avrebbe potuto credere che la tortura potesse essere un esercizio di rafforzamento. Tuttavia, non aveva necessariamente torto. L'esperienza aveva conferito potere a Sethios, l'aveva fatto infuriare, l'aveva quasi distrutto, gli aveva fatto odiare il padre ancora di più e aveva provocato un'altra dozzina di risultati diversi.

Ecco perché i Seraphim spesso scelgono il sonno, sussurrò Caro nella mente di Sethios. *Vivere per sempre può cambiarti la mentalità, cancellare ogni parvenza umana dai pensieri.*

Non penso che mio padre sia mai stato umano o sano.

Vero, concordò lei. *Ma ha ragione. I nostri sacrifici ci hanno resi più forti. Ora riesco a percepire molto più di quanto abbia mai fatto.*

Sethios capiva cosa intendesse. Era come se avessero legato di nuovo a un livello ancora più profondo.

Sethios riusciva a percepire ogni respiro di Caro, quasi a sentire il battito del suo cuore, a leggerle la mente. Non ogni singola parola, ma le emozioni erano in tutto e per tutto legate alle proprie. Come se le loro anime si fossero congiunte in una dimensione esistenziale diversa, creando un legame molto più intenso di quello iniziale.

Forse perché avevano bevuto molto sangue l'uno dall'altra.

Succedeva spesso durante il sesso.

Quindi probabilmente il padre di Sethios aveva ragione. Magari tramite le sue stupide torture, in qualche modo aveva rafforzato la loro relazione.

Osiris sorrise. "Il vostro legame si rivelerà molto utile nel futuro prossimo."

Sethios strinse i denti e si trattenne dal replicare quanto fosse improbabile che il padre potesse usare il loro legame a proprio vantaggio.

"Bene, il mio compito qui è finito. Vi assicurerete entrambi che Elizabeth sopravviva al parto. Mi farò vivo con le prossime istruzioni. Dobbiamo prepararci a una guerra, farete meglio a capirlo presto. Fino ad allora, lascerò che teniate Skye. Vi servirà." Mostrò loro un sorriso indulgente e sparì senza aggiungere un'altra parola.

Sethios fissò a bocca aperta lo spazio vuoto, la persuasione che li circondava sparì in un sussurro di potere. "Tutto qui?" Aveva soggiogato Sethios ad andare lì perché... si prendesse cura di Elizabeth e la bambina?

Caro gli si avvicinò con un'espressione confusa che corrispondeva a come lui si sentiva dentro. "Sono d'accordo, è stato piuttosto deludente."

"Vuole qualcosa," le rispose Sethios. "Non credo si trattasse solo di portare qui un paio di Hydraiani. Tornerà."

"Dovremmo spostarla?"

Sethios si mise una mano dietro al collo e prese in esame le alternative, poi guardò la donna agitata accanto a sé. Osiris doveva averla rilasciata dalla persuasione che la costringeva al sonno. "Potremmo non avere tempo," mormorò guardandola sbattere leggermente le palpebre. "Credo voglia che Astasiya si presenti qui. Sa che è fedele a Elizabeth. Il momento in cui saprà dove si trova e in che condizioni è, vorrà essere qui per la sua amica."

"Allora potremmo nebulizzare Elizabeth a Hydria, velocemente," suggerì Caro.

Sethios scosse la testa. "Osiris non sbagliava riguardo al Consiglio. Skye ha detto che anche loro lo sapevano e avrebbero ucciso la bambina. A Hydria la troverebbero. Non penso abbia mentito riguardo le rune protettive sulla casa. L'ha costruita per proteggerla perché vuole qualcosa da lei."

"Quindi pensi che dovremmo rimanere qui?"

Sethios odiava ciò che stava per dire, ma avrebbe dovuto essere onesto. "Sì, penso che qui sia al sicuro."

"E Astasiya?"

"Penso arriverà qui nell'istante in cui saprà che ci siamo tutti," ammise lui. "Il che giocherà a favore dei piani di Osiris, ma non credo voglia farle del male, non ancora. È troppo preziosa per lui."

"Potrebbe rapirla."

"Sì," concordò Sethios, "Ma…"

Si levò un grido dal letto ed entrambi furono costretti ad avvicinarsi alla rossa in preda a delle contorsioni. Non era del tutto consapevole di ciò che la circondava, ma la bambina dentro di lei sì.

Sembrava che Skye avesse avuto ragione.

Il giorno in cui Sethios aveva imparato a nebulizzarsi era lo stesso in cui Elizabeth sarebbe entrata in travaglio.

Sethios riuscì a pronunciare una sola parola: "Merda."

STAS

"CARO E SETHIOS DOVREBBERO ESSERE GIÀ QUI," DISSE Gabriel camminando avanti e indietro nel salotto di Balthazar. "C'è qualcosa che non va." Sparì senza dire altro.

"Certo, questo sì che è utile," mormorò Stas, poi guardò Issac. "Posso prenderlo di nuovo a pugni, quando torna?"

"Assolutamente sì, tesoro." Le avvolse le braccia intorno al corpo e strinse leggermente. "Riportiamo l'attenzione su Elizabeth, dove potrebbero averla portata i Seraphim?"

"Da qualche parte vicino al colosseo," rispose Leela dal divano. Aveva gli occhi chiusi e si stava riprendendo dalla ferita d'arma da fuoco.

Lara le stava seduta al fianco sudata mentre cercava di aiutare a velocizzare il processo di guarigione della Seraphim. Anche se Vera aveva creato una runa che permetteva a Leela di percepire gli effetti dei doni Hydraiani, c'era comunque un po' di resistenza naturale.

O forse era il risultato di alcune rune che si annullavano a vicenda.

Stas non capiva ancora come funzionasse tutta quella magia. Principalmente perché il fratello l'aveva tenuta al buio per mesi invece di usare il loro tempo insieme per aggiornarla.

Già, Stas non se l'era presa per niente.

Era vero, stava facendo la stronza, ma il bastardo si meritava quell'atteggiamento e forse anche molto di peggio.

La bionda era stata sottoposta a diverse esperienze negative mentre lui le nascondeva la verità. Alcune delle ragioni per cui l'aveva fatto erano state legittime, ma ciò non significava che era pronta a perdonarlo per l'inferno che aveva passato come risultato delle scelte di Gabriel.

"Non c'è modo di entrare nelle isole senza il permesso," continuò Leela, la voce rauca e più tenue del solito. "Le rune vi uccideranno."

"Pensavo volessero incontrarmi…" le rispose Astasiya.

"Tu sì, ma non tutti gli altri." Rabbrividì mentre Lara le toccò la fronte, poi si fece rigida sul divano.

"Non è un'opzione valida," disse Balthazar, appoggiato al muro.

Era stato stranamente silenzioso dopo aver sistemato Jayson sulla sedia accanto al divano. Era ancora svenuto per via della pallottola alla testa, Lara si era concentrata prima su Leela. Luc, che era in piedi al fianco di Balthazar, aveva suggerito che la Seraphim venisse guarita per prima perché le sue abilità sarebbero potute essere utili.

Stas era d'accordo con quella decisione. "Leela e Vera potrebbero venire con me, no?" Sempre che Vera fosse tornata da dovunque fosse andata. Era sparita subito dopo aver disegnato la runa sul braccio di Leela e non aveva detto niente riguardo la destinazione. Lo faceva spesso.

Balthazar scosse la testa. "Non è fattibile."

"Hai un piano migliore?" ribatté Stas irritata.

Gli occhi scuri di B si illuminarono di un'intensità che la bionda non aveva mai visto. "Anche io voglio che Lizzie torni tra noi. Non trattarmi come un nemico, Stas. Stiamo dalla stessa parte."

"Allora proponi un'idea migliore." Sarebbe stato più produttivo che rifiutare l'unico piano a cui lei era riuscita a pensare.

"Quando ne avrò una la condividerò," le rispose. Stas non gli aveva mai sentito usare quel tono. L'autorità nella sua voce si addiceva a un Anziano in quella posizione.

Tuttavia, non le importava molto della risposta di Balthazar. Più a lungo avrebbero discusso della faccenda, più era probabile che Lizzie stesse male. Quella prospettiva era inaccettabile per Stas.

Ha ragione, Aya, Issac le sussurrò nella mente. *Andare al Consiglio non servirà a niente. Abbiamo bisogno di una strategia.*

Potrebbero volerci giorni per pensarne una, Issac.

Guarda Lucian, tesoro, la incoraggiò lui. *Sta vagliando tutti gli scenari nella mente, ecco perché è così silenzioso. Dagli qualche minuto e troverà un'alternativa. Ci dirà lui se mandarti dai Seraphim è l'unico piano possibile oppure no.*

Stas sapeva che Issac aveva ragione, che era saltata a conclusioni affrettate, ma non riusciva a pensare ad altre opzioni. I Seraphim avevano preso la sua migliore amica. Gabriel gliel'aveva confermato raccontando loro della profezia di Skye e dei legami della donna con i Destinati.

La ragazza si passò una mano tra i capelli, frustrata. *Mi sento inutile.*

Lo so.

Odio sentirmi così.

Lo so, ripeté Issac, poi le baciò una tempia. *Troveremo una soluzione.*

Stas si voltò verso di lui, si aggrappò con tutte le forze alle iridi zaffiro di Issac. "Come fai a rimanere così calmo?" Erano parole sussurrate, solo per lui. Tuttavia sapeva che il resto della stanza l'avesse sentita.

"Pratica," rispose anche lui sussurrando, poi la baciò. "E fiducia verso chi mi sta attorno affinché si arrivi a una soluzione."

Il problema di Stas non era la fiducia, ma la preoccupazione. *E se non arrivassimo in tempo?*

Con l'età imparerai che il tempo è relativo. Le posò una mano sulla guancia, il pollice sul labbro inferiore. I *Seraphim hanno preso Elizabeth per un motivo, se la volessero morta l'avrebbero già uccisa, invece di prendersi la briga di rapirla.*

Stas non ci aveva pensato, la sua mente aveva pensato subito al peggio.

A ogni modo, si era impedita di reagire senza pensare. Era un indizio che stesse imparando dagli errori del passato. Anche se non sarebbe potuta morire, avrebbero potuto rapirla e sottoporla a trattamenti molto peggiori della morte.

Issac la baciò di nuovo, le sue labbra una promessa contro quelle di lei. *Ne verremo a capo, Aya.*

Grazie. Essere tra le braccia da lui la fece sentire un po' meglio. Nessuno avrebbe lasciato che la scomparsa di Elizabeth passasse inosservata. Volevano solo...

Gabriel riapparve, i capelli biondi scompigliati dal vento e riacconciati alla bell'e meglio sulla testa. "Sethios e Caro sono con Lizzie," annunciò.

Stas lo guardò a bocca aperta. "Che cosa?"

"L'ha presa Osiris," cominciò a spiegare. "L'ha portata in una proprietà privata, al sicuro in un'isola caraibica. È coperta di rune protettive per nasconderla al Consiglio."

"Sapeva che l'avrebbero rapita," commentò Luc.

"Così sembrerebbe," gli rispose Gabriel. "Skye ha

profetizzato che Sethios avrebbe sviluppato le ali lo stesso giorno del travaglio di Lizzie. Come risultato, Osiris ha soggiogato Sethios a nebulizzarsi da lui nel momento in cui gli fossero spuntate le ali."

"Lizzie è in travaglio?" chiese Balthazar, scostandosi dal muro.

"Sì." Gabriel alzò una mano. "C'è dell'altro. Hanno detto a Ezekiel, che mi ha fornito queste informazioni, che credono questa sia una trappola abbellita per abbindolare Stas. Skye dice che non riesce a vedere niente che confermi la minaccia, ma non era riuscita nemmeno a predire la persuasione di Osiris verso Sethios."

Luc annuì. "Probabilmente l'ha soggiogata a non dire niente riguardo le sue azioni."

"Esattamente," concordò Gabriel. "È tutta una sorta di trappola, ma Caro ha verificato le rune e sono affidabili. Quindi, nonostante il trucchetto, è un posto sicuro dove Lizzie potrà partorire."

"Più sicuro di Hydria," commentò Luc. Tese i muscoli del petto, il disgusto verso quell'affermazione era chiaro a tutti.

"La tua isola non ha delle rune, possiamo rimediare, ma necessiteremmo di più tempo di quello che abbiamo."

"Gabriel ha ragione." Leela si mise a sedere, gli occhi verdi e blu in allerta, al contrario di quelli della guaritrice al suo fianco. "Partorirà nel giro di un paio d'ore. Vuol dire che dobbiamo andare, subito."

"Farla nebulizzare qui potrebbe metterla a rischio," aggiunse Gabriel. "E non solo per via delle rune, è in una condizione fragile e anche la bambina."

"Non possiamo spostarla, andremo noi da lei." Leela si alzò in piedi, il volto le riprese colore. Guardò la donna stremata seduta a terra. "Grazie, Lara."

"Prego." Le si chiusero gli occhi e Stas si accigliò.

"Lei non dovrebbe aiutare Leela a far partorire Lizzie?" chiese allarmata.

"Ci penseremo noi," disse Balthazar, poi si avvicinò a Leela.

"Non c'è nessun *noi*, qui," gli rispose lei.

"C'è assolutamente un *noi*," la corresse lui. "Tu hai le abilità Seraphim riguardo la fertilità, io ho la formazione medica. In più lei è la moglie del mio migliore amico. Quindi dovrai fartelo andare bene e lasciarmi aiutare, *Lee*."

La Seraphim sbiancò. "Non mi chiamare così."

"Oh, ti chiamerò in un sacco di modi, zuccherino. Appena avremo aiutato a far partorire una bambina sana insieme." Le afferrò una mano e guardò Gabriel. "Dicci dove dobbiamo andare."

Il fratello di Stas la guardò. "Hai sentito il mio avvertimento su ciò che pensano accadrà?"

"Sì." Se Osiris avesse voluto intrappolarla, che lo facesse. Gli era già sfuggita una volta, lo avrebbe tranquillamente fatto di nuovo.

Tuttavia, Stas stava iniziando a pensare che forse non era lui il suo più grande nemico, che i Seraphim che avrebbero voluto uccidere la sua migliore amica potevano costituire una minaccia maggiore.

"Allora sta a te usare queste informazioni," le rispose, poi comunicò a Leela e Balthazar la location. "Non ho ancora verificato, ed è un calcolo approssimativo sulla base di ciò che Caro ha scoperto al di là delle rune. Non aveva molto tempo per ispezionare la proprietà, giusto il tempo di confermare che era sicura prima di tornare da Lizzie."

"Se sono rune destinate a tenere lontani i Seraphim, potrei avere un problema," sottolineò Leela.

Gabriel scosse la testa. "Caro ha detto che quelle di protezione ostacolano coloro che vogliono fare del male a Lizzie."

"Osiris ha usato il sangue della rossa per crearle," osservò Leela alzando le sopracciglia. "Ha sul serio costruito un posto per lei."

"Così sembrerebbe," le rispose Gabriel.

Leela annuì. "Ci vediamo lì." Sparì con Balthazar e lasciò tutti a discutere delle successive mosse.

"Io resterò qui e aspetterò che Jay si svegli," li informò Luc. "Non appena lo farà, ci teletrasporteremo lì con Jacque."

"È di nuovo a casa di Ezekiel," gli rispose Gabriel.

"La tecnologia sistemerà tutto." Luc si sfilò il telefono dalla tasca, lo mostrò al fratello e tornò a posarlo sulla coscia.

"Parlando di tecnologia," mormorò Issac. "Tristan è con Mateo."

Nessuno disse a voce alta che Tristan si era offerto volontario per sorvegliare Mateo e fare rapporto sui suoi movimenti. Luc avrebbe capito senza che Issac dovesse elaborare, dettaglio comprovato dal fatto che il capo degli Hydraiani abbassò la testa in segno di aver recepito il messaggio.

"Se passeranno di qui, aggiornerò entrambi," rispose Luc.

Era una bugia, ma avrebbe fatto sì che i commenti a riguardo non destassero sospetti tra gli altri nella sala. Non era che non si fidassero di Gabriel o Lara, ma non erano sicuri di chi altro avrebbe potuto ascoltarli. L'inclinazione di Mateo per la tecnologia avrebbe potuto fargli installare delle microspie in tutta la casa di Balthazar senza che nessuno lo sapesse.

Quella era la parte che inquietava maggiormente Stas, non le piaceva che Mateo potesse potenzialmente ascoltare tutto ciò che lei diceva. Ciò la rese ancora più grata di avere il legame con Issac e la loro abilità di parlare con la mente.

Voglio andare da Lizzie, gli disse.

Sì, rispose lui. *Immaginavo.*

Sono un'incosciente? Sapeva che Issac le avrebbe detto la verità, ecco perché gli aveva fatto quella domanda.

Sei a conoscenza delle potenziali conseguenze. È probabile che Osiris si faccia vedere. Detto ciò, non credo voglia farti del male. Ha bisogno di te.

Ma potrebbe mettere te in una gabbia e usarti per arrivare a me, come ha già minacciato di fare, gli rispose lei.

Preferiresti che stessi qui, allora? le chiese Issac guardandola.

Stas ci pensò su e scosse la testa. *Ti voglio lì.* Sarebbe stata la prima volta che avrebbe rivisto la madre in diciotto anni. C'era qualcosa in quella consapevolezza che la metteva a disagio, principalmente a causa degli incubi. Non era sicura di come l'avrebbero influenzata, una volta ricongiunta finalmente con la madre.

L'affronteremo insieme, le promise Issac, poi intrecciò le dita con quelle di lei. "Noi andiamo sull'isola."

Luc lo fissò a lungo per un momento, poi annuì. "Meglio entrare volontariamente nella trappola e stare a vedere i risultati, piuttosto che aspettare che si presenti un'opportunità a sorpresa. Arriveremo lì armati e preparati."

"Non credo servirà," affermò Gabriel. "Sethios ha detto a Ezekiel che Osiris sapeva già delle sue intenzioni di fuggire. Ha usato tutta la situazione per mettere alla prova Stas e penso lo stia facendo di nuovo. Non vuole farle del male, vuole addestrarla."

Davanti a quell'insinuazione, Stas rabbrividì. "Non spetta a lui farlo."

"Con il tempo imparerà," le rispose il fratello. "Ci

vediamo lì, prima devo fare quattro chiacchiere con qualcuno."

Stas si accigliò. "Chi?"

Invece di rispondere, Gabriel fece spuntare le piume rosse e scomparve nel nulla.

"Ora mi merito di poterlo colpire due volte," mormorò la bionda.

"Mi piacerà stare a guardare," le rispose Issac. "Andiamo?"

Stas rispose nebulizzandosi; a quanto pareva era così che facevano i Seraphim... Agivano invece di spiegare.

La risata di Issac le riverberò nella mente, il divertimento di lui davanti ai suoi capricci la riscaldò da dentro. L'Ichoriano sapeva sempre cosa dire e fare per calmarla. Rafforzò leggermente la presa su di lui, le ali color opale svolazzavano in forma eterea mentre Stas trasportava entrambi alla location menzionata da Gabriel.

Quando i loro piedi toccarono la sabbia, Stas seppe di essere nel posto giusto, poiché sentiva il potere propagarsi tutt'intorno, le rune avviluppavano la sua amica in uno scudo di protezione assoluta.

"Non ha mentito," esordì. "Riesco a percepire la magia che avvolge il posto, la sta proteggendo."

"Protegge anche te," disse una voce profonda. Osiris apparve al loro fianco. "Ciao, Astasiya. Speravo venissi."

ISSAC

Nel momento in cui Aya si voltò verso il nonno, venne circondata dall'energia. Issac si mosse con la bionda, le loro braccia si sfiorarono non appena le si mise al fianco.

"Osiris," esordì lei in tono piatto.

"Nipotina," le rispose sorridendo. "Sapevi che sarei stato qui ad aspettarti."

"Sì, immaginavo," ammise lei.

"Sei venuta comunque."

Stas alzò una spalla. "Hai la mia migliore amica, è ovvio che sia venuta."

"La sto proteggendo," rispose lui.

"Lo so." La nonchalance in quelle due parole per poco non fece sorridere Issac. Si chiese se Astasiya si rendesse conto di quanto fosse diventata sicura di sé, nei mesi precedenti. Era davanti all'essere più potente mai esistito, colui che aveva creato tutti loro, tuttavia non ne sembrava minimamente turbata.

Osiris la studiò. "Approvi."

"Il fatto di tenere la mia migliore amica al sicuro? Sempre." Incrociò le braccia al petto. "Ma se pensi di separarla da Jay o dalla loro bambina, allora no... non approvo."

Osiris aggrottò la fronte. "Perché dovrei separarli?"

"Perché vuoi usare lei per creare la tua progenie," gli rispose Stas.

"Non ho bisogno di separarli, per farlo."

"Allora stai sottovalutando la possessività di Jay," ribatté la bionda.

"Potrei farlo guardare, se lo volessi, ma chi lo sa... Il tempo per mettere al mondo nuove vite si è ridotto a causa degli eventi più recenti. Provare ad addestrare una nuova creatura non sarà possibile, ecco perché volevo parlare con te."

"Vuoi addestrarmi."

Osiris abbassò la testa in cenno di assenso. "Sì."

"E se io non volessi?"

"Allora morirai," le rispose semplicemente.

Issac strizzò gli occhi. "Scegli con cura le tue prossime parole, Osiris." Una frase che non avrebbe mai pronunciato un anno prima, ma allora non aveva Aya nella sua vita. Ormai la ragazza ne faceva parte e quell'essere antico l'aveva appena minacciata, un dettaglio che non avrebbe potuto essere ignorato.

Osiris inarcò un sopracciglio in direzione di Issac. "Era un avvertimento?"

"Sì." Una sola parola avvolta nella sicurezza di sé. Non importava che quel Seraphim possedesse un potere incredibile. Non aveva famiglia, emozioni. *Cuore.* Osiris guardava quelle qualità dall'alto in basso perché non le capiva. Issac sì. Non erano debolezze ma punti di forza. Creavano un'unità di difesa che sarebbe stata usata contro Osiris in caso avesse cercato di fare del male ad Astasiya.

"Affascinante," mormorò il Seraphim. "Ti ho sempre rispettato, Issac. Sei coraggioso e creativo, leale. Ora ti stai dimostrando protettivo verso la mia arma più preziosa." Annuì lentamente. "Sì, andrà bene."

"Non sono la tua arma," ribatté Aya.

"Non ancora," concordò Osiris. "Ma lo sarai."

"Chi altro potrà insegnarti a usare i tuoi doni al meglio?" le chiese con tono di rimprovero.

"Mio padre," suggerì lei. "Mia madre. Al diavolo, Gabriel? Sì, penso che permetterei persino a lui di farmi da insegnante, prima di arrivare a te."

"Non mi conosci nemmeno, bambina."

"So cosa hai fatto e le azioni parlano più delle parole."

"Azioni," ripeté. "Come liberare Skye dalla mia persuasione e creare una proprietà con la sola intenzione di proteggere la tua migliore amica durante i suoi momenti più fragili? Oppure l'averti concesso di liberare tuo padre?"

"Non hai lasciato che accadesse, abbiamo combattuto."

Osiris rise. "Dolce bambina, quello non era un combattimento, ma un esercizio di addestramento. Non voglio farti del male. Ho bisogno di te, proprio come tu avrai bisogno di me."

"Penso di cavarmela benissimo da sola."

"Sai cosa sarebbe successo a Elizabeth se non l'avessi portata via in quel momento?" ribatté Osiris, la fronte scura si aggrottò verso la testa calva. "Il Consiglio avrebbe mandato un Seraphim guerriero a Hydria per ucciderla. Nessun processo, niente editti, una semplice esecuzione."

"Lei è una Seraphim," gli rispose Aya con espressione seria. "Non può morire."

Osiris le lanciò uno sguardo indulgente. "Non è una purosangue, Astasiya. Tuttavia hai ragione, sarebbe potuta sopravvivere. Il che sarebbe stato molto peggio per lei, perché loro l'avrebbero rinchiusa in una capsula riabilitativa, pronta per essere riprogrammata. La bambina avrebbe sofferto lo stesso destino."

Tra i due calò il silenzio.

Gli credi? chiese piano Aya alla mente di Issac.

Penso che ci siano molte cose che ancora non sappiamo dei Seraphim. A ogni modo, Skye ha detto a Gabriel che il Consiglio avrebbe ucciso Elizabeth e la bambina. Ha anche detto che a lei hanno rimosso le ali come punizione per non aver portato a termine i loro compiti.

"C'è ancora tanto che non capisci. Sai perché sono stato esiliato?" le chiese Osiris.

"Hai ucciso un Seraphim," rispose una voce femminile non appena una donna dalle ali azzurre apparve in un turbinio. Il volto la tradì immediatamente: gli zigomi definiti e il mento sporgente erano entrambe caratteristiche che aveva tramandato alla figlia.

Caro si materializzò in forma corporea, poi si focalizzò completamente su Osiris. "Tocca mia figlia e te ne pentirai," aggiunse con tono privo di emozioni.

"Sto iniziando a capire perché mio figlio sia innamorato di te," le rispose l'antico guardandola. "Chi sarebbe il Seraphim che ho presumibilmente ucciso?"

"Il nome non è mai stato rivelato, solo l'atto."

"Conveniente," le rispose lui.

"Rivendichi la tua innocenza, padre?" gli chiese Sethios, che si era nebulizzato all'altro capo. Le ali nere fecero accigliare Issac. Gabriel non aveva menzionato quello sviluppo.

Ali nere e azzurre e io rimango fregata con le piume rosa? si lamentò Aya attraverso il legame con Issac. *Sul serio?*

Le tue piume solo opale, tesoro.

A me sembrano rosa, gli rispose lei mentalmente.

I tuoi genitori sono qui, insieme a Osiris, e tu pensi ancora a dei

235

pennacchi rosa… commentò Issac divertito, cercando di non sorridere.

È una bella distrazione, ammise Stas.

Sì, sono d'accordo. Issac immaginò che Aya ne avesse bisogno per mantenere la calma.

"I Seraphim non possono morire," disse Osiris. "Come avrei fatto a ucciderne uno per davvero?"

"Sei il Seraphim della resurrezione," rispose Caro. "Controlli la vita."

"È vero," concordò lui. "La vita, non la morte."

"Quindi stai dicendo che non è vero?" insistette Sethios con un tono che esprimeva serio dubbio. "Sei stato esiliato per un'altra ragione?"

"Un giorno vi racconterò la mia storia," disse Osiris. "Quella vera, magari allora capirete."

"Perché non oggi?" gli chiese Aya.

"Perché Elizabeth ha bisogno di voi e io voglio che lei sopravviva." Lo stoicismo nel tono portò Gabriel alla mente di Issac. Era stata una risposta pratica e aveva confermato che Osiris avesse a cuore i migliori interessi di Elizabeth.

Almeno per il momento.

"Volevo vederti anche solo per un attimo," continuò Osiris. "Per esprimere il mio desiderio di addestrarti. Come ho detto, molto presto avremo bisogno l'uno dell'altra e preferirei assicurarmi che tu sia pronta per quel giorno."

"Che giorno?" chiese Sethios, le mani nelle tasche e un'espressione rilassata. Non sembrava stesse fingendo. Aveva passato migliaia di anni insieme al padre, quindi era chiaro che sapesse distinguere quando l'antico essere costituisse una minaccia imminente o no. Quella consapevolezza mise Issac più a suo agio.

Tuttavia si tenne con le mani libere, scanso equivoci, mentre con un braccio sfiorava ancora quello di Astasiya.

"Presto vedrai," disse Osiris. Le ali nere presero vita. "Attendo con trepidazione il futuro, Stas. Per favore, porta i miei saluti a Elizabeth e alla piccola."

Sparì senza dire un'altra parola e Caro si accigliò. "È la seconda uscita deludente del giorno."

"Sì," concordò Sethios, poi alzò gli occhi al cielo, che si stava facendo sempre più scuro. "Sembra che il suo obiettivo per ora sia convincere Astasiya a collaborare con lui attraverso metodi piacevoli. Ma la situazione cambierà, se lei si dimostrerà troppo testarda per i suoi giochetti manipolatori."

"Non collaborerò mai con lui," disse Aya nello stesso momento in cui Caro rispose: "Non succederà mai."

Le due donne si guardarono, gli occhi verdi di Aya si spalancarono mentre le iridi blu di Caro presero a brillare.

Mamma, pensò Aya. Davanti all'emozione che incapsulava quella singola parola, Issac sentì il cuore sussultare.

Tra le due calò il silenzio, si limitarono a fissarsi l'un l'altra.

Un momento dopo si stavano abbracciando, come se temessero che l'altra non fosse reale.

Amore e affetto si riversarono attraverso il legame tra Issac e Aya, seguiti da un dolore profondo che finalmente stava guarendo, dopo anni di agonia. La mente di Issac si riempì di immagini di annegamenti, Astasiya stava rivivendo uno a uno quei momenti mentre teneva la madre tra le braccia. Cominciò a piangere, la riunione era piena di gioia e tristezza, definita dal loro dolore comune.

Issac si schiarì la voce, anche le sue emozioni stavano emergendo alla vista di tutto quell'amore tra madre e figlia. Guardò Sethios e lo vide in uno stato simile, gli occhi inumiditi dalle lacrime. Non caddero, ma erano piene d'amore. Anche di orgoglio.

Poi osservò Issac e tutto sparì in un batter d'occhio.

Un'oscurità tornò a regnare sulle profondità verdi. Strizzò le labbra e venne invaso dal potere.

"Hai tenuto testa a mio padre," esordì. "Gli hai detto di scegliere attentamente che parole usare."

Oh, quindi avevano visto l'intero scambio. Issac non ne era sorpreso. Tutti sapevano che Osiris stesse aspettando Astasiya, ma i genitori di lei non avrebbero lasciato che lui la prendesse dopo tutti i sacrifici che avevano fatto per tenerla al sicuro.

"Sì," confermò Issac, si rifiutava di fare marcia indietro. "E lo farei di nuovo in un battibaleno."

Sethios lo studiò in silenzio, la sua espressione non lasciava trapelare nulla. Poi, dopo un istante, abbassò il mento. "Bene. Assicurati che rimanga così."

Caro ridacchiò e Sethios la guardò a occhi stretti. Tuttavia, lo sguardo mancava di fuoco, a differenza di quello che aveva riservato a Issac.

"Stai di nuovo ridendo di me, angelo?"

"Sì," gli rispose lei, gli occhi pieni di lacrime per la riunione con Aya. Lasciò andare la figlia il poco che bastava per allungare un braccio. "Unisciti a noi."

Sethios non esitò, si spostò in avanti e le avvolse entrambe in un abbraccio. Molti Ichoriani pensavano che Sethios non avesse un cuore, che fosse criptico e crudele come il suo creatore, ma in quel momento Issac assistette alla verità.

Quell'uomo aveva decisamente un cuore.

Ma non gli apparteneva.

Era di Aya e Caro.

Loro erano il suo mondo, il che lo rendeva pericoloso

come tutti dicevano, perché se qualcuno si fosse permesso di toccare l'una o l'altra, Sethios lo avrebbe annientato.

Issac capì perché la risposta che aveva dato a Osiris aveva significato così tanto per il figlio. Lui e Sethios erano appena diventati alleati. Due uomini intrappolati nell'amore per due donne che li completavano e per le quali avrebbero fatto tutto, pur di proteggerle, anche tenere testa all'essere più potente esistente senza esitare.

Sethios guardò Issac negli occhi, abbassò il mento ancora una volta, in segno di rispetto. Issac ricambiò.

Aya significava tutto per lui.

Avrebbe fatto qualsiasi cosa fosse stata necessaria per proteggerla.

Anche se ciò avrebbe voluto dire sacrificare se stesso.

Era esattamente ciò che avevano fatto i genitori di lei, tutti quegli anni prima. Avevano rinunciato a tutto per la sicurezza della figlia e in quel momento erano di nuovo insieme, una famiglia riunita.

Prenditi il tuo tempo con loro, tesoro, sussurrò Issac alla mente di Aya. *Ti aggiornerò sulle condizioni di Elizabeth.*

Grazie, gli mormorò lei.

Sempre, Aya, le giurò, riferendosi alla loro versione speciale d'amore, quella che solo loro sembravano capire.

Sempre, ripeté Stas. Quella singola parola fu come un bacio per la mente di Issac, che sorrise e si addentrò in casa dove trovò Balthazar e Leela, che gli fornirono un aggiornamento.

Non gli ci volle molto per trovarli, le urla di Elizabeth erano un faro che lo condusse direttamente al secondo piano. Un'occhiata all'interno della stanza confermò il futuro di Issac.

Lui e Aya non avrebbero mai avuto dei bambini. Mai.

SETHIOS

Dalla casa si levò un urlo che fece allontanare Sethios da Caro e Astasiya, i peli del collo dritti. "Che diavolo è stato?"

Caro rispose afferrandogli la mano, e con l'altro braccio intorno alla figlia, li nebulizzò all'interno della stanza dove Elizabeth giaceva ancora sul letto.

Jayson era su tutte le furie, accanto a lei, lo sguardo selvaggio mentre chiedeva loro di rianimarla.

"È normale," stava dicendo Leela.

"Come cazzo fa a essere normale?!" le chiese Jayson, poi indicò la rossa priva di sensi. "Il suo cuore non batte!"

Giusto. Quello era un argomento che Sethios conosceva bene. "Caro è morta diverse volte durante il parto. Sta bene."

Caro annuì. "Sì. Sono sopravvissuta. È per via dello scambio di energia."

Jayson li guardò come se fossero pazzi. Persino Issac sembrava allarmato.

Balthazar era l'unico, fatta eccezione per Leela, che sembrasse accettare la spiegazione. Si chinò a malapena su

Elizabeth per controllarle i parametri vitali, poi scrollò le spalle quando il battito cardiaco della ragazza riprese vita. "Cosa dobbiamo fare?" chiese, guardando Leela.

"Ho bisogno che tu calmi Jay in modo che possa aiutare Elizabeth a legare con la bambina," gli rispose lei.

Balthazar annuì, poi si concentrò sull'Anziano ancora furioso.

"Non ti azzardare, cazzo," ribatté Jayson.

Balthazar stava già usando il dono per le emozioni, potere che prese vita intorno a loro e calmò Jayson quasi immediatamente.

Sethios non aveva mai visto Balthazar usare i propri talenti prima, tranne la costante lettura della mente. La manipolazione emotiva era uno strumento potente, avrebbe potuto essere catastrofico nelle mani sbagliate.

"Lizzie ha bisogno di te," gli disse piano. "Deve fare uno scambio di energia con tua figlia. Sdraiati sul letto e tienila ferma, ma rimani calmo e prestale la tua forza."

"Mi saresti stato utile, circa venticinque anni fa," osservò Sethios.

"L'hai gestita abbastanza bene," commentò Leela.

"È un complimento?" Sethios le sorrise. "Grazie, Lee."

"Ho detto 'abbastanza'," precisò lei.

Elizabeth tornò in vita con un urlo che fece sussultare tutti. Jayson minacciò ancora quell'espressione impazzita, ma Balthazar lo tirò rapidamente indietro, dicendogli di nuovo di salire sul letto e tenere la ragazza.

"Non avrò mai figli," disse Astasiya ad alta voce.

"Esattamente quello che ho pensato anche io," concordò Issac.

La considero una vittoria, sussurrò Sethios alla mente di Caro. *Non sono pronto per fare il nonno.*

Non eri pronto nemmeno a fare il padre, gli ricordò lei dolcemente.

Non lo sono tutt'ora, le mormorò indietro lui. *Ma l'idea che mia figlia abbia un figlio? Accidenti, Caro. No. Nella mia testa ha ancora sette anni.*

Il divertimento di Caro arrivò fino ai pensieri di lui. *Allora spero che non abbia la mia genetica, perché io ho sfidato tutte le probabilità avendo due figli in un solo secolo. Non è assolutamente la norma, ma potrebbe succedere alla mia discendenza.*

Pronunciò quelle parole in modo pratico, le affermazioni ben radicate nella realtà. Il che le rese al cento per cento più spaventose, perché aveva ragione.

Merda. Dobbiamo parlarle della contraccezione. Una conversazione che Sethios non avrebbe mai immaginato di avere con la figlia. *A dire il vero, posso limitarmi semplicemente a uccidere Issac? Sarà molto più facile e molto più divertente.*

Non puoi ucciderlo. Lui la ama.

Allora lo castrerò e basta. Problema risolto. E sarà comunque più piacevole di una conversazione sulla protezione sessuale.

Caro ridacchiò di nuovo; Sethios non si era reso conto di quanto gli fosse mancato quel suono, prima di udirlo quel giorno. Fu quasi sufficiente a fargli dimenticare che rideva di lui. Quasi.

Non è divertente!

In realtà è molto divertente, lo corresse lei. *E poi non esistono metodi contraccettivi per i Seraphim. Tuttavia, se ti preoccupa davvero, possiamo chiedere a Leela riguardo alla fertilità di Astasiya. Lei sarebbe in grado di percepirlo.*

Aveva detto anche che non sarebbe successo per altri cinquecento anni, brontolò Sethios.

Probabilmente ha ragione. A meno che non erediti il mio ciclo di procreazione.

Sethios grugnì. *Smettila di dirlo.*

Ti sto solo informando dell'ovvio.

Non voglio pensarci.

Sei stato tu a iniziare questa discussione nella mia testa, mormorò lei.

Avresti dovuto lasciare che lo uccidessi, ribatté lui.

Caro si voltò e premette un palmo sul petto di Sethios, gli occhi blu le brillavano di gioia. *Tu non vuoi ucciderlo. Ti piace.*

Non è vero.

Sì invece. Caro si alzò sulle punte dei piedi per baciargli le labbra. *Ha mostrato la sua lealtà di fronte a Osiris. Ho percepito la tua reazione. Ti ha ricordato te stesso.*

Questo legame è inquietante, rispose lui, anche se non lo pensava affatto. *Non posso nasconderti niente.*

Potrei tornare nella capsula riabilitativa, si offrì Caro. *Se tu...*

Sethios le avvolse il palmo della mano intorno alla nuca e la tirò a sé. "Non pensarci neanche."

Lei sorrise. "Allora dimmi come ti senti davvero."

"Preferirei mostrartelo."

"Potresti evitare?" gli chiese la figlia, la voce un piccolo squittio accanto a loro. "Io... Non credo di volerlo vedere."

Elizabeth urlò di nuovo prima che Sethios potesse rispondere, Balthazar e Leela si misero in azione. "La bambina sta arrivando," disse Leela.

"Sono pronto," rispose Balthazar.

Fece un cenno a Jayson con il mento. "Tienilo concentrato."

"Lo sono," confermò il telepatico, poi appoggiò il palmo della mano sulla spalla dell'altro uomo.

"Sarò nel corridoio," disse Astasiya, afferrò Issac per un braccio e lo trascinò con sé. "Noi non lo faremo mai."

"Per favore, fa' che sia un ordine," mormorò Issac.

In tal caso, gli impedirebbe di andare a letto insieme? si chiese Sethios.

"Sei incorreggibile," gli sussurrò Caro, alzandosi per

mordicchiargli il labbro inferiore. "Uniamoci a loro. Ho già vissuto tutto questo due volte. Non mi va di stare a guardare. Inoltre vorrei una vera e propria presentazione al mio genero." Caro si accigliò. "È il termine giusto, vero?"

"Penso che dovremmo chiamarlo Issac. La parola genero è strana."

Lei annuì lentamente. "Sì, mi piace di più."

"Ti piacerà anche lui," intervenne Balthazar, intromettendosi in quella che avrebbe dovuto essere una conversazione privata. Tuttavia, poiché erano a pochi metri dal letto, B pensò che fosse giusto interferire.

Sethios avvolse il braccio intorno alle spalle di Caro e la condusse nel corridoio, verso la figlia pallida. Issac le accarezzava le guance, la voce bassa mentre diceva: "Starà bene, Aya. È forte. Sai che lo è."

"Ma non è una Seraphim purosangue. Se il parto la uccidesse?"

"Troveremo un modo per riportarla indietro," le promise Issac. "Anche se non penso che sarà necessario. È una sopravvissuta."

"Sono d'accordo. Starà bene," concordò Sethios. Se ne sarebbero assicurati tutti. "Sono più preoccupato che Skye abbia predetto la nascita della piccola e la risposta del Consiglio. Non possiamo tenerla qui a tempo indeterminato. Non con Osiris che tiene in mano le chiavi del posto."

"Dobbiamo anche discutere dei Destinati," aggiunse Caro. "Del fatto che pensiamo stiano lavorando in opposizione al Consiglio."

Sethios annuì. "L'Alto Consiglio di Seraph ha sempre creduto che la profezia riguardi te che annienti Osiris e i suoi abomini. Ma noi pensiamo che sia la loro arroganza a parlare e i Destinati non abbiano mai corretto la loro interpretazione."

Sethios le disse anche che Skye era una Seraphim, che l'avevano privata delle ali e le spiegò per quale motivo l'avevano fatto.

Caro continuò la conversazione descrivendo in dettaglio il momento in cui si era resa conto che i Destinati avevano fatto certe predizioni per avvantaggiarli. Come il suo essere nata con una capacità di guarigione che prendeva vita solo quando ne aveva più bisogno. I Destinati avevano probabilmente aiutato a nascondere le loro location, magari non prevedendo la runa sulla parte bassa della schiena di Astasiya.

"È tutto ipotetico, ma il commento di Skye suggerisce che siamo sulla strada giusta," concluse Sethios. "Il che significa che Osiris potrebbe avere ragione sul fatto che lavoriamo con lui."

"Quindi credi che il Consiglio sia peggio di lui," riassunse Astasiya.

"Penso che ci siano tanti tipi di male in questo mondo e che a volte dobbiamo allearci con i nostri nemici per abbattere la minaccia più grande," le rispose Sethios.

"Quindi gli Hydraiani dovranno lavorare con gli Ichoriani," affermò Issac. Si era spostato al fianco di Astasiya, il braccio avvolto liberamente intorno alla parte bassa della schiena di lei. Era un gesto che sembrava rivendicarla davanti a tutti, compreso il padre.

Un altro segno della fiducia in se stesso e del potere di Issac. Sethios avrebbe potuto far tacere l'uomo con un semplice comando, ma sospettava che Issac avrebbe reagito con la forza di tutte le proprie capacità. E Astasiya lo avrebbe aiutato.

Caro aveva ragione.

Non poteva uccidere Issac.

Ma non avrebbe nemmeno ammesso che gli piacesse.

"Mio padre ha incoraggiato una guerra tra tutti voi per testare le vostre capacità e rimuovere le stirpi di sangue deboli," disse Sethios. "Non me l'ha mai detto ad alta voce, ma so che era quella la sua intenzione. Si sta preparando per questa battaglia con i Seraphim da millenni. Ne è ossessionato."

"Anche se ne capisco la teoria, ha instillato una significativa sfiducia nel suo presunto esercito." Lo sguardo zaffiro di Issac brillò di intelligenza. "Gli Hydraiani non staranno mai fianco a fianco con gli Ichoriani che hanno tentato di massacrarli. Proprio come gli Ichoriani sono stati educati a odiare la loro prole, per essere più potenti e immuni all'esigenza di bere il sangue."

"Dai loro un nemico comune e potrebbero combattere insieme," osservò Caro. "I Seraphim vogliono distruggerli tutti. Non importa se siano Ichoriani o Hydraiani... Per il Consiglio, sono tutti abomini che devono essere annientati."

"Come combattiamo un esercito che non può morire?" chiese Astasiya. "Anche se gli Ichoriani e gli Hydraiani lavorassero insieme, sarebbe inutile se i Seraphim sopravvivessero all'attacco."

"Penso che sia qui che entri in gioco tu, tesoro," mormorò Issac. "La profezia."

"*Un potere sconosciuto sta emergendo. Lei possederà la forza e la volontà per distruggerci tutti, a meno che non vengano messe in atto misure per tenere a bada le sue inclinazioni.*" Caro pronunciò le famigerate parole a bassa voce, ripetendole a tutti. Non l'avevano mai sentita dalla bocca di Skye, ma Gabriel gliel'aveva confidata anni prima. La profezia era stata radicata per sempre nelle loro menti e nei loro cuori.

"Le misure che abbiamo messo in atto erano per assicurarci che tu apprezzassi l'umanità. Ma questo non significa che il potere dentro di te abbia sofferto. Suggerisce solo che lo userai in modo appropriato." Il che, supponeva Sethios, significava che Stas avrebbe diretto i propri talenti verso il nemico giusto e non quello sbagliato.

Naturalmente, ciò richiedeva loro di determinare chi fossero destinati a combattere: Osiris e i suoi servi, oppure i Seraphim.

"Credi che Astasiya abbia il potere di distruggere un Seraphim," disse Issac.

"Sì." Sethios guardò la figlia. "Sei una discendente del Seraphim della risurrezione, il che, come già sai, significa che puoi controllare e creare la vita. Caro discende da una stirpe di messaggeri con capacità di guarigione e occultamento. Non siamo sicuri di come quegli indicatori si siano combinati dentro di te, ma i Destinati hanno assicurato la tua creazione per un motivo."

Caro annuì. "Ho sempre creduto che il Consiglio mi avesse mandato da Osiris con quell'editto perché sapevano che avrei incontrato Sethios e così ti avrei creata. Hanno solo frainteso il tuo scopo."

"Tutto questo ha senso solo se i Destinati non fossero più alleati del Consiglio," aggiunse Sethios. "Quindi è solo una teoria. Ma sembra giusta."

"Sì," concordò Caro. "È vero."

Astasiya fece un respiro profondo, si appoggiò pesantemente a Issac mentre lui la sorreggeva con facilità. "È molto da processare." La voce della bionda conteneva una briciola di stanchezza.

Nessuno di loro aveva dormito molto nei giorni precedenti. Tutto quel viaggiare aveva davvero stravolto il senso del tempo di Sethios, non che avesse importanza. Erano sull'orlo di una guerra soprannaturale.

"Se succederà, la nostra esistenza diventerà nota agli umani," dichiarò Issac. "E visto che il FAC è stato distrutto, verranno fuori nuove agenzie militari per colmare quel vuoto. Perché si può presumere che almeno alcuni funzionari governativi siano già a conoscenza di noi, attraverso i precedenti contatti di Jonathan. Il che significa che in questa equazione devono essere presi in considerazione anche i mortali. Sono fragili e hanno la propensione ad agire in misura preventiva."

Attraverso il legame con Caro, Sethios riuscì a percepire l'approvazione della donna. *Lui mi piace davvero*, Caro informò Sethios mentalmente.

Sì, sì, le borbottò indietro lui.

La sentì sorridere, ma le labbra della donna non si mossero finché non iniziò a parlare. "I Seraphim hanno sempre visto gli umani come un esperimento un po' troppo osannato. Discendono dalle nostre stirpi familiari, ecco perché quelli di voi che sono rinati attraverso l'influenza di Osiris hanno abilità uniche. Si ricollegano tutte alle stirpi familiari dei Seraphim."

Astasiya inarcò le sopracciglia bionde. "Quindi gli umani sono discendenti degli angeli?"

"Non esattamente." Prima di rispondere, Caro cadde in un silenzio contemplativo per un momento. "Si sono evoluti nel corso di millenni di cicli naturali sulla Terra, ma i Seraphim hanno assistito all'evoluzione. Non sono sicura di come sia andata tutta la storia, non è la mia specialità, all'epoca non ero ancora nata. Tuttavia, so che in qualche modo gli antichi hanno aiutato, attraverso le stirpi di sangue."

"Non è quello che mi è stato insegnato a scuola," rispose Astasiya.

Caro impallidì. "Insegnano nozioni sui Seraphim, a scuola?" Guardò Sethios. "Sanno della nostra esistenza, ora?"

"Credo che nostra figlia fosse sarcastica," le rispose Sethios.

Caro sbatté le palpebre. "Oh. Sì. Giusto." Scosse la testa. "Il sarcasmo non è... il mio forte."

Sethios le baciò una tempia e la strinse in un mezzo abbraccio. "I Seraphim non capiscono l'umorismo." *O il piacere*, aggiunse Sethios nella mente.

Lei gli diede una gomitata. *Ho imparato a esprimere le mie emozioni.* La voce mentale della donna aveva un sottotono letale.

È vero, le diede ragione lui, rifletté su tutte le emozioni che il suo angelo aveva trasudato poco prima. *Hai ancora il coltello di Ezekiel?*

Intendi il mio coltello? Sì. Sì.

Bene, le mormorò di nuovo. *Ne avremo bisogno, più tardi.* Poi, ad alta voce, disse: "Sono d'accordo con la valutazione di Issac che gli umani saranno presto coinvolti. È inevitabile. Aggiungeranno un tocco imprevedibile alla guerra. Molti di loro moriranno." Una valutazione cruda, ma vera.

"C'è un modo per evitarla?" Astasiya appariva ancora più esausta di quanto non fosse poco prima. "La guerra, intendo. Dobbiamo combattere i Seraphim?"

Sethios alzò una spalla. "È ancora da vedere. Non siamo nemmeno sicuri che siano loro, quelli contro cui dovremo combattere."

"Skye ha detto che avrebbero voluto uccidere Elizabeth, ma non hanno attaccato Hydria," fece notare Issac. "Forse perché è arrivato prima Osiris. Tuttavia, a questo punto sono tutte speculazioni."

"Sono d'accordo," rispose Sethios. "Dobbiamo superare l'ostacolo nell'altra stanza e capire come aiutare Elizabeth a nascondersi sia da mio padre che dai

Seraphim. Dopodiché potremo concentrarci sulla potenziale battaglia."

"E sulla richiesta di Osiris di addestrarmi," aggiunse Astasiya in tono burbero. "Finora la sua idea di allenamento non mi è piaciuta particolarmente. Sono abbastanza sicura di non essere interessata a saperne di più."

Sethios ridacchiò. "Fidati, lo capisco meglio di chiunque altro tu possa mai conoscere." Aveva passato migliaia di anni sotto la tutela del padre. Sebbene molte delle prove fossero di natura pratica, nessuna di esse era stata facile o piacevole da sopportare.

"Dovremmo…"

Un grido di agonia proveniente dalla camera da letto interruppe le parole di Caro e fece voltare tutti verso la porta. Astasiya fu la prima a muoversi, il suono proveniva dalla migliore amica.

Si precipitò verso il trambusto per poi bloccarsi sulla soglia alla vista davanti a lei.

Sethios le stava dietro, gli occhi posati sul sangue e le facce a lutto nella stanza.

Oh, merda…

LEELA

La bambina non respirava.

Leela cercò di calmare tutti per potersi concentrare, ma gli altri erano troppo emotivamente carichi per ascoltare.

Solo Balthazar sembrava in grado di capirla. Le iridi color cioccolato di lui incontrarono le sue, poi B abbassò il mento a conferma che sarebbe riuscito a controllare la situazione mentre lei lavorava. Non aveva nemmeno bisogno di dirgli nulla. Lui la capiva e basta, un dettaglio che Leela avrebbe dovuto valutare più a fondo in seguito. Il modo in cui riusciva a leggerla la spaventava, oltre a quanto era accaduto sin dal momento in cui era entrata di nuovo in contatto fisico con lui.

Lui lo sa, pensò Leela per la millesima volta. *Ma com'è possibile?*

Vera gli aveva alterato i ricordi del loro periodo in Brasile.

Non avrebbe dovuto *saperlo*.

Tuttavia B continuava ad avere comportamenti che insinuavano il contrario.

Come chiamarla *Lee* e offrirle lo stesso drink che avevano condiviso sulla spiaggia a Rio de Janeiro.

La donna si scosse mentalmente e fissò la neonata immobile che aveva tra le braccia. *Io e te faremo una chiacchierata, piccola,* pensò Leela in direzione della bambina. *A cominciare da come non spaventare i tuoi genitori.*

I bambini Seraphim non piangevano mai.

Di solito nascevano consapevoli e del tutto intelligenti, per questo erano contrassegnati come soprannaturali e unici rispetto agli umani. Tuttavia, Lizzie non era una Seraphim normale. Era stata creata in un laboratorio usando una tecnologia e una genetica che nessuno di loro aveva capito o a cui aveva accesso.

Inoltre Lizzie aveva partorito ben dopo la data di scadenza prevista, il che provava il punto. La maggior parte dei Seraphim entrava in travaglio intorno alla settima oppure ottava settimana. Ma non Lizzie. Il che suggeriva che la genetica mortale avesse influenzato il periodo della gestazione.

Leela cullò la bambina silenziosa, il potere della fertilità si accese per fornire alla piccola i nutrienti di cui aveva bisogno per tornare da loro.

Le anime Seraphim non potevano morire, solo il corpo ne era in grado.

Quella forma minuscola aveva resistito un bel po', nel suo viaggio verso il mondo.

Andiamo, tesoro, tubò Leela alla mente della piccola. *Sei quasi del tutto guarita. È ora che il tuo spirito torni.*

Il tempo sembrava scorrere lentamente, gli altri nella stanza si angosciavano sempre di più ogni secondo che passava. Soprattutto perché cercavano di calmare la madre, terrorizzata sul letto. Jayson era ancora perso sotto il controllo emotivo di Balthazar. Lizzie era fuori di sé per l'orrore di aver perso la loro bambina.

"Starà bene," stava dicendo Balthazar. "Leela è fiduciosa, il che rende fiducioso anche me."

Una tenera lode, ma ancora una volta preoccupante.

B non avrebbe dovuto avere alcuna fiducia in lei.

Si conoscevano a malapena. Perlomeno nella mente di lui.

Lizzie rispose in modo incomprensibile, la dichiarazione persa tra i respiri mentre combatteva un'altra ondata di lacrime.

"È successo anche a me?" chiese piano Astasiya.

"No," mormorò Sethios. "Ma la tua situazione era diversa."

"Le anime dei Seraphim non possono perire," la informò Caro. "Il corpo sì, ma si rigenererà."

Era esattamente quello che Leela aveva cercato di dire loro all'inizio. Fortunatamente, sembravano dare ascolto a Caro.

I respiri di Lizzie si stavano regolarizzando e Jayson le sussurrò parole di incoraggiamento all'orecchio. Forse era ancora il risultato del controllo emotivo di Balthazar, oppure aveva finalmente riacquistato sensi a sufficienza per fare il proprio dovere. Indipendentemente da ciò, Leela era grata perché ciò le dava la pace e la tranquillità di cui aveva bisogno per nutrire la bimba.

Chiuse gli occhi, la mente alla ricerca dell'anima errante della neonata tra le braccia. *Smettila di esplorare, piccola,* la rimproverò mentalmente. *È ora che tu conosca i tuoi genitori in uno stato corporeo.*

I bambini Seraphim nascevano con un'intelligenza diversa da quelli umani. Erano già consapevoli e comprendevano aspetti del mondo che molti mortali non imparavano fino a quando non erano adolescenti o ventenni. Aiutava a facilitare la transizione di energia alla nascita, che nel caso di Lizzie e la figlia doveva ancora avvenire.

Tuttavia, il piccolo tesoro avrebbe dovuto essere nel proprio corpo per far sì che accadesse.

Andiamo, piccolina, le sussurrò piano. *Ti sento vicina. Trova te stessa e mostrami quei begli occhi marroni.* Li aveva visti una volta, all'inizio, la paura dentro di essi per poco non le aveva spezzato il cuore. La povera piccola anima aveva sentito il proprio corpo deteriorarsi ed era fuggita di conseguenza. Ma da allora era stata rimessa insieme quasi del tutto, confermando il suo diritto di nascita Seraphim.

Passarono alcuni minuti, che sembravano interminabili.

Quando sentì il battito del piccolo cuore riemergere, Leela emise un sospiro di sollievo. *Eccoti qui,* sussurrò affettuosamente. *Mostrami quegli occhi, dolcezza.*

La bambina non riusciva davvero a sentire le parole mentali di Leela, ma avrebbe percepito il calore e il conforto nella sua essenza. Era una Seraphim della fertilità, il che significava che era specializzata in nascita e fecondazione. Ciò la faceva eccellere anche nell'arte del sesso, simile alla leggendaria succube. Tuttavia, Leela non aveva bisogno di gratificazione per sopravvivere: le piaceva e basta.

Da dietro di lei si levò una risatina, la mano di Balthazar le trovò un fianco, poi l'uomo le premette le labbra sull'orecchio. "Una volta finito, tu e io ci faremo una lunga chiacchierata, Lee," la informò, le parole sussurrate e destinate solo alle orecchie di lei. "Come sta?" chiese Balthazar con tono più forte, nascondendo la dichiarazione precedente sotto una maschera di curiosità generale.

Leela rabbrividì e si chiese se avrebbe potuto fingere di

non aver sentito quanto detto dall'Hydraiano. Un morso al lobo dell'orecchio le disse che sarebbe stato impossibile.

Solo Balthazar poteva trasformare un momento tanto cruento in qualcosa di sensuale. Leela era ricoperta di sangue e altri fluidi inenarrabili, ma lui in qualche modo la faceva sentire pulita, reale e potente.

Lei scosse la testa e lo guardò, poi gli fece cadere la mano dal fianco.

B incontrò il suo sguardo per un breve momento, un accenno di sapere in agguato nelle iridi scure. Poi abbassò lo sguardo sul fagotto che Leela aveva tra le braccia e gli si arricciarono le labbra alla vista dei due grandi e bellissimi occhi che lo fissavano.

"Beh, ciao, piccola LJ," le sussurrò. "Vedo che hai gli occhi di tua madre."

La bambina sbatté le palpebre.

Lui le premette un dito sul naso. "Questo è tutto Jay," la informò dolcemente. "Ma gli zigomi sono sicuramente di Lizzie." Gli comparvero delle fossette sulle guance. "Sei splendida, piccolina."

Negli occhi della bambina s'intravide della comprensione, poi prese a muovere le labbra come per succhiare qualcosa. Leela ridacchiò. "Sì, sì. Hai bisogno di legare." Alzò di nuovo lo sguardo su Balthazar prima di scansarlo e andare verso i genitori della bambina, in attesa sul letto.

Quando Leela si avvicinò con la piccola, Lizzie spalancò gli occhi luccicanti a causa di ulteriori lacrime. Tuttavia quelle erano felici, non tristi. "È viva!"

"Te l'ho detto, aveva solo bisogno di guarire un po'," le disse Leela dolcemente. "Ma sì, è più che viva e anche una sopravvissuta, secondo me." Sorrise affettuosamente alla piccola, che mimò un altro movimento di suzione con le labbra. "È anche impaziente. Avete fatto lo scambio di energia durante il parto, ma lei ha bisogno di averne ancora un po'."

"Come faccio?" chiese Lizzie.

"Ti guiderà lei," la rassicurò Leela. "Puoi aiutare Lizzie a sedersi un po' più dritta? Aiuterà con il processo." La domanda era per Jayson, che si spostò prontamente sul letto per sistemare i cuscini e dare a Elizabeth lo spazio di cui aveva bisogno per nutrire adeguatamente la figlia.

Il corpo di Lizzie stava già guarendo. Entro un'ora o due, sarebbe tornata alla consuetudine. Supponendo che si fosse rimessa in sesto come una Seraphim normale. Eppure il suo periodo gestazionale era stato un po' prolungato, quindi forse avrebbe avuto bisogno di più tempo anche allora.

Indipendentemente da ciò, si sarebbe ripresa rapidamente.

Legare con la sua piccola sarebbe stato d'aiuto.

Appena si posizionarono sul letto, Leela si fece avanti e adagiò lentamente la bambina tra braccia in attesa di Lizzie. Se il sangue la disturbava, non lo mostrò.

"Oh, è così bella," commentò Lizzie in adorazione.

"Assomiglia proprio alla madre," rispose Jayson, gli occhi a forma di cuoricino mentre fissava la piccola.

Leela si allontanò con l'intenzione di regalare loro qualche momento di pace. Tuttavia Balthazar era proprio lì dietro, il corpo caldo cullò quello di lei e le sue mani ritrovarono i fianchi della donna.

Leela rabbrividì al tocco intimo. Era sempre stato un tipo audace, ma quella sembrava più una rivendicazione. Come se Balthazar sapesse di avere il diritto di toccarla in quel modo, un diritto che si fondava sul loro passato e sull'affetto reciproco.

Sono in un mare di guai, pensò lei.

"Sì, lo sei," rispose lui ad alta voce, Leela si immobilizzò.

L'ho detto ad alta voce? O mi ha appena letto nel pensiero? Fu allora che capì cosa le era sfuggito durante la raffica di attività di prima. *La runa.* Vera gliel'aveva disegnata per facilitare la guarigione, ma aveva permesso a tutti i doni Hydraiani di funzionare su di lei. Ciò significava che...

"So tutto," sussurrò lui, con le braccia intorno alla vita mentre le posava la testa sulla spalla, poi guardò Lizzie e Jayson che osservavano la loro bambina. "Parleremo più tardi, Lee. Per ora, ammiriamo la vita che abbiamo contribuito a far venire al mondo."

Stas e Issac erano in piedi accanto al letto sul lato opposto, entrambi presi dalla piccola. Sethios e Caro erano di fianco a loro, concentrati sulla propria figlia, un'ondata di ricordi nuotava nei loro sguardi.

Venticinque anni prima avevano messo al mondo Stas. Ormai era cresciuta e aveva un compagno tutto suo. Leela immaginò che fossero al contempo contenti e feriti. Si erano persi così tanto della sua vita. Ma poi si erano riuniti per godersi il futuro insieme. Qualunque cosa potesse portare.

Leela non voleva pensarci in quel momento, quindi seguì il suggerimento di Balthazar e ammirò il piccolo essere tra le braccia di Lizzie.

I due nuovi genitori si scambiarono uno sguardo, l'espressione di Lizzie quasi sognante per lo scambio di energia che la figlia aveva avviato. Stavano legando come un'unità, l'energia di Jayson in aggiunta nel miscuglio per aiutare a potenziare la forza della loro bambina.

Una nuova famiglia felice, piena di amore e affetto, nata in tempo di guerra.

Tuttavia, quella bambina sarebbe stata più protetta di

qualsiasi altra prima di lei. Aveva gli Anziani Hydraiani e Issac come zii, Stas come zia e Leela come angelo custode.

Non era stato intenzionale, eppure Leela aveva legato con la piccola a modo suo, mentre aveva persuaso l'anima a tornare alla sua vera casa.

Il che significava che la Seraphim si fosse in qualche modo legata al piccolo spirito.

Non avrebbe mai rimosso quel legame.

Sarebbe rimasto per sempre tra loro, simile a come Gabriel aveva promesso fedeltà a Stas. Anche se non era proprio la stessa cosa.

"Come pensate di chiamarla?" chiese Stas a bassa voce.

Lizzie sorrise. "Aidyn Lee," le rispose lei. "Aidan ci ha salvati entrambi. È giusto che porti il suo nome, in memoria del suo sacrificio. E Lee, per Leela, per essersi assicurata che tutti sopravvivessimo."

Alle sue parole seguì il silenzio, le emozioni dietro il significato dei nomi si insinuarono in tutti i loro cuori.

Quello di Leela sembrò smettere di battere, era scioccata di essere stata onorata in quel modo. "Nessuno aveva mai dato il mio nome a un bambino," sussurrò.

"Allora sono felice che la nostra sia la prima," mormorò Lizzie, sorridendo alla loro figlia.

Aidyn Lee.

"È un nome adatto," disse Balthazar. "Aidan ne sarebbe onorato."

"È vero," concordò Issac, con un tono un po' più burbero del solito. "Grazie per aver onorato la sua memoria."

"Senza di lui non saremmo stati qui," rispose Lizzie con voce morbida. "È il modo migliore per ricordarlo. È anche un nome forte che si addice al nostro miracolo. La nostra piccola Aidyn."

Calò dell'altro silenzio, le emozioni nella stanza si erano fatte pesanti.

Issac fu il primo a schiarirsi la voce, poi annuì e se ne andò. Stas lo seguì fuori, la mano di lei contro la parte bassa della schiena gli offriva conforto.

Sethios e Caro furono i successivi ad andarsene.

Poi Leela disse: "Chiamate se avete bisogno di qualcosa."

"Lo faremo," rispose Lizzie, concentrandosi interamente sulla piccola.

Leela fece per andarsene, ma le braccia di Balthazar erano immobili. La Seraphim si schiarì la gola.

"Non saremo lontani," disse Balthazar, le parole erano rivolte a Jay. "Sai come attirare la mia attenzione."

"Grazie per avermi calmato," rispose Jay.

Leela sentì Balthazar annuire accanto alla testa. Poi le braccia la lasciarono andare, B la prese per mano e la tirò fuori dalla stanza. Leela non disse nulla, lo seguì diligentemente mentre conduceva entrambi in un'altra camera da letto a poche porte di distanza.

Le venne improvvisamente in mente che avrebbe potuto nebulizzarsi, ma uno sguardo di Balthazar le fece scacciare il pensiero.

B li sequestrò all'interno di una stanza con un balcone con vista sull'oceano, mobili bianchi e un grande letto con lenzuola blu e una trapunta navy sulla parte superiore. Invece di condurla nella direzione del materasso, la portò nel bagno elegantemente arredato. "Spogliati", le disse.

"Non puoi intimidirmi", lo informò lei, obbedendo al comando per sfida, più che per sottomissione. La nudità non le dava fastidio. Aveva un corpo stupendo e sapeva come usarlo per sottomettere un uomo.

"Non voglio intimidirti. Voglio prendermi cura di te e dimostrarti la mia gratitudine per quello che hai fatto per il mio migliore amico. Poi prenderò in considerazione l'idea di scoparti. E più tardi parleremo. A meno che tu non voglia che Vera cambi di nuovo idea?"

Leela lo fissò. "Non ho bisogno che ti prenda cura di me."

"Lo so, ma lo farò comunque."

"E non c'è proprio niente da prendere in considerazione, quando si tratta di scoparmi," aggiunse, ignorando la risposta di lui. "Se voglio scopare, scoperemo."

Balthazar sorrise. "Posso farti implorare."

"Puoi provarci".

"Oh, Leela," le disse lui, poi le invase lo spazio personale e diede un calcio ai vestiti insanguinati. "Ti farò strisciare, piccola."

"Non succederà mai." Le parole che Leela pronunciò ad alta voce non corrispondevano a quelle nella sua testa, che dicevano più o meno... *Sì, per favore*. Il bastardo riuscì a sentirle a causa della runa alterata.

Leela capì solo allora che Vera sapeva cosa sarebbe successo una volta alterato il segno. Proprio come non aveva distorto la mente di Balthazar nel modo in cui Leela le aveva chiesto di fare.

L'Hydraiano sorrise malizioso. "Pensi che ciò che è successo in Brasile sia il meglio che potessi fare? Quella era solo un'introduzione. Quando avremo finito, non saprai nemmeno come muoverti senza sentirmi tra le cosce."

Il corpo di lei si surriscaldò alla promessa che sottolineava quelle parole. "Fammi vedere."

"Lo farò," giurò lui. "Dopo che ti avrò fatta strisciare."

Lei ridacchiò. "Allora sono solo chiacchiere, *tesoro*, perché non striscerò mai per te."

Lui sorrise, le labbra sfiorarono quelle della Seraphim

in una mossa sensualmente audace che le fece infuocare le vene. "Grazie, Leela."

Lei si acciglió. "Per cosa?"

"Per avermi fornito una nuova sfida," le rispose dolcemente. "Ora porta il tuo bel culetto sotto la doccia. Ti raggiungo tra un attimo. Vedremo quanto durerà la tua determinazione."

CARO

Sethios aveva addosso un asciugamano, era in piedi sul balcone della loro camera da letto temporanea e stava guardando le stelle sopra la sua testa.

Caro lo raggiunse, indossava la vestaglia che lui aveva messo per lei in bagno. Avevano fatto la doccia in silenzio, baciandosi spesso e parlando l'uno alla mente dell'altra, ma senza fare nient'altro che esistere insieme ancora una volta.

Caro gli mise le mani intorno alla vita nuda e gli premette il naso nella spalla, stringendolo a sé.

Era una bella sensazione. Calda, giusta.

Il pacifico infrangersi delle onde sul litorale sottostante somigliava alla calma prima della tempesta. Caro rabbrividì al pensiero del futuro, il potenziale di devastazione e guerra.

"Gabriel è ancora a Hydria," disse Sethios piano. "Ezekiel è rimasto con Skye per il momento, ma continuerà a comunicare tramite il telefono che ha lasciato sul comodino."

"Ezekiel era qui?"

"Sì, è passato per due chiacchiere mentre tu eri in doccia," Sethios poggiò le braccia sopra quelle di lei e le sfiorò la pelle con la punta delle dita. "Proverà a carpire maggiori informazioni sui Destinati da Skye, ma non sembrava sicuro di riuscirci."

Caro sospirò contro di lui. "Spiegare il futuro non è nella natura di Skye, solo predirlo."

"Ci serve che sia un po' più descrittiva."

"Sì, ma questo non vuol dire che ne sia capace," gli rispose Caro, poi si spostò di lato per guardarlo in faccia.

Sethios la cinse sulla parte bassa della schiena, le toccò la fronte con la propria e rimasero così abbracciati in un silenzio tranquillo. Caro capiva il bisogno di lui, era simile al proprio, ai loro corpi era mancato il conforto dell'altro per troppo tempo.

Rimasero in piedi a lungo, senza spiccicare una sola parola, ma attraversati da abbastanza emozione da coprire anche il più rumoroso degli eventi.

Sethios trovò le labbra di Caro e le baciò in quel modo che le faceva tremare le gambe. Lui la tenne dritta, quella lingua era una benedizione per la bocca di lei, le infuocava l'intero essere.

Gli gettò le braccia al collo, si aggrappò a lui, i loro corpi si unirono in una maniera che avrebbe fatto invidia alle loro anime.

Ogni colpo di lingua ancorava maggiormente Caro al presente, l'esperienza della riabilitazione si rimpiccioliva nei ricordi che Sethios le evocava nella mente. Gli anni persi tra loro non significavano nulla. Avevano il presente, il futuro. Avevano loro figlia.

Era tutto ciò che importava, per Caro. Percepì Sethios concordare tramite il legame. La sollevò in aria, la portò di nuovo in camera e l'adagiò sul letto.

Le gambe di Caro si spalancarono per lui, consapevoli delle intenzioni dell'uomo.

Lui le aprì la vestaglia e si tolse l'asciugamano gettandolo a terra, poi le baciò un sentiero lungo il corpo, fino al punto più dolce tra le cosce. Sethios continuò quell'attacco sensuale con la lingua, la leccò e la massaggiò e Caro vide il paradiso a ogni carezza.

Aveva lasciato il coltello in bagno, insieme ai vestiti, ma non aveva importanza. Non gli serviva, non sempre il sesso richiedeva dolore. Avevano bisogno solo l'uno dell'altro.

Sethios le mordicchiò il clitoride e Caro si inarcò contro di lui, poi gli mise le dita tra i capelli scuri e folti. *Di più,* gemette nella mente di lui.

Sethios non si trattenne e non si negò, le diede esattamente ciò che desiderava succhiandole il bocciolo e penetrandola con due dita. Caro venne in pochi secondi, affamata di lui dopo aver passato tanto tempo senza un contatto costante.

"Adoro il tuo sapore, angelo," le sussurrò contro la pelle liscia prima di risalirle il corpo ancora una volta. Le entrò dentro senza avvertirla, la spinta la fece quasi urlare contro la bocca di lui mentre Sethios le catturò le labbra in un bacio passionale.

Caro si contorse per lui.

Urlò per lui.

Gli diede tutto.

Si nebulizzò *con* lui.

Fu erotico e bellissimo, Sethios la morse mandandola oltre il limite ancora una volta. Lei ricambiò il morso, gli affondò i denti nel collo e lo costrinse a raggiungere il climax in profondità dentro di lei.

Sethios ringhiò.

Caro ricambiò.

L'accoppiamento divenne improvvisamente feroce, i

loro corpi ultra carichi e pronti a rimediare agli anni persi.

Sethios si spinse dentro di lei con forza, Caro lo combatté con le cosce, lo strinse e gli premette le caviglie sul sedere per incoraggiarlo a fare di più.

La Seraphim si arrese all'esperienza, gli permise di consumarla a ogni pensiero e respiro.

Sethios mormorò il nome di lei come in una preghiera, Caro ricambiò.

Erano assorti l'uno nell'altra e caddero nella beatitudine della loro momentanea tranquillità. La loro vita era stata in costante movimento, avevano sempre corso, si erano nascosti, preparati. Sapevano come usare un momento di pace a loro vantaggio, ed era esattamente ciò che avevano fatto in quel momento.

Lei si crogiolò in lui, Sethios fece lo stesso.

Fino a quando non furono un groviglio di membra e respiri pesanti, sudati tanto da aver bisogno di un'altra doccia, ma nessuno dei due era in grado di muoversi.

Caro quasi rise.

Tuttavia, non ci riuscì. Serviva troppa energia.

"Penso che tu mi abbia uccisa."

"È un bel modo di morire," le rispose Sethios, senza fiato tanto quanto lei.

Caro ridacchiò in risposta, il suono era stranamente liberatorio.

Sethios si voltò su un lato per averla di fronte, i due condividevano lo stesso cuscino. Avevano appena fatto l'amore fino allo svenimento per quelle che erano sembrate ore, eppure non era ancora abbastanza.

Sethios le mise una mano su un fianco. "Stai di nuovo ridendo di me? Non avevo idea di essere così divertente," disse serio.

Lei lo baciò e lui rispose facendola rotolare sulla schiena e sollevandosi sui gomiti ai lati della testa di Caro.

L'energia gli accarezzò le pelle, il peso delle abilità Seraphim sembrò riverberarsi su di lui.

"Lo senti?" le chiese.

"Sì. Credo che il nostro legame intensificato sia ciò che ha rafforzato la tua genetica Seraphim. Ecco perché puoi nebulizzarti, ora." Caro adorava quel dettaglio. Sethios aveva delle bellissime ali blu dalle punte nere. "Fammi vedere le tue piume."

Sethios obbedì, accese la propria forma eterea con un solo pensiero. "Nostra figlia ha impiegato una settimana per imparare, a me viene molto naturale."

"Probabilmente perché le tue ali sono sempre state lì, anche se soppresse, era solo che non sapevi come accedervi. Quelle di Astasiya avevano bisogno di crescere."

"Immagino che anche le mie siano cresciute in questi venticinque anni."

"Forse," gli rispose lei pensandoci su. "Non sono sicura di sapere come funzioni. Dopotutto, sei un abominio."

Sethios ridacchiò. "Sono il tuo abominio."

"È vero," concordò lei, poi sorrise. "Mmmh, mi chiedo se la mia riabilitazione abbia avuto qualche effetto sulla tua ascensione a Seraphim."

"Oppure è stato mio padre," ribatté lui. "Ha detto che non sarebbe stato utile tenermi ancorato a terra e incapace di volare, ma lui non è esattamente una fonte affidabile."

"Sì." Caro ci pensò ancora, poi aggiunse: "A ogni modo, il nostro legame sembra più pieno ora, come se con la nostra riunione avessimo completato qualcosa."

"Lo percepisco anche io," le sussurrò lui, poi la baciò. "Mi sento vivo."

"Anche io." Caro ricambiò il bacio e si lasciò andare alle sensazioni del tocco di lui. "Ti amo, Sethios."

"Ti amo anche io, angelo." Le infilò la lingua in bocca e la ipnotizzò di nuovo con quel potente tocco. Caro sospirò sotto di lui, contenta di rimanere lì per sempre. Tuttavia, sapevano che avevano un futuro da affrontare. Un destino oscuro, caratterizzato dalla guerra, dalla violenza e dal sangue.

La loro figlia era la chiave di tutto quanto.

Caro non aveva ancora capito cosa volesse dire.

L'avrebbero affrontato insieme, come una famiglia. Un'unità potente. Seraphim rinati con uno scopo rinnovato.

"Penso fosse questo che avevano in mente i Destinati," sussurrò Caro dando voce ai propri pensieri. "Volevano che Astasiya conoscesse l'umanità perché sapevano che avrebbe influito sulle sue capacità decisionali. Invece di uccidere tutti, penserà a ogni mossa con compassione, una qualità che al Consiglio manca. Tutti seguono una logica pratica per le decisioni, lei segue il proprio cuore."

Era ovvio per Caro. La figlia era leale ai propri amici e alla famiglia, non aveva uno scopo cieco legato al Consiglio di anziani. Astasiya faceva sempre ciò che era più giusto per coloro a cui voleva bene, il Consiglio non l'avrebbe mai capito.

"Li distruggerà scardinando il sistema," continuò Caro. "Gli farà vedere cos'è il ragionamento dettato dalle emozioni. Loro non sapranno come combatterlo."

Sethios le mise una mano sulla guancia, gli brillavano gli occhi di sapere. "Credo che tu possa avere ragione, angelo."

"Ma tu pensi ci sia altro, sotto."

"Secondo me lei sta cominciando adesso a capire il proprio potere, motivo per cui mio padre vuole addestrarla. Lui sa qualcosa riguardo le abilità di Stas, o il loro potenziale, che non ci sta dicendo."

"Perché vuole usarla," disse Caro.

"Sì."

"E tu pensi che dovremmo permetterglielo," aggiunse lei non appena scorse la strategia prendere forma sui lineamenti di Sethios.

"Penso che dovremmo prenderlo in considerazione e chiedere ad Astasiya cosa vuole fare. Sarebbe un rischio, ma potrebbe darci il vantaggio che ci è mancato fin dall'inizio."

"Un tentativo di essere un passo avanti a Osiris," commentò Caro.

"Ci farebbe comodo," replicò Sethios. "Ma lei dovrà essere d'accordo."

Caro annuì, concorde. Tuttavia, sapeva già cosa avrebbe risposto la piccola guerriera. "Correrà il rischio."

"Lo so."

Caro sorrise. "Mi somiglia molto, non è vero?"

"Sì, moltissimo," mormorò Sethios. "Abbiamo fatto la scelta giusta, Caro."

"Lo so."

Lo sguardo di Sethios si fece serio. "Non me ne pento."

"Nemmeno io." Caro gli accarezzò una guancia. "Stas non ha reso vani i nostri sacrifici."

"Già," sussurrò lui facendo sfregare i loro nasi. "Non rende vano nulla, e anche tu, angelo. Rifarei tutto uguale, solo per vivere questo momento."

"Anche io," gli rispose lei con tono altrettanto lieve. "Baciami, Sethios."

"Per sempre," le giurò lui, poi le catturò le labbra e sigillò la promessa con la lingua.

Caro sentì il cuore scaldarsi, l'anima si godette il loro abbraccio.

Finalmente era a casa.

Con il suo amore.

Il suo Sethios.

Per l'eternità.

Epilogo: Vera

VERA SI NASCOSE TRA LE OMBRE FUORI DALL'ANFITEATRO, le ali ripiegate sulla schiena. Era il posto che preferiva per spiare la gente, nessuno l'aveva mai notata lì, incastrata tra due pilastri di roccia decorativa.

Grazie alle interferenze di Mateo, le telecamere di sicurezza erano puntate in angolazioni diverse. Vera gli mandò un messaggio rivelandogli la propria posizione.

Roger, rispose lui.

Vera si trovava lì solo per ascoltare il verdetto su Elizabeth e la figlioletta.

Osiris l'aveva presa giusto in tempo, rapita e sequestrata nella proprietà che aveva fatto costruire per quel motivo specifico. Tuttavia, a quel punto Hydria era rimasta scoperta e vulnerabile, il che non era accettabile.

Mateo era rimasto sull'isola, anche se ciò gli aveva fatto saltare la copertura. Aveva messo le vite di tutti gli abitanti di Hydria prima della propria, un gesto ammirabile che Vera capiva molto bene.

Lei si metteva spesso a repentaglio.

Proprio come in quel momento, mentre aspettava il verdetto.

Se la Seraphim avesse segnalato un attacco futuro, Mateo avrebbe consegnato un messaggio a Lucian e accettato la punizione di aver giurato fedeltà a Osiris. Ciò avrebbe fatto sì che gli altri venissero a conoscenza anche delle ulteriori attività della donna, ma l'avrebbero scoperto comunque, di lì a poco tempo.

Attaccare Osiris, quel giorno, gliel'aveva presentato sotto una nuova luce e l'aveva fatta riflettere.

Aveva assistito ai ricordi di ciò che il Consiglio gli aveva davvero causato.

Un evento vile, orribile che le aveva mozzato il fiato e l'aveva costretta a tornare da lui, dopo essersi assicurata che tutti a casa di Gabriel fossero al sicuro.

"Devo saperlo," gli aveva detto. "Mostramelo di nuovo."

Lui l'aveva studiata a lungo per un momento, gli occhi verdi pieni di rabbia. "Se mi alteri di nuovo la mente, ti aggiungerò alla collezione che ho di sotto."

Vera sapeva di cosa stesse parlando, gli immortali che teneva prigionieri in condizioni ben peggiori della morte.

Eppure aveva corso il rischio e aveva accettato le condizioni dell'uomo.

Poi aveva rivissuto il ricordo in ogni dettaglio straziante.

Una volta finito, era rimasta in lacrime in ginocchio, mentre lui la guardava dall'alto con espressione stoica. "Ora lo sai."

Non ci sarebbe stato verso di fabbricare un ricordo del genere. Anche in quell'istante, pensarci le fece venire un brivido lungo la schiena. Era successo tra le mura di quel colosseo.

Vera poteva non essere d'accordo con Osiris sulla

propensione alla crudeltà o i metodi impiegati, ma rispettava il fatto che volesse annientare il Consiglio.

Avevano bisogno di essere distrutti.

Lui era uno dei pochi esseri in grado di farlo.

I ricordi avevano anche mostrato le intenzioni nei confronti di Stas e Sethios. Osiris era davvero convinto che le proprie azioni fossero metodi d'insegnamento, modalità di aumento del potere e rafforzamento delle loro abilità. La situazione di Caro era diversa, Osiris inizialmente pensava che fosse un'arma mandata dal Consiglio, ma poi aveva capito la verità e aveva desiderato vederla prosperare con Sethios in un modo contorto, oscuro e orribile.

Eppure sarebbe stato quello giusto, perché lui sapeva a cosa sarebbero andati incontro.

Vera scosse la testa.

Era destabilizzante rimanere dentro la mente di Osiris per così tanto tempo: capirne le scelte, vedere la praticità dietro le decisioni più dure e realizzare che il suo intento non era quello di torturare ma di far crescere.

Vera rimase quasi senza fiato, la mente stanca dalla miriade di compiti che aveva svolto nei giorni precedenti. Tuttavia, quello era troppo importante perché fallisse, così rimase immobile e aspettò che il Consiglio si disperdesse.

L'interno era silenzioso, si percepiva solo un lieve brontolio, il che significava che non avessero discusso a lungo.

Ciò avrebbe potuto voler dire qualsiasi cosa.

Il Consiglio voleva vedere distrutti gli Hydraiani e avrebbero potuto concordare su quella soluzione molto facilmente con il pretesto di trovare e annientare Elizabeth.

Oppure avevano deciso all'unanimità che non fosse ancora arrivato il momento, la stessa decisione che avevano preso per migliaia di anni. Fino a quando gli Hydraiani non avessero rappresentato una minaccia significativa, li avrebbero lasciati stare e avrebbero sperato che Osiris tornasse in sé.

O almeno quello era ciò che si diceva.

In quel momento Vera capì la verità. Proprio come sapeva che Osiris non sarebbe mai 'tornato in sé', non dopo ciò che gli avevano fatto.

Sentì un brusio e il suono riecheggiò intorno a lei. Si premette più saldamente alla pietra, in attesa nella propria forma eterea. Se qualcuno l'avesse vista, cosa che non sarebbe successa, avrebbe potuto nebulizzarsi in una posizione sicura in un batter d'occhio.

Nessuno si guardava mai indietro, al colosseo. Non c'era ragione pratica di farlo. Proprio come non si aspettavano di avere gente che origliasse le loro conversazioni, perché i Seraphim credevano nel servire il Consiglio, non nel metterlo in discussione.

Era una società perfetta, fatta di silenziosa obbedienza.

A parte per i pochi, come Vera, che avevano scoperto il trattamento inumano.

Dei mormorii si librarono nell'aria, parole che fluttuavano tra i consiglieri e le consigliere mentre camminavano e si nebulizzavano al di fuori della struttura a forma di anfiteatro.

Alcuni di loro si lasciarono a commenti inutili.

Vera li ignorò e aspettò il segnale che fosse stato prodotto un editto.

Quando apparve Adriel, sentì la spina dorsale irrigidirsi. Un paio di Seraphim guerrieri volarono a incontrarlo.

Leek e Kital.

Il primo era il figlio maggiore di Adriel, un Seraphim che Gabriel aveva battuto in combattimento tre decenni prima. L'altro, Kital, faceva parte della loro stirpe ma apparteneva a una generazione molto più giovane e per niente parigrado a Leek.

"Un abominio e la sua progenie sono state trasportate in un complesso protetto da rune, alle Bahamas. Dobbiamo andare a prenderle."

Vera sgranò gli occhi. *Come fanno a saperlo?*

"Le coordinate non sono chiare, ma tre dei Destinati sono stati in grado di arrivare a una location generale. Vi suggerisco di portare Patreel e Arvane con voi, sono due dei nostri migliori tracciatori."

"Certo, consigliere. Dobbiamo riportare qui gli abomini vivi o morti?"

"Preferibilmente vivi, dal momento che vorremmo sottoporli a qualche test, ma se si dimostrano difficili, i cadaveri andranno benissimo."

"Lo consideri fatto," gli rispose Leek.

Adriel annuì, poi guardò al cielo. "Siete congedati."

I due guerrieri si nebulizzarono senza aggiungere un'altra parola.

Non ci furono altri commenti o editti, il che voleva dire che Hydria era al sicuro, per il momento. Tuttavia, Elizabeth e la figlia erano in serio pericolo.

Vera inviò un riassunto a Mateo, poi si diresse ai Caraibi per consegnare la cattiva notizia.

Fortunatamente molti di loro avevano già esperienza nel nascondere coloro a cui tenevano.

Quella situazione non sarebbe stata diversa.

Il telefono vibrò con un messaggio in arrivo proprio mentre Vera atterrò sulla sabbia fuori dalla proprietà. il numero apparteneva a Osiris. *Mi occuperò io dei guerrieri Seraphim, così avrete più tempo.*

Vera sbatté le palpebre e immediatamente dopo arrivò un secondo messaggio dallo stesso numero.

Ti suggerisco di farli spostare in Islanda. Skye ed Ezekiel aiuteranno a proteggerli.

La donna acconsentì con un cenno del capo, poi si diresse all'interno della casa, preparandosi a una conversazione difficile riguardante la verità e le bugie.

Alcune promesse erano fatte per essere infrante.

Altre erano per essere piegate.

Tuttavia, Vera stava per distruggerle una ad una.

Probabilmente avrebbe pagato il prezzo peggiore di tutti.

La serie della Maledizione degli Immortali continua con Fardello di Sangue

FARDELLO DI SANGUE

Need Blurb & Cover

LEGAMI MALVAGI

Benvenuti nel mondo della Maledizione degli Immortali, dove angeli e vampiri esistono in segreto… per il momento.

Una storia appassionante e bollente.
Dimenticata e sepolta.
Perché quello che succede in Brasile, rimane in Brasile.

O almeno quello era il piano, fino a quando Balthazar non ha cominciato a ricordare tutto. Ora sta costringendo Leela a pagare il prezzo più caro: dovrà *implorarlo* in ginocchio.

Ogni caldo tocco le accende l'animo. Ogni sguardo ardente le fa stringere le cosce. E come se non bastasse, Leela sa che non può sfuggirgli.

Stanno scappando da un'orda di angeli guerrieri,
proteggono un'innocente da un destino peggiore della
morte.

L'Alto Consiglio di Seraph ha emesso un editto.
Obbedisci o muori.
Cosa faranno Leela e Balthazar per sopravvivere?

AMAZON

L E X I C F O S S

La scrittrice di Bestseller per *USA Today* Lexi C. Foss è un'autrice persa nel mondo della tecnologia. Vive ad Chapel Hill, in North Carolina, con suo marito e i loro figli pelosi. Quando non scrive è impegnata a mettere crocette sulla lista dei posti che vuole visitare. Nella sua scrittura si ritrovano molti dei luoghi in cui è stata, tra cui il mitico mondo di Hydria, basata su Hydra, nelle isole greche. È eccentrica, consuma troppo caffè e ama nuotare.

www.LexiCFoss.com
https://www.facebook.com/LexiCFoss
https://www.twitter.com/LexiCFoss

I Libri di Lexi C. Foss

Alleanza di Sangue

La Vergine di Sangue

Sangue Reale

Il Morso dell'Alfa

Anime Ribelli

Il re vampiro

Un morso crudele

Dark Provenance

La figlia della morte

Reject Island

Carnage Island: Artigli Crudeli & Morsi Proibiti

Serie della Maledizione degli Immortali

Le Leggi del Sangue

Legami Proibiti

Cuore di Sangue

Legami di Sangue

Legami Angelici

Cercatore di Sangue

Fardello di Sangue

Legami Malvagi

Re di Sangue